LA FAMILLE MIDDLESTEIN

Jami Attenberg

LA FAMILLE MIDDLESTEIN

Traduit de l'anglais (États-Unis)
par Karine Reignier-Guerre

LES ESCALES

Titre original : *The Middlesteins*
© Jami Attenberg, 2012

Édition française publiée par :
© Éditions Les Escales, un département d'Édi8
12, avenue d'Italie
75013 Paris – France
Courriel : contact@lesescales.fr
Internet : www.lesescales.fr

ISBN : 978-2-36569-066-9
Dépôt légal : août 2014
Imprimé en France

Couverture : Hokus Pokus créations

Le Code de la propriété intellectuelle interdit les copies ou reproductions destinées à une utilisation collective. Toute représentation ou reproduction intégrale ou partielle faite par quelque procédé que ce soit, sans le consentement de l'Auteur ou de ses ayants cause est illicite et constitue une contrefaçon sanctionnée par les articles L335-2 et suivants du Code de la propriété intellectuelle.

À ma famille

Edie, 28 kilos

Comment aurait-elle pu ne pas nourrir leur fille ?
À cinq ans, la petite Edie Herzen n'était plus si petite que ça. Sa mère en avait conscience – comment ne pas s'en apercevoir ? Les bras et les jambes de l'enfant, autrefois doux et veloutés, étaient maintenant plus que pulpeux. D'une consistance désarmante. Difficile de la serrer dans vos bras : c'était un bloc de chair dure et compacte. Elle respirait avec peine, comme un vieil oncle après un repas trop riche. Et elle détestait gravir les escaliers. Aujourd'hui encore, elle réclamait d'être portée jusqu'à leur appartement du quatrième étage en dépit des protestations de sa mère qui *ahanait* – les cabas, son dos, le sac de bouquins empruntés à la bibliothèque.
— Je suis fatiguée, insiste Edie.
— On est tous fatigués, répond la mère. Allez, donne-moi un coup de main ! Tiens, prends les livres, c'est toi qui les as choisis.
Pas vraiment petite non plus, la mère. Une lionne d'un mètre quatre-vingts, bâtie comme une centrale électrique. Rugissante, chatoyante, majestueuse. Certaine de sa superbe. Une reine parmi les femmes – mais femme tout de même :

elle avait trop chaud, mal à la tête. Et monter ces fichus escaliers n'avait rien de drôle, c'est vrai.

Son mari, le père d'Edie, les grimpait toujours deux à deux, en homme pressé d'arriver à destination. Grand, la tête couronnée d'épais cheveux bruns soyeux, il avait de longs bras pâles, des jambes immenses, et un torse si maigre que ses côtes pointaient sous sa peau diaphane, sillonnée de veines bleutées. À l'issue de leurs étreintes, elle observait indolemment la chair qui dissimulait son cœur monter puis descendre, monter puis descendre – très vite, moins vite, encore moins vite.

À table, il ne mangeait pas : il dévorait. Il entretenait un rapport charnel avec la nourriture. Il marquait son territoire, un bras arrondi autour de son assiette, l'autre enfournant les aliments dans sa bouche, sans mâcher, sans respirer. Et sans jamais grossir. Il avait souffert de la faim au cours du long périple qui l'avait conduit depuis l'Ukraine jusqu'à Chicago huit ans plus tôt, et n'avait jamais réussi à se rassasier depuis lors.

En fin de compte, cet homme et son épouse avaient peu en commun – surtout si l'on pense à toutes les questions sur lesquelles un couple doit s'entendre. Il n'était pas patriote ; elle avait toujours considéré l'Amérique comme sa maison ; elle était plus dépensière que lui, parce qu'en grandissant dans ce vaste pays riche, au sein de la ville prospère de Chicago, elle avait toujours eu le sentiment que l'argent était à portée de main. Ils ne fréquentaient pas la même synagogue : lui se mêlait à la communauté russe tandis qu'elle demeurait fidèle à la synagogue de son père, fondée par des Allemands deux générations plus tôt, la synagogue qui l'avait vue grandir, où ses parents s'étaient rendus jusqu'à

La Famille Middlestein

leur mort, à laquelle elle n'avait pu renoncer, pas même en s'unissant à cet homme. Il avait plus de secrets et il avait traversé des épreuves dont elle n'avait entendu parler qu'aux informations. Enfin, il s'obstinait à porter leur fille, Edie, partout où elle désirait aller, juchée sur ses épaules, tout là-haut, aussi près de Dieu qu'il pouvait la hisser. Alors qu'elle, sa femme, était absolument convaincue qu'Edie n'avait plus l'âge d'être portée, mais de marcher sur ses deux jambes.

Ils s'accordaient tout de même sur quelques points importants : la fréquence de leurs rapports sexuels (chaque nuit, au moins) et la manière dont ils s'adonnaient à cette activité (comme bon leur semblait, sans aucun tabou) ; la conviction que les aliments sont faits d'amour, qu'ils en constituent l'essence même ; et leur incapacité à se refuser la moindre bouchée de ce qu'ils souhaitaient manger.

Alors si Edie, leur fille chérie, déjà si vive, les yeux grands ouverts sur le monde, était un peu robuste pour son âge, en quoi était-ce un problème ?

En rien.

Puisque, de toute façon, comment auraient-ils pu *ne pas* la nourrir ?

La petite Edie Herzen en avait assez. Après avoir effectué l'ascension la plus lente de toute l'histoire conjointe de la marche et de la montée d'escaliers, elle se sentit soudain incapable de faire un pas de plus. On étouffait dans cet immeuble, sous la lucarne qui surchauffait l'air poussiéreux. Elle jeta le sac de livres et se laissa choir brutalement, écrasant les gouttes de sueur qui perlaient à l'arrière de ses cuisses.

— Edie, *bubbeleh*, ne commence pas.

Jami Attenberg

— J'ai trop chaud. J'suis fatiguée. Porte-moi.
— Avec quelles mains ?
— Et papa ? Où il est, papa ? Il a qu'à me porter, lui !
— Qu'est-ce qui ne va pas, aujourd'hui ?

Edie ne voulait pas faire le bébé. Elle n'avait pas l'habitude de pleurnicher. Elle voulait qu'on la porte, c'est tout. Qu'on la porte, qu'on lui fasse un câlin et qu'on lui donne son goûter – une grande tartine de pâté de foie et d'oignons rouges bien salés sur une tranche de pain au sarrasin encore chaud ; elle voulait lire, discuter, rire, regarder la télévision, écouter la radio et, le soir venu, elle voulait qu'un de ses parents la mette au lit, la borde et l'embrasse en lui souhaitant bonne nuit – son père ou sa mère, peu importe, elle les aimait autant l'un que l'autre. Elle voulait regarder le monde tourner autour d'elle, se raconter des tas d'histoires, chanter toutes les chansons qu'on leur apprenait à la synagogue et compter jusqu'à mille – ou encore plus, puisqu'elle savait compter jusqu'à plus de mille maintenant. Pourquoi perdre son temps à marcher quand il y avait tant à voir, tant à penser ? Sa poussette lui manquait terriblement. Elle la sortait parfois du placard où ses parents l'avaient remisée et la contemplait avec nostalgie. Quel bonheur ce serait d'être promenée en poussette tout au long de sa vie, comme une princesse dans son carrosse ! Bien installée, elle veillerait sur son royaume, de préférence doté d'une forêt magique remplie de petits lutins qui passeraient leur journée à danser et à vendre du pâté de foie (et rien d'autre) dans leurs petites boutiques.

Sa mère resserra ses bras moites autour des sacs de courses. Elle plissa le nez – d'où venait cette odeur ? – avant de comprendre qu'elle émanait de son propre corps :

La Famille Middlestein

un épais filet de sueur coulait de ses aisselles. Elle frotta son bras contre le sac. Qui vacilla. Elle voulut le remettre d'aplomb et tendit l'autre bras. L'autre sac vacilla à son tour. Elle fléchit les genoux et se courba pour les poser sur ses cuisses – trop tard : les sacs se renversèrent dans l'escalier. Le pain, d'abord. Puis les légumes verts et les tomates, qui rebondirent sur la tête d'Edie. Et pour finir, les deux grosses boîtes de haricots.

Qui s'écrasèrent sur les doigts de l'enfant.

La petite Edie Herzen, lionne en puissance, savait déjà rugir.

Sa mère lâche les sacs. Elle saisit Edie dans ses bras, la serre contre elle (en se demandant une fois de plus pourquoi cette petite est déjà si *compacte*), elle l'embrasse, la cajole – « Là, chut, ce n'est rien » –, le ventre noué de culpabilité, partagée entre le désir de la faire taire – l'enfant ira mieux dans cinq minutes, dans cinq ans, dans cinquante ans, elle ne gardera même pas le souvenir de cette douleur – et celui de pleurer, parce qu'elle sait qu'elle n'oubliera jamais le jour où elle a fait tomber deux grosses boîtes de haricots sur les doigts de sa fille.

— Montre-les-moi, dit-elle à Edie, qui secoue la tête en hurlant, les mains cachées dans ses vêtements. J'ai besoin de voir tes doigts pour savoir si c'est grave.

Les hurlements se poursuivirent un moment. La partie de cache-mains également. Quelques voisins entrouvrirent leur porte. Ils la refermèrent en comprenant que c'était juste la grosse gamine de l'appartement 6D qui piquait une crise, comme seuls les gosses savent le faire. La mère d'Edie cajola et supplia. Supplia et cajola. La crème glacée fondait dans son pot. L'un des ongles allait bleuir et tomber une semaine plus tard, et la mère d'Edie, qui croyait avoir tout entendu, découvrirait que cette enfant était capable de brailler bien plus fort – mais cela, nul ne le savait encore. Pourtant, l'incident ne laisserait pas de traces, contrairement à ceux qui marqueraient Edie au cours de sa vie, d'une manière ou d'une autre – mais cela, nul ne le savait non plus.

La mère d'Edie attendit encore un moment, le bras noué autour des épaules de sa gamine, puis elle fit la seule chose qui lui restait à faire. Elle attrapa la miche de pain au sarrasin, encore chaude dans son sac en papier – Schiller, le boulanger de la 53ᵉ rue l'avait sortie du four moins d'une heure auparavant. Elle en coupa un morceau et le proposa à sa fille, qui refusa de se laisser attendrir : elle continua de pleurer, recroquevillée autour de la pomme de discorde.

— Tant mieux, réplique la mère. Tu me le donnes, alors ?

Combien de temps selon vous fallut-il à Edie pour tendre une main tremblante vers le morceau de pain ? La bouche déjà ouverte, l'air ensommeillé, comme un oisillon attendant sa becquée ? Voilà. Le sarrasin se pose sur sa langue. Elle regrette l'absence de pâté de foie, tout de même. Repense aux lutins. Et accepte quelques secondes plus tard – combien, d'après vous ? – de montrer à sa mère son autre main. Violacée, marbrée de bleu, l'index rougi sous son ongle. Et ensuite ? Combien de temps s'écoula, d'après vous, avant que la mère ne couvre cette main de baisers ?

Les aliments sont faits d'amour. Manger, c'est aimer. Aimer, c'est manger. Et si un gros morceau de pain peut apaiser les pleurs d'une enfant, en quoi est-ce un problème ?

En rien.

— Porte-moi, dit Edie.

Cette fois, sa mère ne dit pas non.

La Famille Middlestein

Elle gravit donc les quatre étages après avoir enroulé le sac de bouquins autour de son cou (il la serrait sans l'étrangler), saisi les deux cabas sous un bras et noué l'autre autour de sa fille chérie, la petite Edie.

L'acte le plus vil

Dans une semaine, Edie, la mère de Robin, passerait de nouveau sur le billard. Même intervention. Sur l'autre jambe, cette fois. *Au moins, on sait à quoi s'attendre.* La phrase tournait en boucle dans la famille depuis que la date était fixée. Robin et Daniel, son voisin du dessous, s'étaient donné rendez-vous au bar qui se trouvait en face de chez eux pour boire au succès escompté de l'opération. Il faisait très froid. Janvier à Chicago. Robin n'avait que la rue à traverser, mais elle s'était tout de même enveloppée sous cinq couches de vêtements. Daniel était déjà saoul quand elle entra. Edie se faisait opérer pour la deuxième fois en un an. Santé !

C'était un bar sans nom. Un lieu sans attrait et sans intérêt, qu'on pouvait fréquenter sans complexes. Difficile à trouver, aussi : un néon Old Style brillait dans la vitrine, mais la porte était dépourvue de numéro. Robin avait souvent du mal à expliquer où il se trouvait. « Entre la 242e et la 246e », disait-elle, mais cette indication semblait plonger ses interlocuteurs dans une confusion plus grande encore. Sauf Daniel. Il connaissait le chemin, lui.

— À la deuxième jambe ! dit-il en levant son verre.

Jami Attenberg

Il s'était mis à la brune. D'habitude, il buvait de la blonde ou de la rousse, mais il faisait vraiment froid, ces jours-ci.
— C'est la gauche ou la droite ? reprit-il.
— Aucune idée, répondit Robin. Je crois que j'ai bloqué l'information. C'est terrible, tu ne trouves pas ? C'est ma mère, quand même... Je suis une mauvaise fille, non ?

Cette intervention chirurgicale l'avait prise de court. Tout le monde avait été surpris, d'ailleurs. Pourtant, la nouvelle n'avait rien de surprenant : Edie mangeait n'importe quoi et refusait de faire du sport. Elle était obèse depuis une dizaine d'années et diabétique depuis deux ans – à un stade avancé. Associée à un patrimoine génétique désastreux, la maladie avait altéré la circulation du sang dans ses jambes. La sensation de simples picotements s'était muée en une douleur continue. Lorsque Robin avait vu sa mère à l'hôpital après la première opération, elle avait été prise de nausées : ses jambes étaient *bleues*. Comment expliquer que ni Edie ni son mari ne s'en soient aperçus ? Un truc pareil, ça se remarque, non ? Le chirurgien avait inséré un petit tube métallique – un stent – dans sa jambe pour que le sang puisse de nouveau circuler (où allait-il, s'il ne circulait pas ? s'était alors demandé Robin). Au départ, cet homme voulait pratiquer un pontage. La perspective avait effrayé toute la famille. D'après Benny, le frère de Robin, le chirurgien l'avait alors écartée, sans y renoncer complètement. « Il nous a prévenus, avait-il affirmé à Robin. L'état de maman pourrait empirer très vite. » Edie avait négocié un sursis. Elle avait promis de se reprendre en main. De faire ce qu'il fallait pour aller mieux. Elle était avocate. Trente-cinq ans de plaidoiries, ça vous rend combattive. Six mois plus tard, elle n'avait rien changé à son mode de vie – et les voilà de nouveau à la case départ.

— Ce n'est pas que je m'en fiche, précisa Robin. Je préfère en savoir le moins possible.

Or elle en savait déjà trop. C'était trop réel, et cette réalité la frappait de plein fouet. Elle aurait préféré faire l'autruche.

Le week-end précédent, elle s'était rendue chez ses parents pour mesurer l'ampleur des dégâts, dans cette banlieue où elle avait grandi et qu'elle avait fuie treize ans plus tôt en espérant ne jamais y remettre les pieds – c'était raté, visiblement. Sa mère l'attendait devant la gare. Quand Robin était montée dans la voiture, Edie avait démarré sans un mot. Elle avait tourné au coin de la rue et s'était garée plus loin, devant le cinéma. L'après-midi touchait à sa fin. Le collège où Robin enseignait avait exceptionnellement fermé ses portes après le déjeuner. Lorsque Robin l'avait appris quelques jours auparavant, elle s'était plu à imaginer ce qu'elle ferait de ce temps libre inespéré : un long jogging autour du lac aux heures les plus douces de la journée, ou quelques bières avec Daniel à cette heure incongrue – mais elle avait dû y renoncer. Puisqu'elle devait s'occuper de sa mère.

Les portes du cinéma s'étaient ouvertes après la séance de midi, livrant passage à une flopée de seniors qui marchaient au ralenti. Quelques mères au foyer traînaient leurs bambins vers le parking situé de l'autre côté de la rue. Robin avait failli sortir de la voiture et leur courir après. *Emmenez-moi avec vous !*

— Robin, j'ai quelque chose à te dire. Avant d'arriver à la maison.

Jami Attenberg

Edie respirait avec peine, engoncée dans son manteau de fourrure. Pas le moindre centimètre de peau visible hormis son visage couvert de fond de teint, son double menton, et les anneaux de chair qui plissaient son cou.
— Ton père m'a quittée. Il n'en pouvait plus.
— Tu plaisantes ?
— Absolument pas. Il a quitté le poulailler, et il ne reviendra pas.

En y repensant par la suite, Robin trouverait la formulation étrange. Edie parlait de son mari comme d'un animal domestique retenu prisonnier dans une cage tapissée de papier journal couvert de déjections. Sur le moment, les sentiments de la jeune femme à l'égard de son père firent une violente embardée. Sa mère était difficile à vivre. La situation ne l'était pas moins. Il avait opté pour la fuite – la solution des lâches, mais Robin n'avait jamais reproché à quiconque de l'être. La lâcheté était un choix, comme tant d'autres. De quel droit l'aurait-elle critiqué ? D'un autre côté, pourquoi se montrer si charitable ? L'attitude de son père était détestable. Parce qu'il s'agissait de sa mère. Parce qu'Edie était malade. Parce qu'elle avait besoin d'aide. Robin se trouvait au pied du mur. Forcée de constater les failles de son code moral, elle vira de bord. Et émit le jugement qui s'imposait : son père avait commis un acte déplorable. Elle garda pour elle le cheminement de sa pensée, se contentant de délivrer la sentence : Richard ne serait jamais pardonné. Bien qu'elle l'ait aimé, elle ne l'avait jamais vraiment apprécié, et il ne lui en fallut guère plus pour la faire basculer dans un sentiment proche de la haine – ou du moins de la dissolution de l'amour.

La Famille Middlestein

Sa mère était en larmes. Robin posa une main sur la sienne. Elle toucha son épaule. Edie tremblait, les lèvres bleues. *Un pied dans la tombe*, songea Robin. Mais elle n'était pas médecin.

— J'aurais dû être plus gentille avec lui, gémit Edie.

Impossible de la contredire sur ce point. Robin n'excusa pas son père pour autant. Richard Middlestein avait signé avec Edie Herzen pour la vie. Or Edie était toujours vivante.

Voilà pourquoi, ce jour-là, l'intervention chirurgicale était passée au second plan. Robin n'avait même pas pensé à s'enquérir de la santé de sa mère. C'était le genre de questions qui incombaient à son frère, de toute façon. La famille s'était rendue au grand complet à l'hôpital pour la première opération – Robin comprise. Elle avait passé des heures dans la salle d'attente – c'était d'un ennui ! – et tout ça pour quoi ? Une opération si banale qu'Edie était rentrée chez elle le soir même. Alors, pour la seconde, Robin avait déclaré forfait, prétextant une surcharge de travail. Sur le moment, elle avait cru s'en tirer à bon compte, même si ce mensonge faisait d'elle une personne détestable. Son frère Benny, le pilier de la famille, un homme fiable et solide, qui vivait en banlieue près de chez leurs parents, ferait le déplacement. Lui, sa femme (précédée de son nouveau nez), ainsi qu'Emily et Josh (leurs enfants), tiendraient gentiment compagnie à Richard en attendant qu'Edie reprenne conscience. Puisqu'il ne s'agissait, en quelque sorte, que de revisser une ampoule, inutile d'encombrer les lieux avec une personne de plus.

Le départ de Richard, en revanche, c'était autre chose. Un drame nouveau et inhabituel. Qui frappait Edie en plein cœur. La laissait seule. Le genre de trucs que Benny n'était pas du tout prêt à gérer. Robin passa mentalement en revue les autres personnes susceptibles d'aider sa mère. Les amis qu'elle retrouvait à la synagogue, par exemple – les Cohn, les Grodstein, les Weinman, les Franken. Quarante ans qu'ils se fréquentaient ! Oui, mais ces couples mariés ne connaissaient rien aux séparations. Robin, si. Les chagrins d'amour, c'était son domaine. L'éternelle célibataire – à juste titre, sans doute – allait enfin quitter le banc de touche.

— Non, tu n'es pas une mauvaise fille, répliqua Daniel.

Il se gratta le menton. Un menton couvert d'une barbe blonde qui faisait fantasmer Robin depuis des mois. Était-elle douce au toucher ? Sûrement. Tout chez lui semblait doux, rassurant – un peu mou, aussi : sa barbe, sa moustache, ses cheveux, les poils qui couvraient son torse et son ventre (elle l'avait fréquemment vu prendre le soleil sur son balcon l'été précédent, avachi dans un hamac délavé) formaient un joli duvet doré. Une fois, elle avait même essayé de lui tapoter le haut du crâne, juste pour savoir si ce duvet était aussi doux qu'elle l'imaginait, mais Daniel s'était mépris sur son geste : croyant qu'elle levait le bras pour lui taper dans la main, il avait levé le bras à son tour. Et elle n'avait eu d'autre choix que de frapper sa paume contre la sienne.

Tant pis. Ce n'étaient que des cheveux, après tout. Elle en avait aussi, non ? De longs cheveux noirs, bouclés, entortillés, emmêlés, mais doux quand même.

Et puis, Daniel n'avait pas que des cheveux. Il avait aussi un ventre (arrondi par les pintes de blonde-rousse-brune) qui chevauchait la ceinture de son pantalon comme un airbag portatif ; des chemises en flanelle, informes à force d'être lavées et portées, aux poches et aux poignets troués ; des jeans d'un bleu presque blanc et des pantalons

La Famille Middlestein

en velours aux genoux élimés ; des Converse hautes dont la semelle avait été rafistolée avec du Scotch ; des yeux rouges ; des ongles mordillés ; et une terrible propension à passer trop de temps sur Internet (c'était son boulot, d'accord, mais Robin s'inquiétait quand même). Il ne sortait de chez lui que pour entrer dans ce bar ou accompagner Robin dans ses promenades autour du lac (elle le traînait dehors dès que le temps s'adoucissait).

« Ton petit ami », disait Felicia, la colocataire de Robin, pour parler de lui.

— Ce n'est pas mon petit ami, répliquait Robin.

— Ça m'en a tout l'air, insistait-elle. Vous passez des heures à vous balader ! Vous parlez de quoi ?

Ils parlaient de la mère de Robin. Encore et toujours. Et ce soir ne faisait pas exception à la règle.

— Je ne sais pas comment l'aider, dit-elle.

— Je crois qu'elle a juste besoin que tu sois là, répondit Daniel.

Il avait raison, mais chaque fois que Robin prenait ce satané train de banlieue pour y aller, chaque fois que les tours et les gratte-ciel étincelants du centre de Chicago disparaissaient à l'horizon, remplacés par la masse informe et désordonnée de super- et hyper-marchés qui définissait les banlieues – les banlieues ne se limitaient pas aux centres commerciaux, Robin le savait, mais depuis quelque temps elle n'y trouvait rien d'autre, comme si sa vision était obscurcie par un mélange de préjugés et de névroses –, une détresse insondable s'abattait sur ses épaules.

Rien de tout cela ne se serait produit si elle n'était pas revenue vivre à Chicago. Elle en était intimement persuadée. Elle n'avait tenu qu'une année à New York, douze petits mois

Jami Attenberg

avec quatre autres filles dans un loft délabré de Bushwick, à Brooklyn, sous un plafond grinçant, environnée de voisins qui semblaient cuisiner sans arrêt (bruits de casseroles, grésillement permanent, à croire que ces gens passaient leur temps à faire frire des trucs). L'appartement n'avait que deux fenêtres. La première donnait sur un terrain vague, l'autre sur une impasse jonchée de détritus. Toutes deux munies de barreaux. Chez elle, Robin se sentait en prison ; dehors, c'était pire. Les passants lui lançaient des remarques déplaisantes. Elle se faisait traiter de « blanche », ce qu'elle détestait, même s'il s'agissait d'une donnée incontestable. Elle s'évertuait à chercher un semblant de charme à son quartier, mais elle n'était ni assez qualifiée ni assez informée pour y parvenir. En fin de compte, elle passa la majeure partie de l'année dans le métro pour se rendre ailleurs – n'importe où ailleurs qu'à Bushwick.

Elle vivait avec des filles qui lui ressemblaient – à quelques détails près. Elles s'appelaient Jennifer, Julie et Jordan ; toutes étaient juives ; toutes avaient étudié dans des facs du Midwest et toutes avaient secrètement ouvert un compte joint avec leur mère, qui le renflouait régulièrement pour leur permettre d'améliorer l'ordinaire. L'appartement abritait une cinquième locataire, une dure à cuire nommée Teresa qui dormait sur le canapé du salon les soirs où elle n'était pas chez sa petite amie. Née en Alaska, Teresa avait grandi dans une ville de poivrots et s'était battue pour accéder à la classe moyenne, quand les quatre autres se contentaient d'y végéter.

Elles s'étaient rencontrées par l'intermédiaire du programme Teach for America – « Des profs pour l'Amérique » –, qu'elles avaient suivi ensemble avant d'être

La Famille Middlestein

envoyées aux quatre coins de Brooklyn dans des collèges plus atroces les uns que les autres. Rien à voir avec le Brooklyn des bobos, près de Park Slope, où de gentils couples promenaient leurs bébés roses : le Brooklyn de Robin et de ses copines s'étendait plus à l'est, sur le chemin de l'aéroport et des champs de courses – le chemin de nulle part, pensait souvent Robin en l'empruntant. Ce qui est sûr, c'est qu'elle n'était pas préparée à *ça*. Même après une enfance et une adolescence passée à biberonner la quintessence de la culture populaire, qui montrait volontiers les collèges des quartiers pauvres sous un jour déplorable. Non, vraiment, rien dans sa vie – pas un film, pas une chanson, pas un épisode de *New York Police Judiciaire*, pas un cours au lycée, pas un conseiller d'orientation – ne l'avait préparée à cette année d'enseignement dans un bahut rempli de gamins à risques. Si elle comptait trouver un sens à sa vie, se gorger d'espoir ou en inspirer à ses élèves, elle s'était trompée d'endroit. Elle était complètement dépassée. Impossible de le cacher : c'était écrit sur son visage. Elle *se ratatinait* à peine arrivée.

Elle se réveillait chaque matin en se demandant si elle ne faisait pas plus de mal que de bien. Elle payait le papier et les feutres nécessaires à ses cours sur ses propres deniers. Elle s'efforçait d'innover : elle avait entouré une grosse boîte de conserve (vidée des tomates utilisées la veille pour préparer une bolognaise) d'une bande de papier portant l'inscription « Boîte à écouter », et l'avait posée bien en évidence dans la salle de classe. « Si vous avez envie de crier ou si quelque chose ne va pas, écrivez-le sur un bout de papier et mettez-le dans la boîte, avait-elle annoncé aux élèves. Je vous promets qu'elle vous écoutera. »

Jami Attenberg

Après les cours, Robin lisait les papiers déposés dans la journée. Certains messages étaient faciles à gérer :

On m'a piqué mon stylo.
Je déteste les interros.
Ce serait bien s'il y avait des frites tous les jours à la cantine.

Mais la plupart d'entre eux se révélaient tristes ou pleins d'amertume :

Mon père m'a traité de pédé hier soir.
Y'a trop de boucan chez moi, j'arrive pas à dormir.
Je vous aime pas j'aime pas cette boîte j'aime personne.

Ce n'était pourtant pas à cause des élèves qu'elle avait quitté New York – du moins, pas dans son souvenir. Ce qui l'avait décidée, c'était un événement précis, survenu à la fin de l'année scolaire. Pendant une semaine, Robin et ses colocataires s'étaient réveillées couvertes de piqûres d'insectes. D'abord discrets, les petits boutons rouges s'étaient répandus sur leur ventre, leurs bras, leurs jambes, les grattant de la tête aux pieds. Impossible de le nier : elles avaient des puces. Teresa avait été la première à lâcher le mot et à énoncer les mesures à prendre pour s'en débarrasser : laver leurs vêtements à l'eau bouillante ; faire appel à une entreprise spécialisée ; jeter les matelas. Qui avait suggéré de les brûler ? Robin ? La destruction par le feu – était-ce son idée ? Peut-être. En tout cas, si elle n'était pas l'initiatrice du projet, elle avait certainement été la première à l'accepter.

La Famille Middlestein

Un instant plus tard, elles étaient toutes partantes. Pas question de dormir une nuit de plus dans ces lits pleins de puces. Robin, Jennifer, Julie et Jordan avaient poussé les matelas dans les escaliers et les avaient fait dégringoler à coups de pied jusqu'au rez-de-chaussée, tandis que Teresa se chargeait seule du canapé. Ensuite, elles les avaient traînés sur le gravier du parking désert et entassés derrière l'immeuble, dans l'impasse aux détritus. Robin s'était ruée chez l'épicier du coin pour acheter de l'alcool à brûler. Une des filles avait sorti des allumettes de sa poche. Les autres avaient ramassé ce qu'il y avait de plus inflammable dans l'impasse : de vieux journaux, un abat-jour, une demi-douzaine de cartons de pizzas usagés. Puis elles avaient regardé les flammes dévorer les matelas. Réduire ces saloperies en fumée. Réunies toutes les cinq devant le bûcher, et toujours en train de se gratter. Qu'avaient-elles fait pour mériter ça ? Elles avaient *professé pour l'Amérique.*

Robin avait observé son bras marbré de rouge et décrété :
— Ras le bol de cette ville. Je retourne chez moi.
— Moi aussi, avait approuvé Julie.
— Moi aussi, avait ajouté Jennifer.
— Moi aussi, avait renchéri Jordan.
— Pas moi, avait répliqué Teresa. Je m'installe chez ma copine. C'est dément, ici !

À présent, Robin n'avait plus que deux colocataires. La première n'était jamais là parce qu'elle dormait la plupart du temps chez son mec. Elle refusait malgré tout de s'installer avec lui, pour ne pas « offenser » ses parents catholiques : elle continuait à payer le loyer et à dormir chez elle de temps en temps, alors qu'elle approchait de la trentaine et avait de toute évidence jeté sa virginité aux orties depuis longtemps ; la seconde ne quittait guère les lieux parce qu'elle n'avait pas d'autre point de chute – Robin non plus, d'ailleurs. Elles partageaient un vaste appartement à Andersonville, à trois stations de métro du lycée privé où Robin enseignait l'histoire depuis sept ans. La vie qu'elle menait à Chicago était infiniment meilleure que celle qu'elle avait espéré trouver en fuyant New York. Mais n'était-elle pas partie trop tôt ? La question venait parfois la hanter, parce qu'elle savait qu'elle ne ferait pas machine arrière. Elle était revenue à Chicago pour de bon. Terminus, tout le monde descend.

Puisque sa mère était cardiaque, maintenant. Il fallait bien que Robin s'occupe d'elle.

De toute façon, où serait-elle allée si elle n'était pas revenue à Chicago ? Ici ou ailleurs, n'aurait-elle pas vécu la même vie ? Se lever, boire un café, s'étirer, aller courir trois kilomètres, se doucher, appliquer sa crème hydratante, arracher un poil sur son menton, se mettre trop d'eyeliner et, juste avant de partir, arroser les quelques plantes qu'elle aurait gardées par habitude plus que par amour. Ensuite, elle aurait pris, comme ici, un train ou un bus pour se rendre dans un lycée assez près de chez elle pour éviter de passer sa vie dans les transports, mais assez loin pour lui donner le sentiment d'être adulte (les *vrais* adultes quittent leur maison pour aller travailler, contrairement à Daniel qui restait chez lui, raison pour laquelle Robin avait du mal à le prendre au sérieux). Pendant le trajet, elle aurait lu le roman des années quatre-vingt qu'elle aurait pris le temps d'emprunter à la bibliothèque. Elle aurait souri aux passages comiques sans jamais rire franchement. Au lycée, elle aurait fait cours sur la guerre du Vietnam. Elle se

La Famille Middlestein

serait montrée subversive, mais pas trop (« Il faut toujours soutenir nos troupes », dirait-elle en dépit de la sympathie qu'elle affichait pour les militants pacifistes). Puis elle aurait déjeuné avec sa seule véritable amie au sein de l'équipe enseignante : une jeune célibataire caustique, comme elle. Assises à l'écart dans un coin de la cantine, elles se seraient gentiment moquées des élèves comme des profs, avant de leur trouver à tous des qualités insoupçonnées. En fin d'après-midi, Robin aurait pris le métro dans l'autre sens. Elle se serait peut-être arrêtée en chemin pour faire des courses, privilégiant des produits bio et végétariens dont elle aurait tiré un bon repas qu'elle aurait mangé tranquillement, les yeux rivés sur son bouquin, faisant glisser son index sur la page pour ne pas en perdre une ligne. Elle aurait accueilli sa colocataire avec un grand sourire, avant de se replonger dans son livre, comme si elle ne pouvait s'arracher à une lecture aussi passionnante. Mensonge ? Pas vraiment. Disons plutôt qu'il s'agissait d'un prétexte pour ne pas être dérangée, pour savourer encore un peu ce moment qui n'appartenait qu'à elle. Plus tard dans la soirée, elle se serait rendue dans un bar en compagnie d'un homme, ou peut-être en aurait-elle rencontré un là-bas. Là, elle aurait mis sa féminité en pratique, éprouvant son pouvoir sur le type assis en face d'elle, lui soutirant juste assez d'énergie pour se sentir entière, légitime et sexy sans rien offrir d'autre que sa seule présence. Sans souffrir ni faire souffrir. Elle ne voulait plus jamais avoir mal ou faire du mal à quiconque. Alors elle s'en serait tenue là. Rien qu'une petite conversation. Un flirt innocent. Et assez d'alcool pour se mettre K.O. jusqu'au lendemain matin.

Jami Attenberg

Qu'elle se soit installée à Denver, à San Francisco, à Atlanta ou à Austin, le résultat aurait été le même. Elle aurait mené la même vie. Et elle n'aurait jamais plus mis le feu à son matelas au fond d'une impasse.

Elle songea à ce qu'elle éprouvait à la fin de son jogging matinal. Elle terminait toujours sur un sprint qui la laissait à bout de souffle au pied de son immeuble. Elle se figeait, se penchait en avant, les mains sur les genoux, la peau brûlante de sueur. C'était son moment préféré. Ce sprint d'une minute au début de la journée.

Elle se pencha en avant sans quitter son tabouret. Ses cheveux tombèrent de chaque côté de son visage. Elle attendit que le sang afflue à ses tempes. Daniel ne dit rien. Il se contenta de poser une main sur sa nuque. Elle l'aimait bien, décidément. Il savait garder le silence.

Elle releva la tête. Rien à faire : la sensation n'était pas la même qu'après un sprint. Impossible de tricher avec ça.

Ils levèrent leur verre et portèrent un autre toast – aux parents de Robin, cette fois.

— Un couple sur lequel nous devrions tous prendre exemple, déclara Daniel.

— Ne sois pas méchant ! répliqua Robin.

— Ah ! On peut rigoler de l'opération de ta mère, mais pas de son divorce ? Je lis clair dans ton jeu, à présent. Tu n'es qu'une indécrottable romantique.

Elle n'était pas romantique. Elle avait de l'amour à revendre, voilà tout. L'amour qu'elle nourrissait pour son père ne s'était pas évanoui. Il persistait en elle, mais il avait besoin d'être redirigé. Orienté sur quelqu'un d'autre.

Robin posa les yeux sur Daniel. Et elle eut la pensée la plus vile de toute son existence. *Il fera l'affaire.*

La Famille Middlestein

Elle se pencha au-dessus du bar, dont le coin vint se loger sous ses côtes, et offrit à Daniel un baiser maladroit, mais pas entièrement déplaisant. Puis elle reprit place sur son tabouret.

Il garda le silence pendant une bonne minute. En se mordant les lèvres, les yeux vitreux.

— Je crois qu'on devrait en discuter avant de continuer, dit-il enfin.

— Certainement pas, riposta Robin. S'il y a une chose dont on ne doit pas discuter, c'est celle-là. On ne discute pas. On ne réfléchit pas. On plonge.

Ils quittèrent le bar ensemble, sans un mot.

Edie, 92 kilos

Chez les Herzen, tout le monde était obsédé par Golda Meir. Le père d'Edie et les copains du père d'Edie – ceux de la synagogue, ceux de l'université, ceux qui venaient d'arriver de Russie et qu'il avait déjà adoptés parce qu'il adorait adopter les nouveaux venus – passaient leurs week-ends à parler de Golda, accoudés à la table de la cuisine, café et cigarette à portée de main, en piochant dans les plats étalés devant eux : filets de harengs et de corégones, bagels, saumon fumé, mousses de foie de volaille et autres pâtés de viande indéterminée ; bols de cornichons vert vif gorgés de vinaigre et de sel ; petits gâteaux à la cerise surmontés d'un lacis de glaçage à demi fondu.

Pendant ce temps, la mère d'Edie coupait des tomates et des oignons près de l'évier. Clope au bec, ses cheveux teints en noir relevés en chignon vaporeux sur le sommet de son crâne, elle faisait tinter son nouveau bracelet en or – il y en avait toujours un nouveau – à chaque mouvement de poignet.

Elle s'intéressait moins à Golda que le père d'Edie et n'allait presque jamais à la synagogue en dehors des grandes fêtes juives. Lorsqu'ils avaient quitté le quartier de Hyde Park pour Skokie dix ans plus tôt, la mère d'Edie avait aussi quitté la synagogue qui l'avait vue grandir. La pratique de sa foi, privée de cet ancrage dans son histoire personnelle, lui avait soudain paru vide de sens. Elle encourageait néanmoins son mari et ses amis à s'y rendre : qu'ils prient à sa place, s'ils y tenaient. En retour, elle veillait à ce qu'ils soient bien nourris. Nul ne devait quitter sa maison le ventre vide, surtout pas ces pauvres hommes seuls, sans épouse et sans enfants !

Les hommes en question allaient de la table à la synagogue, puis de la synagogue à la table. Certains d'entre eux passaient la nuit affalés sur le canapé du salon. Israël était menacé de toutes parts, les bombardements semblaient imminents. Ah ! Si cette chiffe molle d'Eshkol avait passé les rênes à Golda, s'exclamaient-ils, le problème serait réglé depuis des mois – il n'y avait aucun doute là-dessus. En les écoutant, la jeune Edie pensait à ces vers de T.S. Eliot, étudiés en cours de littérature :

Dans la pièce, les femmes vont et viennent,
échangent des propos sur Michel-Ange.

Dans sa maison, les hommes allaient et venaient, échangeant des propos sur Meir.

Edie entendait parfois ses parents se disputer à propos de l'argent qu'ils donnaient à Israël.

Elle mangeait tout ce que les hommes mangeaient, et même davantage. Ils fumaient, elle mangeait. Ils buvaient du café, elle buvait du Coca-Cola. La nuit, elle mangeait les restes. Quelle importance ? Les stocks étaient reconstitués chaque jour. Elle mangeait pour Golda, qui se remettait d'un cancer. Elle mangeait pour Israël. Elle mangeait parce qu'elle adorait manger. Elle le savait, parce qu'elle sentait son cœur et son âme se gonfler quand elle était repue, et

La Famille Middlestein

aussi parce qu'elle avait entendu Abraham, l'un des plus vieux amis de son père, parler d'elle à Naumann, ce grand buveur au teint gris et aux prunelles bleues qui s'incrustait chez eux, un type tout jeune (ils avaient presque le même âge, Edie et lui) qu'elle pouvait observer et baratiner à loisir si ça lui chantait – mais ça ne lui chantait pas.

— Bien charpentée, mon cul. Cette fille adore bouffer, c'est tout ! s'était exclamé Abraham.

Et alors ? Où était le problème ? Les propos d'Abraham l'avaient un peu blessée, mais ils prouvaient aussi qu'on la regardait. C'était déjà ça.

Des années auparavant, quand l'Union soviétique était entrée en guerre contre le Japon, Abraham avait échappé à son enrôlement dans l'Armée rouge en se perçant les deux tympans. Depuis, il portait des appareils auditifs. Cet acte subversif lui valait le respect des amis du père d'Edie, qui détestaient la Russie (et l'Amérique, parfois) autant qu'ils aimaient Israël. Edie, elle, n'y voyait que pure folie. Rester sourd jusqu'à la fin de sa vie ? Quel dingo ! Elle pouvait (probablement) cesser de manger ; Abraham, lui, ne retrouverait jamais l'usage de ses tympans.

Le père de Naumann avait rencontré celui d'Edie lorsqu'ils étaient enfants à Kiev. Ils n'étaient pas devenus amis, mais leurs origines communes suffisaient à émouvoir le père d'Edie, incapable de demeurer insensible aux lettres suppliantes qui arrivaient dans sa boîte. Résultat : Naumann dormait régulièrement sur le canapé du salon depuis des mois. Un canapé recouvert de plastique. *Comment fait-il pour ne pas glisser ?* se demandait Edie. Abraham n'avait pas ce problème : il cuvait son vin à la cave, assis bien droit sur la chaise longue. La mère d'Edie les enveloppait tous

Jami Attenberg

deux dans des couvertures soigneusement repliées au petit matin quand Edie dévalait l'escalier pour aller au lycée, bien après que les deux hommes furent partis bosser en ville ou ailleurs, là où le père d'Edie leur avait déniché du boulot.

Au lycée, Edie faisait preuve d'une intelligence manifestement supérieure à la moyenne. Elle envisageait d'obtenir son bac avec un an d'avance. Son vœu serait exaucé. Trois ans plus tard, elle sortirait diplômée de l'université de Northwestern, dont elle aurait suivi les cours avec brio et sans rien débourser parce que son père y travaillait. Portée par son succès, elle s'inscrirait alors en faculté de droit, où elle subirait son premier échec scolaire : un diplôme assorti d'un classement médiocre. Peut-être parce qu'elle devrait se faire une place au sein d'une promotion exceptionnellement brillante ? Ou parce que sa mère tomberait malade au cours de sa première année de droit ? Ou parce que son père subirait le même sort l'année suivante ? Ou parce que ces années-là seraient aussi celles de sa rencontre et de son idylle avec l'homme qui deviendrait son mari ? Ou plus simplement parce qu'après un certain nombre de chocs, on finit par s'effondrer.

Pour l'heure – c'est-à-dire à l'époque où tout le monde était obsédé par Golda Meir – Edie était au faîte de sa gloire : une peau de pêche, de grands yeux noirs, des cheveux soyeux, sombres et bouclés, assez longs pour être noués lâchement au creux de son cou, libérant de petites mèches rebelles qui venaient chatouiller ses joues et son menton. Elle se sentait superbe. Éclatante de charme et d'intelligence. Elle avait le sentiment que le monde lui appartenait et, qu'à ce moment précis de sa vie, nul n'avait le pouvoir de se dresser en travers de son chemin, à part elle-même.

La Famille Middlestein

La grosse Edie.
— Bon... C'est vrai que les rondes ont du charme, avait repris Abraham. Même celles qui sont vraiment rondes.
— C'est exactement ce que j'essaie de dire ! avait renchéri Naumann.
Puis chacun était parti se coucher. Naumann (Edie ne connaissait même pas son prénom) sur le canapé. Abraham au sous-sol. Les parents d'Edie à l'étage.
Edie commençait tout juste à flirter avec les fringales nocturnes. Elle avait écouté les adultes pérorer toute la journée sur Meir et Israël. Son père avait fumé un paquet entier de Pall Mall et oublié de manger. Il était toujours aussi maigre, lui. Ses amis n'avaient pas terminé les plats, et laissé la moitié d'un pain au sarrasin. Quand on pense à tout ce qu'on peut mettre entre deux tranches de pain... Un régal à portée de main. Il lui suffisait de traverser le salon et d'aller s'asseoir devant le frigo ouvert.
Elle descendit l'escalier sur la pointe des pieds. Moquette, carrelage, linoléum – la voilà dans la cuisine. Une violente odeur de tabac froid l'assaillit sans la détourner de son objectif. Dans les années à venir, elle se souviendrait de cette odeur chaque fois qu'elle s'apprêterait à manger. Une vie entière passée à la haïr. À la chérir, aussi.
Quelqu'un entra derrière elle, alluma une cigarette et se laissa tomber sur une chaise. Elle n'eut même pas besoin de se retourner pour savoir que c'était Naumann. Elle l'avait percé à jour depuis longtemps. Des mois qu'il attendait un geste de sa part. Une caresse. Elle aurait pu effleurer ses lèvres enflées du bout des doigts, par exemple. Les filles de sa classe passaient leur temps à faire ce genre de trucs. Rien d'extraordinaire, au fond. La moitié d'entre elles

étaient devenues hippies du jour au lendemain, de toute façon. Même les parents d'Edie lui montraient l'exemple : ils s'aimaient toujours autant, se tenaient la main à table et s'embrassaient pour se dire bonjour, bonsoir et bonne nuit. Il n'y avait pas de mal à désirer quelqu'un, du moment que c'était la bonne personne. Edie avait donc jaugé Naumann. Sur le fond comme sur la forme. Et elle lui avait attribué une mauvaise note.

Naumann l'ignorait, manifestement. Il était bien trop obsédé par ses formes à elle – ses fesses, qu'il rêvait de presser entre ses mains ; ses seins, entre lesquels il rêvait d'enfouir son visage. Bien trop occupé à imaginer le plaisir qu'il aurait à coucher avec une fille sans devoir la payer ensuite. Bien trop obsédé par la vodka. Et très peu par son boulot.

Ce printemps-là, la mère d'Edie avait fait tailler de manière inhabituelle les massifs qui ornaient la pelouse devant la maison. Edie apercevait l'un d'eux par la fenêtre – une spirale vert foncé éclairée par la lune. Elle fourra un morceau de rosbif et du chou mayonnaise entre deux tranches de pain au sarrasin, et rejoignit Naumann à la table de la cuisine. Elle commença à manger. Il alluma une autre cigarette. Elle se sentait intrépide.

Les rondes avaient décidément bien du charme.

— Tu as tout le temps faim, fit remarquer Naumann.

Il était amer mais plein d'espoir, ce garçon perdu en Amérique, qui dormait sur un canapé recouvert de plastique et se réveillait chaque nuit, sans exception, sur le sol du salon en remerciant la moquette d'avoir atténué sa chute.

— Il faut toujours que tu aies la bouche pleine, ajouta-t-il.

Ne va pas plus loin, pensa Edie.

La Famille Middlestein

Naumann nettoyait les toilettes d'un lycée, à Winnetka, pour gagner sa vie. Un homme à tout faire, quoi. C'est le père d'Edie qui lui avait trouvé le job.

Elle prit une autre bouchée de sandwich. La salade de chou était acide et crémeuse à souhait.

Naumann tira longuement sur sa cigarette, puis exhala la fumée par le nez d'un air un peu ivre.

Elle voyait bien qu'il était incapable de se contrôler. Sur ce point, elle ne valait guère mieux que lui. Elle compatissait à ses problèmes. Mais tout de même. *Ne va pas plus loin.*

— T'as peut-être besoin de te mettre autre chose dans la bouche, dit-il.

— Tu crois que j'accepterais de coucher avec un mec qui récure des toilettes pour gagner sa croûte ? répliqua-t-elle du tac au tac.

— Tu pourrais toujours courir ! lâcha-t-il. Salope.

Edie termina tranquillement son sandwich. Elle prit son temps, parce qu'elle avait faim et qu'elle aimait se remplir l'estomac. Parce qu'elle était chez elle, dans sa cuisine. Parce qu'elle était une reine et que les femmes pouvaient régner d'une main de fer sur le monde. Puis, lorsqu'elle eut terminé son sandwich, elle poussa un cri strident – un vrai cri de petite fille qui la surprit elle-même. Le cri réveilla sa mère, son père et la moitié du quartier. On ralluma les lampes, tout le monde s'agita, tout le monde s'inquiéta, tout le monde sauf Abraham qui continua de dormir comme un loir parce qu'il avait ôté ses appareils auditifs avant de se coucher. Edie n'éprouva pas le moindre regret. Pour autant qu'elle sache, aucune tragédie n'était à déplorer.

Le saule

La belle-mère de Rachelle n'allait pas bien. Rachelle n'aurait pas pour autant décrit son état comme maladif, parce qu'il n'y avait rien de frêle en elle : Edie mesurait plus d'un mètre quatre-vingts et ressemblait à un œuf énorme dissimulé sous un assemblage de robes d'intérieur soyeuses et chatoyantes qui ajoutaient à son éclat naturel. Mais cette grande et forte femme s'était fait opérer six mois plus tôt (il avait fallu insérer un stent dans sa cuisse pour lui éviter de pourrir – un effet secondaire du diabète) et devait subir une autre opération dans quelques semaines. En outre, Rachelle avait récemment aperçu deux dents noires au fond de sa mâchoire. Elle en concevait une terrible angoisse. Un certain dégoût, aussi. Pourtant, elle ne parvenait pas à aborder le sujet avec Edie.

Ce n'était pas son boulot, de toute façon. Pourquoi devrait-elle parler d'hygiène dentaire à sa belle-mère ? Elle avait une maison à tenir, deux préadolescents à surveiller, une bar-mitsvah à organiser (La Terre entière savait qu'elle organisait la bar-mitsvah de ses enfants : son coiffeur, son prof de Pilates, le prof de danse de ses enfants, sans oublier ses amies, qui avaient toutes attendu la trentaine pour connaître les joies de la maternité et toujours un train de retard dans ce domaine. « Tu crois que tu n'as plus une minute à toi ? disait-elle à ses anciennes camarades de fac débordées par leurs bambins de trois ou quatre ans. Attends un peu... Tu n'as encore rien vu ! »).

Rachelle était parfaitement disposée à aider sa belle-mère. À la soutenir du mieux possible. D'ailleurs, elle avait passé des heures à son chevet après sa première opération, en compagnie de Richard, son beau-père, et de Benny, son mari. Et quand Richard était trop occupé à la pharmacie pour s'occuper de son épouse, Rachelle prenait volontiers le relais : elle la conduisait à ses rendez-vous médicaux et l'emmenait faire ses courses chez Jewel et Costco. Elle avait plus d'une fois préparé le dîner de ses beaux-parents dans leur propre maison avant de rentrer chez elle nourrir sa petite famille. Elle avait même appris à endurer sans broncher les horribles parties de ping-pong verbal auxquelles se livraient Richard et Edie, toutes ces disputes mesquines qui surgissaient pour un rien – le parfum de l'assouplissant, l'entretien de la pelouse, l'état de leurs finances – et se terminaient invariablement par le départ de Richard (bras levés vers le ciel) et le sourire d'Edie (qui se tournait vers Rachelle en susurrant : « Le mariage, c'est pour les pigeons », avant d'imiter le roucoulement de ces volatiles).

Pour sa famille, pour son mari, Rachelle avait fait tout cela. Et elle le referait volontiers. Ça ne lui posait aucun problème.

En revanche, rien dans ses attributions d'épouse, de mère et de femme au foyer ne l'obligeait à être celle qui annoncerait à sa belle-mère que ses dents étaient en train de pourrir.

La Famille Middlestein

— Pourquoi ton père ne s'en charge-t-il pas ? demanda-t-elle à Benny. Tu crois qu'il n'a rien remarqué ?

Ils discutaient sur la terrasse. Dîner terminé, enfants couchés après une dernière salve de textos. Benny tirait les ultimes bouffées d'un minuscule joint en forme de tête d'épingle. Rachelle frissonnait, tel un petit chien précieux, rare, hors de prix. Janvier à Chicago – fallait-il qu'ils soient fous pour sortir par un froid pareil ! La piscine était bâchée. Eux-mêmes disparaissaient sous leurs grosses doudounes.

— Je n'en sais pas plus que toi, répondit Benny.

Il s'agissait de l'incisive inférieure, côté gauche, et de celle qui la jouxtait. Elles étaient toutes deux noires à la racine. Rachelle ne les apercevait que par moments, quand Edie souriait – mais elle souriait beaucoup quand les jumeaux lui rendaient visite.

— Tu tiens vraiment à en parler maintenant ? reprit Benny.

Mêlée à la buée qui flottait dans l'air glacé, la fumée de son joint formait un gros nuage au-dessus de leurs têtes. Il jeta le mégot et l'écrasa sous sa chaussure.

— À quel moment préférerais-tu en parler ?

Il posa doucement la main sur sa nuque et encercla la masse de ses cheveux entre ses doigts. Elle ne savait jamais qui, de lui ou d'elle, était maître de leur relation.

— Jamais ? suggéra-t-il.

— C'est ta mère ! Tu ne te fais pas de souci ?

Il prit un air affligé.

— Je passe ma vie à me faire du souci pour elle.

Il écarquilla les yeux, étouffa un sanglot, et fondit en larmes. Elle le prit aussitôt dans ses bras. Ils demeurèrent ainsi quelques instants, deux anoraks enlacés dans la nuit glacée de janvier. Sans avoir à l'énoncer, ils pensaient tous deux qu'ils traverseraient cette épreuve ensemble. Et que si l'un d'eux flanchait, l'autre gravirait la pente.

— Tu pourrais peut-être lui en parler demain ? dit-il enfin.

Sa barbe légère lui picotait les joues. C'était agréable, presque excitant.

— C'est vrai. Je pourrais lui en parler pendant que les enfants seront à leur cours de danse.

— Exactement, murmura-t-il.

Les jumeaux prenaient des cours de hip-hop en prévision de leur bar-mitsvah. Ils avaient commencé trois semaines plus tôt et progressaient de jour en jour, mais Rachelle craignait qu'ils ne soient pas prêts à temps, ou pire encore, qu'ils se ridiculisent devant leur public. Ils étaient censés faire leur numéro après le repas, avant la projection du montage vidéo qui retracerait les grandes étapes de leur enfance. Ensuite, on apporterait les chariots à desserts, notamment le « bar à glaces » où chacun pourrait préparer sa coupe glacée, et la fontaine au chocolat entourée de fraises, de biscuits et de parts de cake. Pour avoir vu ces fontaines lors de bar-mitsvah, et même à un mariage, Rachelle estimait qu'elles créaient plus de problèmes qu'elles n'en réglaient (imaginez : du chocolat partout !) mais elles figuraient désormais au menu de toutes les réceptions, et son cœur de mère se serrait à l'idée de décevoir sa progéniture. Ses bébés chéris auraient donc leur fontaine au chocolat comme tout le monde.

C'était aussi sur leur insistance que Rachelle avait cherché un prof de hip-hop. Ils n'avaient même pas voulu tenter

La Famille Middlestein

le chant, contrairement à plusieurs de leurs camarades qui l'avaient inscrit au programme de leur bar-mitsvah. Sur ce point, Josh et Emily avaient eux-mêmes reconnu qu'ils iraient droit à l'échec : la voix cassée de Josh augurait des grands bouleversements à venir ; quant à Emily – sa chère Emily à la voix claironnante – elle avait été écartée de la chorale du collège pour la troisième année consécutive. Mais ses jumeaux étaient des enfants consciencieux ; ils jouaient au football depuis l'école primaire ; minces et athlétiques, ils avaient le sens de l'effort et de l'entraînement. Ils avaient promis de s'y mettre sérieusement. Et de réussir.

Là-dessus, Rachelle faisait aussi confiance à Pierre, leur professeur, qui avait tourné dans tout le pays et même à l'étranger (mais une fois seulement) avec les meilleures compagnies de Broadway, comme elle avait pu le constater en menant des recherches approfondies sur Internet à son sujet, parce que dans une autre vie, elle avait été une étudiante brillante, très douée en documentation, mais aussi parce qu'elle n'avait aucune envie de confier ses gamins trois fois par semaine pendant une heure et demie à n'importe quel cinquantenaire muni de claquettes et détenteur d'un bail de trois ans pour un local commercial.

De toute façon, elle n'avait aucun souci à se faire : elle avait trouvé la perle rare. Pierre était arrivé en ville quelques années plus tôt pour s'occuper de sa mère qui souffrait d'un truc terrible – Rachelle ne se rappelait plus quoi exactement... Une leucémie, peut-être ? Seigneur ! D'où sortaient tous ces gens atteints d'horribles maladies ? Bref, il avait posé ses valises et n'était plus reparti. « Il faut prendre soin de ses proches, lui avait-il expliqué. Au bout du compte, la famille, c'est tout ce qui nous reste, vous ne croyez pas ? » Rachelle avait acquiescé avec vigueur. Il parlait à son âme.

Bien sûr, elle avait eu quelques appréhensions le premier jour en poussant la porte de son studio (il faut dire que l'endroit ne payait pas de mine, coincé au bout d'une nouvelle zone commerciale, à cent mètres du Walmart qui venait d'ouvrir sur la route 83), mais une fois entrée, elle n'avait plus douté ni de son talent ni de sa sincérité. Divisé en deux parties, le local n'avait rien d'extraordinaire : on entrait par un petit bureau qui ouvrait sur une grande pièce peinte en blanc. Ce qui rassurait immédiatement le visiteur, c'étaient les dizaines de photos placardées dans l'entrée : on y voyait Pierre en compagnie de célébrités – des pop stars, des vedettes de Broadway et même quelques acteurs de séries télé. Des photos prises sur le vif, naturellement : l'une d'elles montrait Pierre sur une plage, torse nu et tout sourire, ses bras minces et fermes noués autour d'un autre homme torse nu et tout sourire ; plus bas, on reconnaissait Pierre dînant en compagnie d'une brochette de *people*, ses grands yeux doux brillants de joie ; sur le mur d'en face, un Pierre en sueur sortait de scène entouré d'autres danseurs, son visage lisse, couleur cacao, couvert de fond de teint, un sourire resplendissant aux lèvres. En s'approchant, Rachelle croyait entendre son souffle saccadé et les battements effrénés de son cœur. C'était la personne la plus fascinante qu'elle ait rencontrée depuis longtemps.

Mais lorsqu'elle observait Josh et Emily à travers la vitre qui séparait le bureau de la salle de danse, elle les trouvait encore terriblement gauches. Josh semblait le meilleur des deux : bien qu'un peu raide, il parvenait à suivre le rythme.

La Famille Middlestein

Emily avait toujours un temps de retard : elle s'arrêtait, les yeux dans le vide, et comptait la mesure à voix basse tandis que Pierre lui montrait l'enchaînement pour la énième fois. Il ne perdait jamais son calme ; sa voix demeurait douce et encourageante, et quand Josh parvenait peu ou prou au résultat souhaité, il sifflait d'admiration. « Bravo ! Cette fois, tu y es, mec ! Tu as trouvé le truc ! »

Pierre avait promis à Rachelle « des danseurs en or », et elle l'en savait capable. Il connaissait Ricky Martin, après tout.

Les jumeaux se dirigèrent vers la porte, les yeux rivés sur l'écran de leur nouveau joujou – un iPhone chacun, reçu en cadeau le mois précédent pour Hanoukka contre l'avis de Rachelle. À lire toutes ces études sur les risques de tumeurs et de cancer, il y avait de quoi s'inquiéter, non ? Du coup, elle ne les autorisait même pas à passer des appels : ils ne s'en servaient que pour envoyer des textos. Ils s'arrêtèrent sur le seuil pour dire au revoir à Pierre.

— N'oubliez pas de voter ce soir ! lança ce dernier.
— Promis, répondit Emily.
— Vous pouvez voter, vous aussi, reprit le professeur en se tournant vers Rachelle.

Il désigna une nouvelle photo au mur qui le montrait en compagnie d'un jeune Asiatique, corps mince, yeux bleu pâle, et crête d'Iroquois sur la tête. Serrés l'un contre l'autre, ils dégustaient des crèmes glacées dont les cônes se touchaient pour la photo.

— C'est un de mes anciens élèves, expliqua Pierre. Il est arrivé en finale de l'émission *You Can Dance*. Il faut absolument voter pour lui ce soir ! Vous pouvez le faire par

Jami Attenberg

téléphone ou par texto. Si vous êtes du genre à envoyer des textos, bien sûr.

Ce n'était pas son genre, mais elle pouvait s'y mettre.

Le cours de danse durait une heure et demie. La maison d'Edie et de Richard Middlestein, celle où Benny et sa sœur Robin avaient grandi, se trouvait à dix minutes du studio, ce qui permettrait à Rachelle de passer une bonne heure en compagnie de sa belle-mère. Un laps de temps suffisant pour évoquer son hygiène dentaire, voire ses problèmes de santé en général, Edie n'ayant même pas *essayé* de changer son mode de vie malgré les mises en garde répétées des médecins et de son entourage. Tout se dinguait chez elle – les jambes, les dents, le cœur, la circulation sanguine. Elle frisait les cent cinquante kilos. Et risquait la mort à chaque instant si elle ne modifiait pas son régime alimentaire et ne s'astreignait pas à pratiquer un sport quelconque – sur ce point, les médecins avaient été clairs. Le pontage coronarien qu'ils avaient envisagé deviendrait bientôt inévitable. Seigneur ! Combien d'opérations lui faudrait-il subir avant qu'elle se décide à agir ? N'accordait-elle aucune valeur à sa propre existence ? C'était invraisemblable. Rachelle n'y comprenait rien. Benny non plus. Personne n'y comprenait rien. S'ils avaient été à sa place, ils auraient filé doux dès la première opération.

Le père de Benny ne faisait rien pour arranger la situation.

— Tu connais ta mère, expliquait-il à son fils. Si elle a décidé de ne rien faire, je n'arriverai pas à la faire changer d'avis.

Et il s'en tenait là. Pas moyen de poursuivre la discussion. Parce qu'il ne voulait pas affronter sa femme, tout

La Famille Middlestein

simplement. Il faut dire qu'Edie était odieuse avec lui. Alors qu'elle se montrait pleine d'affection envers ses propres enfants, ses petits-enfants et même sa belle-fille, elle se comportait avec Richard comme un moineau avec une miette de pain. Dans ces moments-là, Rachelle, qui l'aimait pourtant beaucoup, l'aimait nettement moins.

N'empêche, c'est Richard qui aurait dû aider sa femme à se reprendre en main – Richard, et personne d'autre. Pourtant, Rachelle se trouvait là aujourd'hui, au volant de sa voiture, sur cette longue avenue hérissée de pavillons neufs qui donnait sur une avenue similaire, laquelle menait à une petite artère secondaire encore bordée de maisons bâties dans les années soixante – ici, les propriétaires n'avaient jamais vendu aux promoteurs, préférant rester ou céder leur bien aux jeunes générations sans passer par des intermédiaires. Les villas avaient été construites par groupes de trois, tous identiques, dans un style qui évoquait les ranches des grandes plaines de l'Ouest. À l'arrière, les jardins étaient entourés de palissades. Côté rue, des ormes majestueux fleurissaient dès l'arrivée des beaux jours. C'était un petit coin de banlieue paisible et charmant. Rachelle avait trouvé dans l'album de famille des photos de la maison prises trente ans plus tôt : on y voyait Benny et Robin poser devant un immense saule en fleur. Vêtue d'un polo sous lequel pointaient ses petits seins potelés, Robin esquissait un demi-sourire, les yeux plissés pour se protéger du soleil ; à son côté, coiffé d'une casquette de l'équipe des Chicago Cubs, la main glissée dans un gant de base-ball, Benny offrait un grand sourire bagué de métal à l'objectif. Comment expliquer qu'il soit devenu si joyeux, et sa sœur si triste ? Mystère. La réponse se trouvait sans doute dans leurs gènes. Aujourd'hui, l'immense saule avait disparu. Devant le double garage, il ne restait qu'une série de buissons bas et inégaux, mal entretenus par Edie – au printemps, elle se décidait parfois à les tailler, munie d'un sécateur géant.

— J'adore prendre l'air, affirmait-elle en cisaillant les broussailles.

En arrivant devant la maison de ses beaux-parents, Rachelle se gara de l'autre côté de la rue, mais elle ne descendit pas de voiture : ses jambes refusaient de bouger. Elle ne parvint même pas à couper le contact. *C'est trop injuste !* pensait-elle. La phrase tournait en boucle dans son esprit. Elle la brûlait, la marquait au fer rouge. Pourquoi avait-elle accepté de venir ? Parce qu'ils devaient traverser cette épreuve ensemble. Parce que sa mission dans la vie consistait à veiller sur le bonheur et la santé de sa famille. Parce que si elle flanchait, son mari l'aiderait à se relever, comme elle l'aurait fait pour lui. Comme elle le faisait en ce moment même.

La porte de la maison s'ouvrit sur Edie, drapée dans l'énorme manteau de vison et la toque assortie que sa mère, aussi corpulente qu'elle, lui avait légués avant de mourir.

— Je suis moralement opposée à la fourrure, avait expliqué Edie à Rachelle. Mais puisque j'en ai hérité, que veux-tu que j'en fasse ? Je ne vais tout de même pas le jeter !

Rachelle avait caressé le manteau de ses jolis doigts manucurés et tenté d'imaginer ce qu'elle en ferait s'il devenait brutalement sien.

— Le vison, ça ne se jette pas, avait-elle acquiescé.

Edie monta dans sa voiture et s'éloigna avant que sa belle-fille ait pu descendre de la sienne pour l'en empêcher.

La Famille Middlestein

Rachelle n'hésita pas une seconde : elle démarra et la suivit à courte distance. Edie longea le lycée – au fronton affublé d'un panneau électrique sur lequel clignotaient les mots « Tous avec nous ! » – puis s'engagea sur le parking d'un McDonald's. Elle passa sa commande sans sortir de sa voiture, récupéra les articles au guichet du drive-in et regagna l'avenue principale quelques minutes plus tard. Mais au lieu de rentrer chez elle, elle partit en sens inverse, toujours talonnée par Rachelle (désormais dévorée par une curiosité morbide), et se rendit dans un Burger King, également équipé d'un drive-in. Là encore, Edie commanda en se penchant vers le micro, puis récupéra rapidement ses articles quelques mètres plus loin. Avant de quitter les lieux, elle s'arrêta devant une poubelle, baissa la vitre et jeta le sac McDonald's vide et froissé. Il fut rejoint une seconde plus tard par un grand gobelet en plastique délesté de son contenu. Lancé d'une main sûre, le projectile atteignit sa cible sans même heurter les bords de la poubelle.

Puis Edie continua sa route, de plus en plus loin de chez elle, suivie par une Rachelle devenue infiniment triste. Ses lèvres s'étaient affaissées sous le poids du chagrin et une succession de petits soupirs résignés s'échappaient délicatement de son nez. Elle avait éteint le chauffage. Dans l'habitacle, l'air s'était figé. Après avoir parcouru quelques kilomètres, Edie s'engagea dans une contre-allée bordée de boutiques et s'arrêta devant un restaurant chinois apparemment fermé. Elle descendit de la voiture et se dirigea vers l'établissement d'un air décidé – non sans s'être figée un instant devant une poubelle pour y déposer son sac Burger King. Puis elle poussa la porte et fut accueillie avec effusion par une jeune serveuse.

Jami Attenberg

Elle va mourir, pensa Rachelle. *Et nous ne pourrons rien faire pour la sauver.*
Elle envisagea de faire irruption dans le restaurant, de se hisser sur la pointe des pieds pour attraper Edie par le col de son splendide manteau de vison et d'exiger qu'elle cesse – qu'elle cesse de quoi, au juste ? De manger ? De manger n'importe quoi ? Impossible. Rejoindre Edie l'obligerait à admettre qu'elle la suivait depuis une vingtaine de minutes. Or elle ne pourrait jamais se résoudre à lui avouer une chose pareille.

Rachelle fit demi-tour et se dirigea vers le studio de Pierre. Artère principale, artère secondaire, tourner à gauche, tourner à droite, se garer. Voilà. Il restait vingt minutes avant la fin du cours. Elle entra et regarda les jumeaux danser. Si jeunes, si beaux, si sains. Et si minces. Emily ressemblait un peu à sa tante Robin – même lèvres tristes, retroussées, vaguement sexy. Quant à Josh, c'était le portrait craché de Benny : une tignasse d'épais cheveux noirs, des sourcils étonnamment bien dessinés, un sourire timide, mais déterminé. Rien, dans leur apparence physique, n'indiquait qu'ils pourraient un jour ressembler à leur grand-mère. Certes, Emily se montrait parfois maussade, mais ce n'était pas nécessairement le signe d'une mauvaise relation à la nourriture. Rachelle se promit néanmoins d'y veiller. En tant que mère, c'est le genre de détails auquel on doit prêter attention.

Tandis que les jumeaux rassemblaient leurs affaires au fond de la salle, elle s'appuya contre l'un des montants de la porte, face à Pierre, appuyé contre l'autre. À sa manière, discrètement, elle se mit à quêter son approbation.

— Tout espoir n'est pas perdu, n'est-ce pas ?

La Famille Middlestein

— Ce sont des diamants bruts, répliqua-t-il en lui décochant un clin d'œil. Prêts à éclore comme de magnifiques petits arcs-en-ciel.

Il leva les bras, puis les baissa en agitant doucement les doigts. Rachelle suivit la trajectoire de ses mains, qu'il ramena le long de son corps en laissant — elle l'aurait juré — de la poussière d'étoiles sur leur passage.

— Et vous, mademoiselle Rachelle ? Comment allez-vous ? Accaparée par l'organisation de la réception, j'imagine ?

Rachelle lui avait récemment fait part de ses réticences concernant la fontaine au chocolat. L'idée même lui semblait excessive. Penser à ces litres de chocolat fondu qui jailliraient vers le plafond avant de retomber dans une mare de sauce lui donnait déjà la nausée. Sans parler des caries que ce chocolat risquait d'entraîner. Mais ce n'était pas pour elle qu'elle se donnait tout ce mal. C'était pour ses enfants et sa famille. « Un peu de chocolat n'a jamais tué personne », avait assuré Pierre dans un grand éclat de rire. Elle avait ri, elle aussi, sans être certaine d'avoir saisi la plaisanterie.

— Les cartons d'invitation partiront la semaine prochaine, annonça-t-elle. Ce sont des magnets en réalité. À coller sur le frigo pour que les gens n'oublient pas la date.

Elle en sortit un de son sac où il était inscrit : « BAR-MITSVAH DE JOSH ET EMILY LE 5 JUIN 2010 : UNE SOIRÉE À NE PAS RATER ! » et le lui tendit.

— Vous êtes invité, bien sûr.

La phrase lui avait échappé. Pierre était-il invité ? Elle serait ravie de le voir sur la piste de danse, en tout cas.

— Comme c'est gentil ! dit-il d'un ton égal.

Elle rougit.

— Vous êtes certainement très occupé... et peut-être déjà invité à plusieurs bar-mitsvah.
— Pas tant que ça. Je crois que les gens se demandent toujours avec qui je vais venir.
Il rit de sa plaisanterie, un peu éventée, à vrai dire.
— Vous pouvez venir avec qui vous voulez, assura Rachelle – et elle le pensait.
Elle ne put s'empêcher de lancer un regard rêveur vers les photos de célébrités accrochées au mur.
— Je jetterai un œil à mon agenda, dit-il.
Et elle eut la conviction – la certitude, même – qu'il le pensait, lui aussi.

Benny était déjà rentré quand Rachelle arriva avec les enfants : il dressait la table dans la cuisine, vêtu d'un vieux costume. Elle remarqua que le pli du pantalon commençait à se délaver et se promit de le donner à l'Armée du Salut dès le lendemain. Elle remarqua aussi qu'un gros carton à pizza trônait sur le plan de travail. Benny était sans doute rentré quelques minutes avant eux, pas davantage. Théoriquement, c'était à lui de préparer le dîner : il avait triché et acheté une pizza.
— Dis-moi que tu as pris une salade, au moins ! s'exclama-t-elle. Tu sais bien que les qualités nutritionnelles d'une pizza sont quasi nulles.
Benny sortit du sac une grosse boîte en plastique remplie de laitue, qu'il agita sous le nez de Rachelle.
— Je ne suis pas fou, quand même. Je n'ai pas envie de passer la nuit dans la niche du chien !
— On n'a pas de niche, intervint Josh. Ni de chien.

La Famille Middlestein

— C'est une façon de parler, expliqua Benny. Un truc qu'on dit pour plaisanter. Depuis quand ce gosse a-t-il perdu son sens de l'humour ?
— Il est très drôle, assura Rachelle. Tu aurais dû le voir danser cet après-midi !

Ils passèrent rapidement à table. Comme toujours, Benny assaillit Josh et Emily de questions sur leur journée. C'était devenu une habitude chez lui, que les jumeaux accueillaient avec plus ou moins d'entrain. Même lorsque ses efforts tombaient à plat, Benny se donnait du mal pour rester proche d'eux, et Rachelle lui en était reconnaissante. Son père à elle, un homme malheureux, constamment débordé, mécontent de son travail, de sa femme, de sa fille, de sa vie, du monde entier, ne lui avait jamais vraiment porté attention. Il prenait place à table et réclamait le silence en fusillant Rachelle et son épouse du regard. « Ton père a passé une mauvaise journée », murmurait sa mère.

Rachelle s'était juré de ne jamais imposer le silence à table dans sa propre maison.

Après le dîner, ils s'installèrent tous les quatre devant la télévision pour regarder *You Can Dance*. Victor Long, l'ancien élève de Pierre, apparut bientôt à l'écran : cheveux dressés sur la tête, regard vif, il bondissait, jambes et bras tendus devant lui, puis retombait au sol, se roulait en boule et se redressait de nouveau, fléchissant les genoux au rythme d'un morceau de musique trépidant, ponctué d'étranges bruits de klaxon. Il était gracieux et athlétique, ce que Rachelle admirait, même si elle n'aurait jamais choisi de danser ainsi. Ses enfants, eux, étaient absolument fascinés.

— Je n'arriverai jamais à faire ça, commenta Emily d'un air éploré.

Jami Attenberg

Elle croisa les bras et coinça ses pouces sous ses aisselles.
— Je vais me ridiculiser devant tous mes amis !
— Tu feras de ton mieux, assura Rachelle.
— Et si mon mieux est complètement nul ? se récria la jeune fille.

Elle écrasa une larme, puis une autre, et quitta la pièce, entraînant lentement le cœur de sa mère avec elle.

Plus tard dans la soirée, après avoir couché les jumeaux, Rachelle s'emmitoufla dans sa doudoune et rejoignit son mari, qui fumait tranquillement un joint sur la terrasse. Cette fois, elle le partagea avec lui. D'ordinaire, elle fumait juste pour s'amuser et se détendre un peu, mais ce soir, c'était différent : depuis qu'elle avait suivi Edie dans l'après-midi, elle se sentait triste. Si triste qu'elle avait l'impression d'avoir besoin d'un joint, voire qu'elle le méritait. Ce besoin semblait légitime chez Benny. Fumer constituait sa petite récompense à l'issue d'une longue journée de travail. Rachelle, elle, ne travaillait pas – en tout cas, pas vraiment : elle veillait sur la maison et sur leurs possessions ; elle conduisait les enfants au collège et à leurs diverses activités ; elle suivait un cours de Pilates quatre fois par semaine, se rendait de temps à autre à la synagogue pour participer à un groupe de parole constitué de vieilles dames qui pensaient tout savoir sur tout alors qu'elles en savaient peu sur pas grand-chose (il suffisait de creuser un peu pour s'en apercevoir) ; elle allait chez le coiffeur (les pointes régulièrement, la couleur une fois par mois), chez la manucure, la pédicure et l'esthéticienne ; elle faisait la cuisine et les courses ; elle lisait (elle était membre de trois clubs de lecture, mais n'allait aux réunions que si elle aimait le livre au programme). À ceux qui lui posaient au bon moment la question de ses activités, elle répondait en plaisantant : « Je dépense l'argent de mon mari. » La repartie était censée être drôle. Mais elle était aussi très vraie.

— Les enfants n'ont pas fait beaucoup de progrès, si je comprends bien ? demanda Benny.

— Josh n'est pas mauvais, répondit-elle. Mais si j'en crois ce que j'ai vu, Emily n'a aucun sens du rythme.

— Ça ne fait que quelques semaines...

Il posa la main sur sa tête. Glissa les doigts dans ses cheveux.

— Arrête, dit-elle.

— Tu sors de chez le coiffeur, c'est ça ?

Il acheva de la décoiffer, faisant tomber ses cheveux dans ses yeux.

— Tu viens juste de faire couper tes beaux cheveux ?

Il était complètement défoncé. Il éclata de rire. Il frôla le visage de Rachelle du bout des doigts, se figea à hauteur de son menton, qu'il pinça entre le pouce et l'index.

— En voilà un joli petit menton ! s'exclama-t-il.

Et il l'embrassa sur la bouche.

— Ça suffit, maintenant, dit-elle en lui prenant le joint.

Elle enfouit sa main libre dans la poche du pantalon de Benny, chercha son sexe et le caressa doucement. C'était une de ses possessions, après tout.

Il était de si bonne humeur qu'elle avait renoncé à lui parler d'Edie lorsqu'il aborda le sujet de lui-même.

— As-tu vu l'autre Mme Middlestein, aujourd'hui ?

— Mme Middlestein senior ?

— Celle-là même.

Jami Attenberg

Voici la liste des mensonges que Rachelle avait racontés à son mari, classés par ordre chronologique :

1. Lorsqu'ils s'étaient rencontrés, elle n'avait pas encore rompu avec Craig Rossman, son petit ami de l'époque, celui qui était parti étudier à Cornell. Elle ne l'avait quitté qu'un bon mois plus tard, parce qu'elle préférait lui annoncer sa décision en face, pendant les vacances de Noël. Elle avait menti à Benny, mais personne ne pouvait le lui reprocher. Craig était un type bien, et Rachelle avait trop de cœur pour rompre avec lui par téléphone.

2. L'année de ses vingt et un ans, quand elle avait commencé à sortir avec Benny, elle avait prétendu qu'elle prenait la pilule alors que ce n'était pas vrai, parce qu'elle ne voulait pas passer pour une idiote (ça n'avait aucun sens, elle le savait, toutes les filles la prenaient, et elle se demandait bien pourquoi elle n'avait pas fait pareil, au moins histoire d'avoir des règles moins douloureuses, mais, déjà à l'époque, Benny l'aimait pour son grand sens pratique et elle n'avait pas voulu le décevoir). C'est à la suite de ce mensonge qu'elle était tombée enceinte des jumeaux à la fin de l'année universitaire, quand ils s'étaient jetés l'un sur l'autre dans les toilettes de son dortoir au cours de la fête très arrosée qui avait suivi la remise des diplômes.

3. Elle n'avait jamais vraiment aimé sa bague de fiançailles, ce petit diamant riquiqui, mais elle avait superbement joué la comédie quand Benny la lui avait offerte, les mains tremblantes d'appréhension (une appréhension ridicule, puisqu'il savait déjà que la réponse serait oui, ils n'avaient plus le choix), dans une petite boîte en velours rouge alors qu'ils dînaient dans un restaurant de viandes grillées à Chicago.

La Famille Middlestein

4. Elle lui avait menti en affirmant avoir adoré sa sœur Robin dès leur première rencontre. Ce jour-là, Robin s'était montrée telle qu'elle était : malheureuse, lunatique et bizarre. Rachelle ne lui avait jamais pardonné de ne pas avoir souri (ni même essayé de sourire) sur leurs photos de mariage, sans parler de la quantité d'alcool qu'elle avait ingurgitée ce jour-là... Était-elle la seule de la famille à voir que Robin buvait beaucoup trop ? Si cela ne tenait qu'à elle, elle aurait purement et simplement supprimé Robin de l'album photos en découpant les clichés où elle apparaissait.

5. Elle s'abstenait de dire à Benny qu'elle allait deux ou trois fois par mois seule au cinéma en matinée, parce qu'elle ne voulait pas qu'il lui reproche ce petit plaisir, lui qui travaillait si dur. Or ces mensonges en entraînaient deux autres : premièrement, lorsqu'il lui demandait ce qu'elle avait fait de sa journée, et deuxièmement, lorsqu'ils allaient ensemble voir un film qu'elle avait déjà vu, ce qui l'obligeait à faire semblant de le découvrir. Cette situation avait conduit son mari à se demander si elle avait perdu son sens de l'humour, ou, d'une manière plus subtile qu'il n'avait pas encore réussi à nommer, si elle avait perdu sa capacité à éprouver de la joie, parce qu'elle riait à peine aux plaisanteries qu'elle entendait pour la seconde fois.

6. Enfin, elle n'était pas toujours satisfaite d'être femme au foyer, mais l'autre option – que Benny endurait au quotidien (et elle le remerciait de s'en charger), à savoir : gérer les humeurs d'un chef, assumer une montagne de responsabilités dans un bureau mal éclairé, supporter les manigances de certains collègues – lui paraissait si effrayante qu'elle s'exclamait volontiers : « Je suis née pour rester à la maison », à tous ceux qui lui posaient la question,

amis, parents, prof de Pilates, membres de son groupe de parole à la synagogue, même lorsqu'il lui arrivait de penser à ce qu'elle aurait pu faire de sa vie si elle n'avait pas laissé Benny entrer en elle, ou si elle l'avait forcé à se retirer avant qu'il ne soit trop tard.

Et maintenant, celui-là : non, elle n'avait pas vu sa mère. Il n'y avait personne chez eux quand elle était passée les voir.

— Qu'est-ce qui leur arrive ? s'enquit Benny, soudain dégrisé, dans l'air glacé de la nuit.
— Je ne sais pas. Ce sont tes parents. Tu les connais mieux que moi.
— Où était-elle ?
— Benny...
— Quoi ?

Il écrasa un mégot imaginaire sous la semelle de sa chaussure.

Lorsque Rachelle souhaitait inciter son mari à agir, elle se débrouillait la plupart du temps pour le lui suggérer de telle sorte qu'il avait l'impression d'avoir pris l'initiative. Parfois, elle le mettait au pied du mur, généralement sur un ton badin pour ne pas le blesser. D'autres fois, mais beaucoup plus rarement – parce que c'était un type bien, qu'Edie et Richard en avaient fait un homme capable de prendre les bonnes décisions –, elle lui donnait un ordre. Ce fut le cas ce soir-là.

— Tu dois parler à ta mère. Pas moi. Toi.
— Je vais téléphoner à papa.
— Comme tu voudras, dit-elle.

Et ce fut tout.

La Famille Middlestein

Le lendemain matin, Rachelle et Benny observèrent les jumeaux qui répétaient leur numéro de hip-hop près de la piscine. Ils avaient enfilé leurs manteaux et posé le lecteur de CD sur un transat. C'était une belle matinée d'hiver : l'air était sec, sans un souffle de vent, et le soleil régnait sans partage dans un ciel azur. Emily comptait à voix haute les mesures du morceau des Black Eyed Peas. Josh fermait les yeux pour mieux se concentrer. Ils faisaient des efforts manifestes pour glisser élégamment sur le revêtement carrelé de la terrasse.

À la fin du morceau, Emily ôta son bonnet et Josh dénoua son écharpe. Lorsque sa sœur se dirigea vers l'appareil audio pour relancer la chanson, il bondit et retomba sur ses jambes avec une grâce surprenante.

Rachelle en eut le souffle coupé.

— Tu as vu ça ? s'enquit Benny.

— Oui.

— Il tient de son père, ce petit ! reprit-il.

Et il se lança dans une mauvaise imitation du *moonwalk* de Michael Jackson sur le sol de la cuisine.

— Tout à fait, ironisa Rachelle.

Le lecteur de CD se remit à cracher le morceau des Black Eyed Peas. Rachelle l'avait tant entendu qu'elle commençait à le détester.

— Je pense que j'irai rendre visite à mes parents aujourd'hui, annonça Benny en évitant son regard.

Rachelle lui avait réservé un accueil glacial au lit la nuit précédente : elle s'était roulée en boule dans le coin, en prenant soin de caler un oreiller dans son dos pour l'empêcher d'approcher.

Jami Attenberg

Cherchait-il à obtenir son assentiment, à présent ? Difficile à dire. Si elle approuvait sa décision, il risquait de penser qu'elle lui avait donné un ordre auquel il s'était plié – ce qui était le cas, mais elle n'était pas sûre de vouloir le lui rappeler. Si elle ne l'approuvait pas, il risquait de penser qu'elle lui en voulait encore, ce qui était faux. En fait, elle l'aimait plus en cet instant qu'elle ne l'avait aimé depuis des années. Tout ce qui avait récemment affecté leur vie conjugale (la légère indifférence avec laquelle Benny avait accueilli les opérations de sa mère, son incapacité à préparer ou même à acheter un repas équilibré pour leurs enfants depuis des mois) se trouvait balayé par la décision qu'il venait de prendre. Parce qu'elle était juste et appropriée.

Elle l'enlaça, passa les doigts dans ses cheveux et l'embrassa avec tant de fougue et pendant si longtemps que leur fille leur lança un regard intrigué. Le spectacle qu'ils offraient incita Emily à croire à l'amour et au caractère sacré des liens du mariage – sinon pour elle, du moins pour autrui.

Plus tard dans la journée, en se garant sur le parking du centre commercial Old Orchard – les manteaux d'hiver étaient à moins trente pour cent chez Nordstrom –, Rachelle commença à réfléchir au moyen de sauver sa belle-mère. Son plan nécessiterait la participation de son mari et, naturellement, celle de son beau-père. Ils devraient tous œuvrer main dans la main pour remettre Edie sur les rails. Rachelle se chargerait volontiers de lui préparer des repas sains et équilibrés, grâce à l'aide de la diététicienne associée à son centre de Pilates. À moins qu'elle ne se contente d'inscrire Edie au programme de Weight Watchers ? Dans ce cas, elle la conduirait elle-même aux réunions et y assisterait si

La Famille Middlestein

nécessaire. Elle renoncerait à ses séances de cinéma matinales pour accompagner Edie dans une salle de sport si cela pouvait la convaincre de faire enfin un peu d'exercice physique. Il suffisait de si peu ! Une promenade par jour, et elle irait déjà mieux. Mais la mission la plus importante incomberait à Richard : ce serait à lui de veiller à ce que sa femme n'aille pas s'alimenter secrètement dans tous les fast-foods du coin. Et si cette surveillance obligeait Richard à travailler moins, tant pis ! Il trouverait toujours le temps de gagner plus d'argent par la suite. En revanche, il n'avait qu'une femme, et qu'une vie. Quant à Benny, il serait chargé d'appeler sa mère tous les soirs pour s'enquérir de ses progrès et l'assurer de son affection. Recevoir un coup de téléphone de son fils : n'est-ce pas le souhait de toutes les mères du monde ? Rachelle ne doutait pas qu'elle souhaiterait la même chose quand Josh serait grand. Pour l'heure, Edie serait ravie, c'était évident.

Mais ce qui comptait le plus, c'était d'être unis dans l'épreuve. Si chacun d'eux y mettait du sien, Edie avait une chance de s'en sortir.

Ce jour-là, quand Rachelle arriva au studio après le cours de danse, les jumeaux semblaient aux anges. Emily, en particulier, irradiait.

— Maman ! C'était génial, aujourd'hui ! s'exclama-t-elle.

— C'est vrai, acquiesça Pierre en passant un bras autour des épaules de la jeune fille. Ils se sont souvenus de l'enchaînement sans que j'aie à le leur rappeler.

Josh porta les doigts à ses tempes et les appuya fortement, les yeux un peu exorbités.

— J'ai senti le morceau vibrer dans tout mon corps, confia-t-il. J'avais l'impression de voir défiler la chorégraphie dans ma tête !
— C'est magique quand on a ce genre de déclic, acquiesça Pierre.

Rachelle se gorgeait de leur énergie ; elle la sentait ruisseler sur son visage, son cou et sa gorge tel un flot d'amour chaud et laiteux. Il se mêlait à l'enthousiasme qu'elle avait éprouvé à l'idée de changer la vie de sa belle-mère. Les jumeaux bondissaient. Tout le monde riait. Rachelle sortit son carnet de chèques pour régler à Pierre les leçons du mois écoulé. Elle lui demanda un stylo. Il ouvrit le tiroir de son bureau, dévoilant au moins une centaine de magnets d'invitation empilés les uns sur les autres, tous inscrits de noms et de dates différents. Rachelle rougit, soudain prise de nausée. Il était invité partout, et c'était bien normal : un homme aussi fabuleux est forcément très sollicité. Elle rougit de plus belle et se trompa dans le montant du chèque, qu'elle déchira d'une main tremblante.

Quelle idiote ! pensa-t-elle. *Qu'est-ce que ça peut me faire ? J'ai une belle-mère à sauver.*

Benny rentra juste avant le dîner, le visage soucieux, le front plissé par l'anxiété. Il sourit en voyant les enfants, mais lança un regard las à Rachelle tout en enlaçant Emily. Elle sentit sa gorge se nouer.

Ils mangèrent du saumon rose vif, dépourvu de saveur. Rachelle fronçait les sourcils chaque fois que l'un d'eux tendait la main vers la salière, rien qu'une pincée, ils auraient fait n'importe quoi pour donner plus de saveur à leur repas, mais elle les arrêtait d'un murmure : « Pas

La Famille Middlestein

trop. » Du riz complet. « Buvez plus d'eau », ordonna-t-elle. Puis vinrent des fraises mûries sous serre et des biscuits sans sucre qui se chargèrent de pomper le peu d'espoir qui leur restait. Pas question de rigoler quand c'était à elle de composer le menu.

Après dîner, ils s'installèrent au salon pour regarder la finale de *You Can Dance*. Rachelle s'installa sur le canapé d'angle près d'Emily. Elle lui caressa la tête pendant toute l'émission. Emily avait pris une douche en début de soirée. Elle sentait bon : Rachelle reconnaissait sur elle l'odeur de son shampooing. Josh s'était installé à leurs pieds, les jambes repliées sous le menton, ivre d'excitation à la perspective de la victoire tant attendue. Affalé de tout son long, les mains jointes sur le ventre, Benny avait accaparé le divan. Rachelle lança un regard vers son estomac. Avait-il grossi récemment ? Serait-elle bientôt dans l'obligation de mettre toute la famille au régime ?

Elle profita de la première plage de publicités pour s'enquérir de sa journée. Elle n'obtint pour toute réponse qu'un long soupir plaintif.

Le présentateur annonça la victoire de Victor à la toute fin de l'émission. Les jumeaux bondirent en poussant des cris de joie, et même Rachelle se surprit à applaudir. Benny se contenta de passer ses mains derrière la tête. Une pluie de confettis s'abattit sur Victor, qui avait chaleureusement étreint le présentateur. Il s'essuya les yeux du plat de la main et prit le micro.

— Je voudrais juste remercier tous ceux qui m'ont permis de gagner ce soir, déclara-t-il. Les téléspectateurs pour m'avoir offert leur soutien et leurs votes, mes parents pour avoir cru en moi, Jésus-Christ notre Seigneur et

Jami Attenberg

Sauveur, et mon premier prof de danse, Pierre Gonzales, qui a fait de moi l'homme que je suis aujourd'hui.
 Un gros clin d'œil vint ponctuer ses derniers mots. Un gros clin d'œil *salace* ? Non. Enfin, peut-être... Rachelle laissa échapper un soupir perplexe. Elle se tourna vers son mari : il souriait pour la première fois de la soirée.

Dans le jardin, sous les étoiles, le printemps semblait encore loin. Des mois à attendre. Et plus encore avant que les jumeaux ne s'avancent dans une pièce remplie de monde et tâchent d'égaler Victor Long le temps d'une danse.
 — Qu'est-ce qu'il se passe ? demanda-t-elle à son mari.
 Le joint était plus épais que d'habitude, et Benny s'était installé dehors bien avant qu'elle ne le rejoigne. Il était assis sur une chaise longue, la tête posée dans le creux de sa main, le joint dans l'autre.
 — Mon père a quitté ma mère, dit-il.
 — Qu'est-ce que tu racontes ? s'exclama-t-elle.
 Ça n'avait aucun sens.
 — Il a renoncé. Il prétend qu'il ne peut plus la supporter. Il dit que c'est une femme malheureuse, qu'elle se tue à petit feu, et qu'il ne peut pas vivre un jour de plus avec elle. Elle est effondrée.
 Benny lança un regard éploré à son épouse. Il était incapable de gérer la situation sans elle. Et même avec son aide, il n'y parviendrait peut-être pas.
 — Il ne peut pas partir comme ça, se récria-t-elle. Personne ne quitte une femme malade... Personne.
 — Il est parti, pourtant. Et il m'a semblé assez déterminé. Il a loué un appartement près de la pharmacie.

La Famille Middlestein

Rachelle s'approcha de son mari. Elle s'assit sur ses genoux, noua un bras autour de son torse, et l'autre, moins fermement, autour de son cou. Puis elle lui annonça qu'elle s'opposerait à ce que son beau-père continue à voir leurs enfants.
— Tu m'entends ? dit-elle.
Elle ajouta qu'un homme capable de quitter une femme malade était forcément un sale type, et qu'il fallait le tenir à l'écart, lui interdire d'approcher les enfants. Elle déclara que Richard devait être puni, et que cette interdiction serait sa punition. Il n'aurait plus le droit de voir Josh et Emily. Il était devenu fou et n'aurait plus accès à ses petits-enfants. Pas ses enfants à elle. Pas cet homme. Benny tenta de répliquer – qui prenait les décisions dans cette maison ? Était-ce lui ? En avait-il seulement envie ? – mais ce fut bref, et vite terminé, car Rachelle éleva la voix. Elle l'éleva si fort que Josh l'entendit à travers sa fenêtre fermée. Josh qui était en train de penser intensément à Victor Long ; Josh qui se demandait ce qui se passerait s'il décidait un beau matin de renoncer à sa future carrière de médecin pour devenir danseur, si ses parents croiraient encore en lui de la même façon, lorsqu'il entendit sa mère hurler : « Je ne le laisserai pas entrer chez moi ! Je ne veux plus le voir ! » encore et encore, jusqu'à ce que son père n'ait d'autre choix que d'acquiescer.

Edie, 72 kilos

Edie était censée retrouver le jeune homme à 19 heures dans un club de musique folk qui servait des hamburgers, mais l'infirmière lui avait annoncé que les résultats des analyses de son père arriveraient peut-être en fin de journée – à moins qu'ils n'arrivent que le lendemain matin ? Le caractère imprévisible des récents événements, et de la vie en général, arrachait à Edie de longs sanglots qu'elle étouffait dans la salle de bains adjacente à la chambre d'hôpital de son père. Ce jour-là, elle se résolut à rappeler le jeune homme – elle ne le connaissait pas encore, c'était une amie qui avait arrangé le rendez-vous – pour lui demander gentiment s'ils pouvaient dîner plus tôt, et plus près de l'hôpital.

— Dommage ! répondit-il. Il paraît que c'est vraiment un endroit génial.
— Pour faire quoi ?
— Je ne sais pas... Passer un bon moment.
— On peut manger n'importe où, non ? répliqua-t-elle sèchement.
— J'avais juste envie d'un peu de nouveauté.
— Écoutez, on ne se connaît même pas. Comment voulez-vous que je sache ce qui est nouveau pour vous ?

— Eh bien... J'ai l'impression qu'on apprend déjà à se connaître ! lança-t-il en riant.
Il se moquait d'elle. Edie fut consternée, parce qu'il n'y avait rien de drôle ni dans ce monde, ni dans sa vie. Vraiment pas de quoi rire.
Sa mère était morte l'hiver précédent. Une mort sans préavis : une crise cardiaque l'avait plongée dans le coma ; elle en était sortie le temps d'une journée, s'était faiblement agrippée aux membres de sa famille, avait souri sans un mot, puis s'était éteinte. La chambre d'hôpital donnait sur un parking. Il avait neigé la nuit précédant la crise cardiaque. Le lendemain matin, Edie avait regardé un vieil homme déblayer la neige, formant de petits monticules autour du parking. Les tas de neige étaient déjà gris quand sa mère avait rendu l'âme.
À présent, son père était cloué au lit dans une chambre du Northwestern Memorial Hospital. Leur entourage s'était débrouillé pour le faire admettre dans cet établissement, proche de la faculté de droit où Edie suivait ses cours. Un émigré russe en avait appelé un autre, puis encore un autre, et ils lui avaient déniché une chambre individuelle. C'était un type bien, le père d'Edie : il méritait ce qu'il y avait de mieux. En plus de ses allers et retours quotidiens entre la faculté de droit et la bibliothèque, Edie devait maintenant marcher de sa résidence universitaire à l'hôpital, monter dans des ascenseurs, longer des couloirs, pousser des portes. Elle passait ses journées à marcher, voire à courir (quand elle n'était pas assise en classe ou à la bibliothèque). Elle en oubliait souvent de manger, et plus encore de se chercher un mari — une mission que Carly, sa voisine de palier, jugeait de la plus haute importance. Son obsession était

La Famille Middlestein

un peu étrange, d'ailleurs : n'étaient-elles pas censées être féministes ? Edie n'avait pas la force d'en débattre avec elle, de toute façon.

Edie n'avait plus vraiment de vie, mais elle était tout de même plus vivante que son père : la peau de son visage avait viré au gris en quelques semaines ; son nez et ses oreilles paraissaient énormes sur son crâne plissé, comme rétréci par une maladie que les médecins n'arrivaient pas à diagnostiquer avec précision. Et voilà que ce type, le jeune homme avec lequel Edie avait rendez-vous, se montrait désinvolte, cavalier même ! Comment osait-il ? N'avait-il pas tout le temps du monde pour tester ce nouveau restaurant ?

— Et si on se retrouvait à 18 heures devant la résidence universitaire ? suggéra-t-elle. Je vous attendrai devant l'entrée.

— Comment ferai-je pour vous reconnaître ?

— Je serai celle qui se fiche pas mal de l'endroit où on va dîner.

C'était faux : elle ne s'en fichait pas. Bien manger lui manquait. Les hommes ne lui manquaient pas – on ne manque pas de ce qu'on n'a jamais eu. La bonne bouffe, si. Manger l'avait toujours rendue heureuse, mais ces derniers temps, elle était si triste, si fatiguée, qu'elle ne faisait même plus le lien entre le plaisir et la nourriture. Quand elle se regardait dans la glace, elle se trouvait bizarre, avec ces traits tirés et ces os inhabituels qui pointaient délicatement sous sa peau, au-dessus de sa poitrine, comme des coquillages sous le sable. Elle s'alimentait pour pouvoir effectuer ses trajets quotidiens : de sa chambre à la fac, de la fac à sa chambre, de sa chambre à l'hôpital, et de l'hôpital à sa chambre. Trente ans plus tard, toutes les émotions se résumeraient pour elle à deux fonctions : ressentir et se nourrir. Pour l'heure, la bonne bouffe, tout comme le plaisir, avait déserté son existence.

Et voilà que ce type, ce jeune homme qu'elle ne connaissait pas – c'est Carly qui avait fixé le rendez-vous : elle l'avait rencontré à la synagogue, ce Richard Middlestein, il l'avait invitée à boire un verre sans remarquer la bague de fiançailles qui brillait à son doigt, et quand Carly avait agité la main sous son nez, le jeune homme avait baissé la tête, révélant son abondante tignasse de cheveux noirs et bouclés, d'un air maladroit mais charmant, il était grand, il portait un costume (ce n'était pas un hippie, Dieu merci, les hippies étaient passés de mode) et il se préparait à devenir pharmacien, alors voulait-il rencontrer une autre jeune fille juive et intelligente ? bien sûr que oui ! – et voilà que ce type, donc, prenait le temps de lui demander ce qu'elle voulait manger.

Bon, Edie, tu pourrais peut-être t'arrêter une minute et lui répondre ?

— Si on allait chez Gino ? suggéra-t-elle.

— Excellente idée. J'ai toujours pensé que les pizzas étaient meilleures à Chicago qu'à New York, et c'est un vrai New-Yorkais qui vous le dit ! Mais ne le dites à personne, hein ?

— À qui voulez-vous que je le dise ?

Trois heures plus tard, elle l'attendait appuyée contre le mur en granit d'Abbott Hall, vêtue d'une jolie robe d'été de couleur verte qui plissait sur ses hanches. Un an plus tôt, le tissu se tendait joliment sur son ventre et sa taille. Elle mesurait plus d'un mètre quatre-vingts depuis quelques années déjà, et s'enorgueillissait de ses formes voluptueuses.

La Famille Middlestein

À présent, elle ressemblait à un épouvantail. Où étaient passés ses seins ? Ils avaient disparu, ou presque. Et ses courbes ? Tout avait fondu, comme subtilisé par une force inconnue.

Elle tourna la tête vers la droite et aperçut le lac, sur lequel voguaient une poignée de voiliers poussés par le vent. D'ordinaire, elle ne regardait jamais plus loin que les voitures filant à toute vitesse sur Lake Shore Drive. Deux semaines plus tôt, Carly avait fait un tour de bateau avec son fiancé, un homme aussi riche que cérébral. Elle l'avait invitée à se joindre à eux, mais Edie avait décliné la proposition sans même lui laisser le temps de terminer sa phrase. Elle serait bientôt orpheline : son père allait mourir, elle en était convaincue. Les premières analyses n'avaient pas apporté de réponse, mais elle savait au plus profond d'elle-même que toutes les Pall Mall qu'il avait fumées réclamaient leur tribut, et que le prix à payer serait exorbitant. Les orphelines vont-elles faire du voilier ?

Plusieurs étudiantes en droit sortirent du bâtiment, leurs livres à la main. Toutes réussiraient mieux qu'Edie à l'université. Et dans la vie, aussi. Il y avait tant à apprendre, et Edie avait déjà tant de retard. Impossible de le rattraper, à présent. Elle n'était, pour la première fois de sa vie, qu'une élève parmi d'autres. Ni bonne ni mauvaise. Quel genre d'avocate voulait-elle devenir, au juste ? Dans quel domaine juridique voulait-elle se spécialiser ? Elle aurait dû le savoir, non ? Pourtant, elle n'y avait même pas réfléchi. Et elle ne savait pas non plus pourquoi elle avait accepté d'aller manger une pizza avec un inconnu.

Elle avait eu la bonne idée de lâcher ses cheveux sur les épaules : ses boucles brunes formaient un contraste saisissant avec le vert de sa robe. Elle s'était aussi décidée à sortir son brillant à lèvres du tiroir où il était tombé six mois plus tôt, sans qu'elle cherche à le récupérer, comme si la plus légère touche de maquillage risquait de la ralentir.

Voici le jeune homme qui arrive, vêtu d'un costume (le seul qu'il possédait, mais elle l'ignorait encore), un large sourire aux lèvres (les jours les plus heureux de sa vie prirent fin à l'instant de leur rencontre, mais il l'ignorait encore), il marchait avec assurance, comme s'il appréciait ce qui se balançait entre ses jambes. Il était grand, plus grand qu'Edie, ce qui lui donna aussitôt l'impression d'être petite. La tignasse de cheveux bouclés dont lui avait parlé Carly était effectivement épaisse et sombre, tout comme ses propres cheveux, si bien que ce garçon lui sembla instantanément familier. Une autre femme n'aurait peut-être pas aimé ce sentiment de familiarité. Cinq ans plus tard, qui sait si Edie ne serait pas devenue ce genre de femmes, celles qui se méfient des hommes issus du même milieu qu'elles ? Car il avait beau être new-yorkais, il lui ressemblait diablement, cet homme-là. À l'heure où son père oscillait au bord du gouffre, se muant peu à peu en une version pâle et décharnée de son ancien moi, à l'heure où il menaçait de disparaître complètement, voilà qu'apparaissait ce type immense, en parfaite santé et plein d'un je-ne-sais-quoi qu'Edie se surprit à vouloir dévorer.

— Allons-y, dit-elle.

Mais jusqu'où croyez-vous qu'ils allèrent ? Un pâté de maison, puis un autre, et déjà l'hôpital se dressait devant eux. Combien de mètres croyez-vous Edie parvint à franchir après avoir dépassé le bâtiment ? Avant que l'angoisse ne lui ordonne de revenir sur ses pas ? Bien que son père

La Famille Middlestein

l'ait encouragée à rencontrer ce jeune juif célibataire (« Le résultat des analyses ne changera pas entre ce soir et demain », avait-il assuré), elle se figea en arrivant à l'angle de St. Clair Street, les cheveux et les jambes cinglés par le vent, à la fois pétrifiée et pleine de vie.

Voici ce qu'elle voulait dire à Richard, qui débitait des plaisanteries en frôlant son coude : *Mon père a traduit trois recueils de poèmes russes en anglais. Et il l'a fait pour s'amuser. Ce n'était même pas son boulot. Il adorait la poésie, c'est tout. J'ai les bouquins chez moi. Je vous les montrerai. Les titres sont gravés à l'or fin sur la couverture.*

Voici ce qu'elle aurait aimé répondre à Richard qui regardait sa bouche : *Mon père a passé sa vie à aimer ma mère et à aider le monde entier.*

Voici ce qu'elle lui aurait demandé si elle avait réussi à être elle-même : *Une vie bien vécue, avez-vous la moindre idée de ce que ça veut dire ?*

Au lieu de quoi, elle déclara : « Mon père est malade. »

Elle tendit le bras vers l'hôpital sans quitter Richard des yeux.

— Je suis au courant, répondit-il.

— Je ne peux pas manger, dit-elle.

— Il faut vous forcer, dit-il gentiment en posant les mains sur ses bras. Je m'en charge.

C'est ainsi que le premier rendez-vous d'Edie et de Richard se termina dans une chambre d'hôpital. Ils posèrent la pizza aux champignons de chez Gino sur la table de nuit, le père d'Edie rit et toussa à toutes les blagues de Richard, et les deux hommes firent mine de ne pas s'apercevoir qu'Edie s'était enfermée à deux reprises dans la salle de bains pour laisser libre cours à ses larmes. C'est ce que

Jami Attenberg

raconta Edie à la réception que Richard et elle donnèrent pour leurs dix ans de mariage, lorsque leur couple avait encore une chance de survie. « Il m'a soutenue quand j'avais besoin d'aide », expliqua-t-elle à leurs amis massés dans la salle de réception d'un restaurant de banlieue. « Et c'est comme ça que tout a commencé. » Chacun leva son verre. « À l'amour », s'écrièrent-ils. « À l'amour ! »

Middlestein en exil

— D'un côté, commença Richard Middlestein, petit chef d'entreprise de confession juive et ancien New-Yorkais, ma femme et moi étions mariés depuis près de quarante ans. Nous avions partagé une vie entière, acheté une maison, trouvé une place au sein de notre communauté d'amis et de proches, un rôle à la synagogue...
À dire vrai, ses liens avec la synagogue s'étaient distendus ces dernières années pour plusieurs raisons, parmi lesquelles la santé de sa femme figurait en bonne place.
— Et il fallait tenir compte des enfants, même si j'avais l'impression que Robin ne serait pas trop bouleversée. Quant à Benny, je me suis dit qu'il était déjà très occupé à faire le bonheur de sa chère épouse. Bien sûr, la séparation risquait d'affecter mes petits-enfants, mais dans quelle mesure ?
— D'un autre côté, continua Richard Middlestein, gentleman redevenu célibataire, bientôt senior, citoyen respectable, ennuyeux mais soucieux de ne pas l'être, ma femme, qui est excessivement intelligente et qui a tant œuvré pour le bonheur de tant de gens que je ne peux pas lui en vouloir complètement, ma femme me rendait la vie impossible : elle me houspillait et me harcelait en

permanence. La situation avait encore empiré ces derniers temps, à un point que vous ne pouvez même pas imaginer. Et puis, elle avait tellement grossi que je ne pouvais plus l'aimer comme avant. Ne vous méprenez pas : j'apprécie les femmes un peu rondes. Je savais ce qui m'attendait quand je me suis marié. Mais elle se faisait du mal à elle-même, vous comprenez ? Chaque jour, de plus en plus. C'était un spectacle difficile à supporter.

Il baissa la voix, avant d'ajouter :

— Et nous n'avions plus de relations intimes depuis très longtemps.

Il ne put se résoudre à expliquer qu'il s'était imaginé en senior peu à peu débarrassé de toute libido. Il avait cru qu'il s'accommoderait de ces longues nuits sans le moindre contact, chacun dormant le plus loin possible de l'autre, agrippé à son coin du lit comme au bord d'une falaise. Mais à l'aube de la soixantaine, il lui avait fallu se rendre à l'évidence : son appétit sexuel était toujours là. Inusité mais encore vivace, il brûlait comme un feu au fond d'un trou. Middlestein ne s'en était jamais soucié auparavant, mais il avait soudain compris qu'il ne pourrait pas continuer à vivre sans sexe jusqu'à sa mort. Il refusait de renoncer. Il savait aussi qu'il ne toucherait jamais plus la chair marbrée, enflée et violacée de sa femme. Et s'il ne prenait pas une décision très rapidement, quand le ferait-il ?

— J'ai eu le sentiment de ne pas avoir d'autre choix que de la quitter. Le divorce sera prononcé dans six mois environ.

Ce serait plus long, mais il ne le savait pas encore.

— Je suis sûr que vous me comprenez.

La Famille Middlestein

Non, la femme qu'il avait rencontrée par Internet, cette jolie rousse prénommée Jill, secrétaire juridique d'une petite cinquantaine d'années, qui avait perdu son mari, l'amour de sa vie, trois ans plus tôt à la suite d'un accident de voiture (le conducteur était saoul – pas le mari de Jill, l'autre, celui qui l'avait percuté) –, une veuve, donc, qui avait déjà beaucoup de mal à rencontrer d'autres hommes, qui aurait tout donné pour récupérer son mari ne serait-ce qu'une journée, non, cette femme ne comprenait pas. Elle joignit les mains, baissa les yeux et pensa à son mariage en 1992. La petite cérémonie s'était tenue à Madison, la ville où elle était née et où elle avait grandi. Elle revit, comme trop souvent ces temps-ci (ce n'était pas sain, elle devait l'admettre), son mari penché sur ses jambes, faisant glisser sa jarretière sous les rires et les applaudissements de ceux qu'elle aimait le plus au monde.

Comme pour chacune de ses précédentes rencontres par Internet – qui avaient toutes échoué –, Middlestein régla l'addition.

Richard Middlestein rencontrait des femmes par Internet depuis trois mois. Il s'était lancé dans l'aventure le jour où il avait quitté son épouse, laissant presque toutes ses affaires derrière lui – livres, meubles, albums de photos, tout ce qui lui rappelait son passé. Il s'était installé dans l'immeuble récemment construit en face de la pharmacie qu'il possédait et dirigeait depuis des années. Il avait signé le bail de l'appartement deux mois auparavant et l'avait meublé discrètement, en se rendant en secret dans le magasin IKEA de Schaumburg, en banlieue nord-ouest de Chicago. À trois reprises, il avait poussé son chariot dans les

Jami Attenberg

allées bondées et brillamment éclairées, presque timidement d'abord, dérouté par sa nouvelle identité de décideur solo : sa femme s'était chargée des décisions d'ordre domestique dès le premier jour de leur mariage, le réduisant sèchement au silence s'il se risquait à émettre une opinion. Tenait-il tant que ça à faire valoir son avis ? Non, sans doute pas, et il n'était plus temps de le savoir. En tout cas, chez IKEA, passé le désarroi initial, Richard avait gagné en assurance. Chacune de ses visites s'était révélée plus réussie que la précédente car il avait fini par comprendre :

1. que les noms suédois n'étaient pas faits pour semer la confusion, mais pour guider le consommateur ;

2. que rien ne vous contraint à prendre une décision avant le moment de passer en caisse, et que même alors, on a le droit de sortir du magasin sans avoir rien mis dans son chariot ;

3. qu'il avait peut-être *réellement* envie de mettre une touche de couleur dans son appartement – parce qu'il avait peut-être *toujours* été du genre à apprécier un joli dégradé de couleurs dans une pièce.

Et puis, quelle aubaine, cet endroit ! Bien sûr, le magasin regorgeait de babioles dont Richard n'avait pas besoin, et son père, qui avait dirigé un très beau magasin de meubles dans le quartier de Jackson Heights pendant des décennies, se retournerait probablement dans sa tombe avec force jurons, grincements de dents et quintes de toux, s'il savait en quoi étaient faits les montants du nouveau lit de son rejeton. Mais Richard ne roulait pas sur l'or – même si, comparé aux gamins des bidonvilles d'Inde, il vivait probablement comme un roi – et puisque les aléas de la bourse

La Famille Middlestein

l'avaient privé de la moitié de son capital retraite, il n'avait guère le choix en matière de décoration.

À présent, il vivait dans un appartement élégamment meublé (blanc et bleu marine avec de jolis motifs entrelacés sur ses draps et ses taies d'oreillers) et il ouvrait sa vie et son cœur à toutes les internautes curieuses de faire sa connaissance. Dans les premiers temps, il avait exploité sa liberté retrouvée avec jubilation, allant jusqu'à rencontrer deux femmes par jour, la première au déjeuner, la seconde au dîner. Ainsi qu'il l'avait découvert, il y avait des milliers de femmes entre quarante et cinquante-cinq ans (il ne souhaitait pas fréquenter celles de son âge, il les voulait jeunes, pleines de vie et prêtes à le suivre dans toutes les folies dont il s'imaginait capable lorsqu'ils se mettraient enfin au lit ensemble), juives, divorcées, veuves ou jamais mariées, résidant dans un rayon de cent kilomètres autour de chez lui (une distance supérieure risquait de le mettre en contact avec une femme du Wisconsin, et ça ne lui semblait pas une très bonne idée ; il n'était même pas certain qu'il y ait des juifs dans le Wisconsin, de toute façon), bien qu'il ait une préférence, à vrai dire, pour les femmes résidant dans un rayon de quarante kilomètres, parce que la circulation devenait insupportable ces temps-ci à cause des travaux. Et tout ce qu'il avait à faire, c'était de leur proposer de le rencontrer : elles acceptaient aussitôt. Oui, il y avait vraiment beaucoup de femmes seules à la recherche de l'amour dans cette ville.

Parfait, avait-il pensé. *Je n'aurai que l'embarras du choix.*

Jusqu'à présent, Middlestein avait rencontré quinze divorcées. Certaines se montraient plus amères que d'autres, et même plus amères que sa femme, mais c'étaient aussi, et de loin, les plus drôles de toutes : endurcies par la souffrance, aguerries par la pesanteur de la paperasse et des démarches juridiques, contraintes par quelques séances de thérapie de se livrer à un minimum d'introspection, elles avaient appris à rire d'elles-mêmes et de leur situation (en toute spontanéité ou avec une pointe de cynisme). En matière de premier rendez-vous, ces femmes étaient de vieux routiers. Elles se jetaient à l'eau. Elles se pliaient en quatre pour trouver un nouveau partenaire.

Il avait aussi rencontré une douzaine de veuves. La plupart d'entre elles s'étaient gorgées de leur propre tragédie comme si elles avaient une éponge à la place du cœur. Celles-là n'avaient pas vraiment envie de le rencontrer. Elles étaient venues parce que quelqu'un leur avait dit de le faire – un enfant, une mère, une sœur, une collègue. Si elles avaient eu le choix, elles auraient passé leur vendredi soir chez elles – mais pouvaient-elles passer tous leurs vendredis soir chez elles jusqu'à la fin de leur vie ? À lire leur profil, elles semblaient correspondre aux attentes de Richard : elles se décrivaient comme des femmes actives, pleines de vie et d'appétit pour le monde actuel, mais une fois en face de Middlestein, elles étaient incapables de jouer la comédie du bonheur pendant plus d'une demi-heure – après quoi leur détresse refaisait surface. Trois de ces veuves avaient pleuré au cours de leur rendez-vous avec Richard. Il ne leur en voulait pas. Il s'était même montré compatissant. Mais il en venait toujours à se demander pourquoi elles avaient répondu à son annonce si elles ne se sentaient pas prêtes à rencontrer quelqu'un. En tout cas, il n'avait aucune envie de leur servir de terrain d'entraînement. Fort de cette certitude, il avait évité les veuves au cours du mois écoulé.

La Famille Middlestein

Il avait même rayé cette catégorie de sa liste de compagnes potentielles – à l'exception de cette rousse, parce qu'elle lui avait paru sublime sur la photo. Ah ! Cette poitrine généreuse, ces grands cils... Il aurait certainement succombé à ses charmes si elle n'était pas partie si vite.

Le tiers restant se composait de femmes qui ne s'étaient jamais mariées. Il avait d'abord pensé à elles avec une pointe de commisération. Les pauvres ! se disait-il, persuadé qu'elles avaient beaucoup souffert en s'apercevant brutalement, au soir d'une jeunesse insouciante, qu'elles n'étaient plus de jolies célibataires, mais de vieilles filles juives. En outre, contrairement à lui, elles n'avaient jamais fait l'expérience d'un véritable engagement – expérience qui lui avait appris deux ou trois choses importantes sur l'existence. Son mariage, pour le meilleur ou pour le pire, avait fait de lui l'homme qu'il était devenu. Cependant, en discutant avec certaines d'entre elles, il en était venu à penser qu'elles étaient peut-être, en définitive, les plus chanceuses de toutes. Elles n'étaient pas aussi désespérées que les autres femmes – ou du moins, pas de la même manière. Elles n'avaient pas subi les mêmes pertes, et ce qu'elles avaient gagné en restant célibataires était aussi d'une autre nature. La plupart d'entre elles n'avaient pas d'enfants. La plupart envisageaient le mariage comme une simple option, et non comme une obligation. Richard avait le sentiment qu'elles le rayaient de leurs pensées sitôt l'entrevue terminée. La photo qu'il avait mise en ligne était assez floue pour être trompeuse, mais en tête à tête, il ne pouvait faire illusion. Même s'il avait modelé son profil pour correspondre aux attentes exprimées par les femmes les plus jeunes, elles comprenaient d'un seul regard qu'il n'avait jamais fait de yoga et n'avait sans doute jamais pique-niqué au Millenium Park. Pour elles, c'était un père et un grand-père – pratiquement un vieillard.

Enfin, il y avait Tracy, la professionnelle – ou semi-professionnelle ? Là-dessus, Middlestein n'était sûr de rien. Elle l'avait contacté quelques jours après son inscription sur le site de rencontres. Il aurait dû se douter de quelque chose, parce qu'elle était bien plus jeune que lui : elle n'avait que trente-neuf ans, soit quatre de moins que son fils Benny. En quoi Richard pouvait-il l'intéresser ? Il aurait pu le deviner, mais il avait accepté de prendre un café avec elle. *Un verre, plutôt ?* avait-elle suggéré. Il avait accepté, là encore. Puis, quelques heures avant le rendez-vous, elle lui avait envoyé un e-mail annonçant qu'elle sortait de la salle de sport, qu'elle s'était *démenée* sur les appareils de remise en forme, qu'elle était absolument *affamée* et qu'elle préférait le retrouver pour dîner autour d'un steak – elle évoquait un restaurant bien connu et assez cher. Il avait tiqué, mais comment refuser ? Il ne voulait pas passer pour un plouc. Encore moins pour un radin.

Il l'avait trouvée absolument renversante, bien qu'un peu plus âgée que ce qu'elle prétendait, avec ses yeux sombres et brillants, ses lèvres charnues, sa chute de reins rebondie et ses longs cheveux lisses, couleur vison, drapés sur son épaule nue comme une étole. Elle portait une robe sans manches taillée dans un tissu en stretch noir qui s'arrêtait juste au-dessus des genoux. Cela faisait des années que Middlestein n'avait pas vu autant de peau nue sur une jolie femme assise en face de lui. Elle sentait divinement bon – un mélange de fleurs et de talc pour bébé. Elle était bronzée, elle était mince, elle était parfaite. Il suffit à Richard de la

La Famille Middlestein

voir croiser et décroiser les jambes, tout en faisant courir ses doigts manucurés sur le bois verni du comptoir pour que s'ouvre devant lui un monde d'horizons inexplorés.

Ils passèrent un moment au bar – elle siffla un Martini tandis qu'il sirotait une bière –, puis le maître d'hôtel les installa à leur table. Richard ne comprit qu'un moment plus tard où Tracy voulait en venir, juste avant l'arrivée de leurs steaks. Il venait de lui demander si elle aimait son travail de réceptionniste dans un salon de massage, quand elle posa une main sur la sienne.

— En fait, tout ce que je cherche, c'est un gentil tonton. Comme ça, je n'aurai plus jamais à travailler ! gloussa-t-elle.

Intrigué, il la fixa plus longtemps qu'il ne l'aurait voulu.

— Si vous voyez ce que je veux dire... reprit-elle en baissant la voix.

Il se livra alors, malgré lui, à un rapide calcul mental, ôtant un zéro au solde de son compte en banque, même s'il connaissait déjà la réponse, même s'il ne souhaitait pas vraiment en arriver à cette extrémité, mais... Oh ! Ce qu'il aurait aimé poser les mains sur son sublime *tuchus*. Impossible, bien sûr. Il devrait se contenter de l'inviter à dîner. S'il ne pouvait pas l'amener à la bar-mitsvah de ses petits-enfants en juin – il imaginait d'ici les murmures que Tracy aurait suscités dans l'assemblée, il aurait été le premier à froncer les sourcils si l'un de ses copains avait fait de même, sans compter que ses enfants, et surtout sa belle-fille, ne lui pardonneraient jamais un tel impair –, ce n'était vraiment pas la peine d'investir autant d'argent sur elle.

— Ça vous plairait d'être mon tonton ? insista-t-elle.

Jami Attenberg

Un profond désespoir s'abattit sur ses épaules. Il baissa les yeux au fond de son verre, tentant désespérément de retrouver un semblant de dignité. Lorsqu'il releva la tête, le sourire de Tracy s'était évanoui.
— J'aimerais juste rencontrer quelqu'un de gentil, dit-il.
Ce n'était pas tout à fait vrai, mais c'était plus proche de la vérité que ce qu'elle lui proposait.
— Je peux être très gentille, répliqua-t-elle, déjà délestée de son ton enjôleur – elle n'était pas là pour se défendre, mais pour promouvoir ses qualités.
Puis les steaks firent leur apparition. Ils étaient délicieux. Elle emporta la moitié du sien dans une boîte en aluminium qu'elle garda serrée contre elle jusqu'au moment d'arriver devant sa voiture, garée sur le parking. Elle le quitta d'un baiser sur la joue, avant d'ajouter dans un murmure :
— Vous savez où me trouver si vous changez d'avis.

Middlestein tenait son téléphone portable dans la main droite. Il envisageait sérieusement d'appeler Tracy pour oublier la sale journée / semaine / quinzaine / année / vie qu'il venait de passer. Quelques heures après avoir pris un café avec Jill, la veuve aux cheveux roux qui l'avait quitté en pleurs (elle avait tout de même attendu d'être au volant de sa voiture pour fondre en larmes : il l'avait vue sangloter au feu rouge), Richard avait dîné avec sa fille Robin. Il ne l'avait pas revue depuis qu'il avait quitté sa femme : leurs échanges s'étaient limités à quelques coups de téléphone. Comme on pouvait s'y attendre, Robin et Benny avaient fait bloc autour de leur mère – Benny plus que Robin, naturellement. Son épouse, cette pudibonde obsessionnelle et coincée qui répondait au prénom de Rachelle, avait

La Famille Middlestein

été *scandalisée* d'apprendre que Richard avait demandé le divorce, comme si personne n'avait jamais divorcé avant lui, comme si elle savait tout ce qu'il faut savoir sur la vie, la famille et le mariage, comme si elle pouvait s'ériger en arbitre moral, elle qui s'était retrouvée enceinte avant même d'avoir terminé ses études, ce qui lui avait permis de vivre aux crochets de Benny depuis leur rencontre, ou presque. Richard aurait pu continuer longtemps sur ce thème. Il n'aimait pas être jugé.

« Rachelle ne veut plus que tu fasses partie de notre vie, lui avait annoncé Benny au téléphone. Mais tu es mon père, et je lui ai expliqué que je continuerai à te voir. J'ai été très clair là-dessus. Je crois qu'il faut laisser du temps au temps. Elle finira par se calmer. »

Middlestein avait été choqué d'apprendre qu'il ne pourrait plus voir ses petits-enfants aussi souvent qu'il le souhaitait. Il n'avait même pas *envisagé* que Rachelle en viendrait à une telle extrémité. Il pensait que ses proches comprendraient ce qui l'avait poussé à la séparation – cette conviction absolue qu'il ne pouvait pas vivre un jour de plus auprès de son épouse. Benny et Rachelle avaient tout vu, non ? Ils savaient ce qu'il avait enduré. Ils auraient dû admettre qu'il avait beaucoup souffert. Mais non : ils le traitaient comme s'il avait tué quelqu'un – alors que c'était Edie qui se tuait (et le tuait, lui) à petit feu.

Robin se montrait un poil plus raisonnable, mais elle avait d'abord passé sa colère sur lui. Elle était comme ça depuis toujours : elle commençait par vous hurler dessus à pleins poumons, puis elle glissait progressivement vers une forme d'acceptation de la situation. Richard ne la comprenait pas, de toute façon. Il ne savait même pas pourquoi il aurait dû

la comprendre. Son propre père ne l'avait jamais compris. Pourquoi les gens avaient-ils tant besoin d'être compris ? Pourquoi ne pouvaient-ils accepter qu'il ait quitté sa femme, et respecter sa décision ? Pourquoi devait-il se justifier ?
　Il avait l'impression de ne faire que ça, ces temps-ci. Se justifier. Alors quand il avait rejoint sa fille, il n'avait qu'une envie : marteler qu'il n'avait pas à expliquer ses choix. Jusqu'à présent, il avait été parfaitement capable de tenir ce genre de discours, puis de mettre ses décisions en pratique, que Robin le veuille ou non. Mais la dynamique de leur relation avait changé. Maintenant, il avait besoin d'elle. Pour quoi, au juste ? Ah oui. Pour rester en lien avec sa famille. Pour espérer revoir ses petits-enfants. Si elle disait du bien de lui à Benny, ce dernier reviendrait peut-être sur ses positions. Et même si Richard n'avait pas à s'expliquer, même s'il était le père et Robin, la fille, même si elle aurait dû se contenter de l'écouter, il avait besoin de savoir qu'elle ne le haïssait pas. Pour pouvoir dormir sur ses deux oreilles. Ces temps-ci, il lui arrivait fréquemment de prendre un comprimé ou deux avant de se coucher, et même de les avaler avec un peu de whisky. Qui sait où le mènerait ce type d'habitudes ? Il avait d'abord mis ses insomnies sur le compte de sa nouvelle literie. Les draps étaient trop rêches, le matelas trop ferme. Mais il se trouverait bientôt à court de bouc émissaire. Et il ne pouvait pas, il ne voulait pas, se déclarer coupable.
　Ils s'étaient donné rendez-vous dans un médiocre restaurant thaïlandais près de la gare. Sitôt arrivée, sa fille, une jeune femme mince (peut-être trop, après avoir été une gamine aux joues rebondies), lunatique, intelligente, se mit à débiter la liste de ses erreurs.

La Famille Middlestein

— Elle se meurt, papa ! Elle est littéralement en train de se tuer et toi, tu l'as abandonnée comme si votre vie commune, et sa vie en général, n'avaient aucune importance !

Il remarqua pour la énième fois qu'elle avait hérité des yeux d'Edie, deux petites billes noires pleines de fureur. Cette vision familière l'émut malgré lui. Il venait de passer plus de soixante jours sans voir les siens.

— Et ma vie à moi ? répliqua-t-il.

Il dut résister à l'envie de frapper du poing sur la table, bien que cette manière de ponctuer ses propos lui eût paru appropriée – certaines circonstances appellent un geste vif et plein d'assurance. Des années plus tôt, il avait fait un trou dans le mur du garage après s'être disputé avec Edie. Mais c'était à l'époque où ils se querellaient encore tous les deux, quand elle parvenait encore à lui faire croire que leurs batailles merdiques valaient la peine d'être gagnées.

— Est-ce que ma vie à moi n'a aucune valeur ? N'ai-je pas le droit d'être heureux ?

— Bien sûr que si, concéda-t-elle.

Il eut l'impression de l'avoir attendrie, mais avec elle, on n'était jamais sûr de rien.

— On a tous le droit d'être heureux, ajouta-t-elle.

Avait-elle esquissé un sourire ? Si oui, il s'était déjà évanoui.

— Mais la vie n'est pas simple et... bon sang. Je ne peux pas croire que je sois obligée de te dire ça, moi ta fille, à toi, mon père ! Tu devrais le savoir, non ?

Elle semblait prise de nausées. Elle réprima un haut-le-cœur avant de poursuivre :

— Tu as le droit d'être heureux, en effet. Mais la vie n'est pas toujours facile ! Et quand le chemin devient plus escarpé – je sais que tu n'as pas besoin d'entendre davantage de clichés pour comprendre où je veux en venir –, il faut soutenir ceux qui comptent pour toi, et en particulier la personne qui partage ta vie depuis quarante ans. C'est ta femme, papa ! Ta femme !

Il eut soudain conscience de vivre une situation inédite : c'était la première fois qu'il dînait en tête à tête avec sa fille. Robin et Edie mangeaient ensemble tous les deux ou trois mois. Richard, jamais. Avant, il ne lui serait pas venu à l'idée de composer son numéro pour l'inviter à dîner. L'avait-il appelée, d'ailleurs ? Il n'en était pas certain. Durant toutes ces années, c'était Edie qui prenait le téléphone et faisait la conversation à Robin, avant de lui tendre le combiné. Il se fendait de quelques commentaires désabusés sur son boulot à la pharmacie, elle faisait mine de s'y intéresser, puis ils raccrochaient, oubliant aussitôt la teneur de leur échange. Sa femme se chargeait de lui annoncer les nouvelles importantes, lorsqu'il y en avait.

Ce premier dîner avec elle en annonçait beaucoup d'autres. Voici à quoi ce père et sa fille étaient condamnés jusqu'à la fin de leur vie : une longue suite de repas dans des restaurants asiatiques, miteux mais fonctionnels, sous un poster géant montrant une cascade tombant sur une plage tachée de sauce rouge dans sa partie inférieure.

— Je vais te poser une question, papa. LA seule question qui compte.

Robin fit courir ses doigts sur son bras, puis elle suivit le tracé d'une veine fine, mais bien visible sous sa peau. Richard jugea son geste peu séduisant – le genre de geste qui risquait de faire peur à un homme. Mais il n'avait pas son mot à dire sur sa vie sentimentale. Qu'elle se marie ou non, ce n'étaient pas ses affaires. Il avait peut-être eu voix au chapitre des années auparavant, mais il savait qu'il n'oserait jamais plus aborder le sujet avec elle. Redressant la tête, elle chercha son regard.

— Écoute-moi bien : crois-tu que maman aurait été capable de te faire ça ? Est-ce qu'elle t'aurait quitté au moment où tu avais le plus besoin d'elle ?

— Ta mère m'a quitté depuis longtemps, répondit-il.

Que Robin, Benny, ou cette casseuse de couilles qui lui servait d'épouse le sachent ou non, c'était la vérité.

— Quand ? demanda-t-elle.

— À de multiples reprises.

Il refusa pourtant d'en dire davantage. Pas question de disséquer l'échec de son mariage devant sa fille. Il en avait déjà trop dit. Et leurs plats étaient arrivés. Le mieux à faire était de se taire et de cesser de se chamailler. Il parvint à lui faire accepter de le revoir dans un futur proche, et même de parler de lui (en termes positifs) à son frère. Richard eut le sentiment qu'elle le haïssait un peu moins à l'issue du dîner qu'à son commencement – mais ce sentiment s'évanouit lorsqu'ils se retrouvèrent sur le parking du restaurant, prêts à se faire leurs adieux, car il eut le malheur de demander des nouvelles d'Edie.

— Comment va-t-elle, au fait ? marmonna-t-il, et il eut l'impression que Robin allait le tuer, enrouler ses bras musclés autour son cou et lui briser la nuque.

— À ton avis ? répliqua-t-elle, puis elle s'éloigna à grands pas, sans un au revoir, sans un baiser, dans l'air frais de ce début de printemps. Grande et mince, pleine de haine et de colère, si jeune, si vivante.

Jami Attenberg

Middlestein n'avait qu'à appuyer sur son portable pour composer le numéro de Tracy, mais il était presque 21 heures – trop tard pour appeler, jugea-t-il. Et s'il lui envoyait un e-mail ? Soit elle serait en ligne et elle le recevrait sur-le-champ, soit elle le découvrirait dans la matinée du lendemain, et il aurait alors le loisir de décliner son invitation s'il avait changé d'avis au cours de la nuit. « Je serais heureux de vous revoir », écrivit-il. Elle répondit presque aussitôt : « Je suis disponible si vous l'êtes. » En guise de point, une petite bouille souriante, le rouge aux joues, lui adressait un clin d'œil – cette femme se débrouillait pour être sexy en toutes circonstances, y compris lorsqu'il s'agissait de choisir une émoticône. Et ce n'était pas tout : ligne suivante, elle l'invitait chez elle pour la soirée. Il n'en revenait pas. Même les célibataires les plus désœuvrées qu'il avait rencontrées par le biais du site Internet (nombre d'entre elles vivaient de la pension alimentaire qu'elles recevaient de leur ex-mari ou de l'argent dont elles avaient hérité) se raccrochaient à un semblant de bienséance : elles le faisaient mariner quelques jours avant de lui accorder un rendez-vous, alors qu'elles étaient en ligne, tout comme lui, et ne faisaient manifestement rien de leurs journées. Là encore, il aurait dû se douter de quelque chose, mais il ne voulait pas tirer de conclusions hâtives – et encore moins se fourrer dans le pétrin. Il n'était pas idiot. Il regardait les émissions de reportage à la télé. Il était de fan *New York Police Judiciaire.* Il savait que le monde était rempli de criminels prêts à vous faire chanter ou à vous extorquer de l'argent. Mais il vivait dans la banlieue de Chicago, pas dans les bas-fonds de New York. Et il n'avait rien d'un milliardaire, Tracy l'avait sûrement remarqué. Elle l'avait peut-être

La Famille Middlestein

même trouvé sympathique, bien qu'il ait quitté sa femme au pire moment de sa maladie (ce qui était vraiment affreux de sa part, ainsi qu'il se l'avouait parfois à lui-même quand il se réveillait au petit matin, seul dans son grand lit). En tout cas, il n'était jamais allé aussi loin avec une femme jusqu'à présent. Y avait-il une chance pour que Tracy l'aime un petit peu ? Était-il vraiment déraisonnable d'en rêver ?

Voilà à quoi pensait Middlestein en se rendant chez la semi-professionnelle – des pensées susceptibles de rendre acceptable à ses propres yeux ce qu'il s'apprêtait à faire. Si l'un de ses amis lui avait confié s'être trouvé dans une situation similaire, Middlestein ne l'aurait pas désavoué – du moins l'espérait-il. La plus vieille profession du monde. Un métier biblique. Ne critique pas ce que tu n'as pas essayé.

Tracy vivait dans une banlieue proche de la sienne. Les rues étant désertes à cette heure tardive, il arriva avec quinze minutes d'avance au pied de l'immeuble. *Pour une fois, j'aurais préféré être pris dans un petit embouteillage,* songea-t-il avant de se résoudre à faire plusieurs fois le tour du pâté de maison pour tuer le temps. Il longea un énorme hypermarché doté d'une jardinerie (qui lui inspira une pensée émue pour son jardin d'avant, même si Edie lui interdisait de toucher quoi que ce soit) ; plusieurs rangées de boutiques ; un drive-in qui ne vendait que des hot-dogs (il faillit s'arrêter, puis renonça : il ne voulait pas avoir mauvaise haleine) ; le lycée que ses petits-enfants fréquenteraient dans deux ans et où il espérait assister à leur remise de diplômes (ils étaient si intelligents, Richard vantait leurs mérites à tout son entourage, ces gamins étaient la meilleure chose qui soit arrivée à sa famille depuis des années, et il se battait jusqu'au bout pour continuer à les voir régulièrement, quoi qu'en pense sa foutue belle-fille). Puis, très exactement sept minutes plus tard, il fit demi-tour pour regagner l'immeuble de Tracy. Il contourna la fontaine d'eau cristalline qui se dressait devant l'entrée, et se gara sur un des emplacements réservés aux visiteurs, comme elle le lui avait indiqué. Il s'engagea ensuite dans l'escalier qui menait à son appartement avec plus d'impatience qu'il ne l'avait imaginé. Avant même d'arriver à son étage, il avait le souffle court. *Est-ce vraiment en train de se passer ?* se demanda-t-il. *Oui. Je ne rêve pas.*

 Elle l'accueillit d'un baiser sur la joue et posa une main sur son bras. Elle portait un haut assez décolleté, le genre de vêtement qui ressemble à un déshabillé, mais qui pourrait aussi être un joli chemisier. Il ne connaissait rien à la mode, de toute façon. Le vêtement était rose, et elle avait lissé ses longs cheveux sombres, qui paraissaient plus longs encore. Les mèches brunes tombaient sur la soie rose, formant un contraste phénoménal. Son pénis enfla légèrement sous son pantalon.

 La voix ouatée d'une chanteuse de jazz s'échappait de la chaîne stéréo. L'appartement était trois fois plus grand que celui de Richard. *Elle est peut-être trop chère pour moi ?* se demanda-t-il avec une pointe d'inquiétude. Les lieux croulaient sous un fatras de fanfreluches et de meubles hétéroclites, comme si Tracy avait déménagé à de multiples reprises au cours des décennies précédentes, n'emportant qu'un seul meuble à chaque fois. À lui seul, le salon abritait une longue table en Plexiglas flanquée de sièges assortis, une chaise en contreplaqué des années quarante près d'un tapis à longues mèches, une petite table d'angle en Formica, un fauteuil club et une armoire en chêne massif dans le plus

La Famille Middlestein

pur style Mission – tous entassés et serrés les uns contre les autres. Au milieu trônait une immense bergère en velours rouge sur laquelle Tracy invita Richard à s'asseoir. *Elle passe probablement ses journées allongée dessus*, songea-t-il en l'imaginant étendue dans une pose délibérément lascive, libérant de petits nuages de buée à chaque respiration.

— Quel bel appartement ! s'exclama-t-il.
— Merci. J'en ai hérité.

Sur la minuscule table basse en bronze qui jouxtait le divan, une photo encadrée la montrait en compagnie d'un chien blanc.

— Quel adorable petit chien ! reprit Middlestein en désignant la photo.
— Oui... Mitzi était adorable. Elle est morte l'année dernière.

Sa lèvre inférieure s'incurva, et un voile de tristesse tomba sur ses traits.

— C'était affreusement triste. Depuis, j'économise pour m'en acheter un autre, mais ils sont si chers ! C'était un bichon frisé. Je n'aime que ces chiens-là. J'en ai eu trois. Il faut absolument les prendre chez un éleveur, vous savez. Jamais dans une animalerie.
— Vraiment ? Pourquoi donc ?
— Les vendeurs sont terriblement méchants avec les chiots dans ces endroits-là, expliqua-t-elle.

Elle semblait réellement désespérée, mais se ressaisit presque aussitôt.

— N'en parlons plus. C'est déprimant. Parlons de choses plus gaies... Comme vous et moi.

Elle posa une main sur le genou de Richard, l'autre sur son poignet.

Jami Attenberg

— Je savais que vous finiriez par me rappeler. J'avais senti qu'il se passait quelque chose entre nous.

Elle l'embrassa.

Ce fut un baiser sensationnel pour Middlestein. Primo, parce qu'il ne s'y attendait pas ; secundo, parce que Tracy embrassait formidablement bien. Ses lèvres étaient douces, mais fermes, et elle répondait instinctivement aux désirs de ses partenaires : elle lisait en eux, détectant ceux qui voulaient prendre la direction des opérations et ceux qui préféraient se laisser guider. Elle modulait ses réactions selon les circonstances, offrant un long murmure étouffé à tel partenaire, un rire salace à tel autre. Elle se montrait tout aussi polyvalente dans la chambre à coucher : elle se mettait sur le dessus, sur le dessous, sur le côté avec la même complaisance – et pour cause : elle n'éprouvait plus de plaisir depuis des années. En revanche, elle continuait à plaire aux hommes plus âgés. Pour tout dire, elle les attirait depuis l'adolescence. Et ces temps-ci, elle avait vraiment, *vraiment* envie d'un nouveau chien. Ce n'était pas compliqué, tout de même ! Ce type-là lui achèterait peut-être un chien... Comment s'appelait-il, déjà ?

Les pensées de Middlestein suivaient un cours bien différent. Après s'être laissé consumer par leur baiser, il commença à penser à sa personne actuelle, son enveloppe physique, son corps de soixantenaire, un còrps toujours mince – entretenu par la pratique régulière du jogging jusqu'à ce que l'un de ses genoux l'abandonne, quelques années plus tôt –, mais distendu par endroits. Son torse, en particulier, était celui d'un vieil homme : il était couvert de poils blancs et la chair encore ferme qui entourait ses mamelons commençait à s'affaisser. Les poils blancs avaient

La Famille Middlestein

récemment gagné son dos et l'entourage de son pénis. Il n'était pas terrifiant à regarder, certes, mais il ne pourrait dissimuler son âge une fois nu. Et s'il percevait ne serait-ce qu'une lueur de déception dans le regard exercé de Tracy, il ne pourrait le supporter. Quant à la voir nue... La perspective lui semblait plus terrifiante encore. Regarder une femme encore jeune et en bonne santé se défaire de ses vêtements pour se tenir nue devant lui. Puis la voir de près, intimement, personnellement, en toute liberté... Comment y parviendrait-il ? Et surtout, combien devrait-il payer pour ça ?

Il rompit leur baiser, et se risqua à lui caresser les cheveux, puis l'épaule. Elle avait sans doute appliqué une crème pailletée sur sa peau, car il en retrouva par la suite sur ses doigts et son pantalon.

— Je ne peux pas, avoua-t-il. Ça fait trop longtemps. J'ai l'impression d'avoir tout oublié.

Mieux valait admettre ses peurs annexes que lui confier la véritable raison de ses réticences. Une telle confession aurait été bien trop humiliante. Et puis, il avait réellement peur de ne plus savoir. Là-dessus, il ne mentait pas.

— Vous avez fait tout ce chemin pour si peu ? dit-elle.

Elle le mettait au défi de continuer, ce qui aurait peut-être fonctionné avec un homme plus jeune, mais pas avec Middlestein. Le feu qui lui brûlait les reins ne s'éteindrait pas dans la précipitation. Il ne se laisserait pas bousculer par la première venue – pas à l'âge vénérable qui était le sien.

— Oui. Je crois qu'il vaut mieux en rester là, assura-t-il.

— Et si je vous donnais un coup de main ? répliqua-t-elle dans un murmure.

Il acquiesça. Elle se leva et se rendit d'un pas vif vers la salle de bains, dont elle sortit munie de deux petites serviettes et d'un grand flacon de lotion pour le corps. Elle posa le flacon près de la photo de Mitzi, étala une serviette sur les genoux de Middlestein, l'autre sur les siens. Puis elle l'embrassa pour la deuxième fois.

— Tu aimes qu'on t'embrasse sur la bouche ? demanda-t-elle.

Il hocha la tête. Elle lui caressa le visage, puis le torse. Un peu vite à son goût, hélas. Il aurait pu le lui dire et elle en aurait tenu compte, mais il avait complètement perdu le contrôle des opérations. Il n'était même plus capable de parler. Elle baissa la main vers son entrejambe et mit un certain temps à trouver ce qu'elle cherchait – *il est là, juste là... bon sang, comment peux-tu passer à côté ?* songea-t-il, presque exaspéré. Lorsqu'elle l'eut enfin trouvé, elle le flatta d'abord à travers le tissu de son pantalon, puis elle déboutonna rapidement sa braguette et baissa son caleçon. Elle le caressa quelques instants, avant de se pencher vers le flacon de lait pour le corps. Elle appuya à plusieurs reprises sur la pompe. Middlestein eut le temps de lire l'étiquette : c'était une crème contre la cellulite. Elle l'étala sur son pénis.

— Ça te plaît, comme ça ? demanda-t-elle d'une voix enjôleuse, une voix de petite fille, les yeux rivés sur lui. Je parie que tu aimes ça.

Elle ne se donna pas la peine d'attendre sa réponse et l'encercla d'une main experte – un mardi soir, à 22 h 30, difficile de le lui reprocher. Allez, faut s'y mettre, mon vieux – lui procurant rapidement le plaisir escompté.

La Famille Middlestein

Middlestein se sentait hyper bien. Vraiment hyper bien ! Il rentra chez lui à toute allure. Pas d'embouteillage ! Formidable ! Il était ravi, notamment parce qu'il n'aurait aucun mal à s'endormir cette nuit-là. Pour l'heure, il était encore parfaitement réveillé. Et il avait l'impression d'avoir dix ans de moins. Cette fille était sacrément douée ! Il était presque sûr qu'il ne la reverrait pas – cent dollars pour une branlette, c'était un peu cher, tout de même – mais il était content d'avoir son numéro dans la poche arrière de son pantalon et de savoir qu'il pouvait l'appeler en cas d'urgence. Elle faisait preuve d'une hygiène parfaite, elle habitait près de chez lui et Richard se sentait en sécurité avec elle. Le seul truc qui le mettait mal à l'aise, c'était d'entretenir, même modestement, une femme qui vivait dans un plus grand appartement que lui.

Grâce à Tracy, il avait savouré le plaisir d'être cajolé, un plaisir rare, dont il se souvenait à peine ; il avait retrouvé l'excitation délicate que procurent les mains d'une femme, la tension qu'on éprouve à se confier à elles, la légère angoisse que cette femme ne sache pas s'y prendre, puis la petite mort et la renaissance qui accompagnent l'orgasme. Ce n'était pas nécessairement une expérience spirituelle, mais Middlestein la jugeait essentielle. Aussi décida-t-il de se remettre en quête d'une nouvelle compagne.

En arrivant chez lui, il s'assit à son bureau, une longue table blanche toute neuve, légèrement éraflée à l'endroit où il avait cogné le carton IKEA contre le mur du magasin alors qu'il atteignait la sortie. Il alluma l'ordinateur et sélectionna dans l'onglet favoris le site de rencontres consacré aux femmes de confession juive. Inutile de s'obstiner sur les quarantenaires. Trop jeunes pour lui. Il le savait maintenant,

Jami Attenberg

ou plutôt il l'avait toujours su, mais il venait d'en avoir la confirmation. Il souhaitait se mettre au lit avec une femme, mais il souhaitait aussi être sur un pied d'égalité avec elle. Il modifia donc ses critères de recherche : dorénavant, il chercherait à rencontrer des femmes de cinquante à soixante ans. Des personnes de son âge, ni plus ni moins.

Et le miracle opéra : deux cents nouveaux résultats s'affichèrent. Un monde entièrement nouveau s'offrait à lui, par la grâce d'un simple clic de souris. Il fit défiler une douzaine de profils avant de s'arrêter sur la photo d'une grande brune souriante, solidement bâtie, cheveux bouclés, visiblement encore loin de la soixantaine, et dont le visage lui sembla si familier qu'il fut immédiatement sous son charme, pour la simple raison qu'il lui était familier, justement. Il cliqua sur l'annonce et comprit avec un sursaut qu'il était en train de scruter une photo de son épouse, prise dix ans plus tôt, avant qu'ils ne cessent de s'aimer, avant qu'ils ne s'éloignent tant l'un de l'autre qu'ils avaient parfois le sentiment de vivre aux antipodes.

Richard savait parfaitement quand cette photo avait été prise : lors de leur voyage en Italie. C'étaient les premières vacances qu'ils passaient ensemble après le départ de Robin : son entrée à l'université les avait laissés en tête à tête, Edie et lui. Ils avaient cinquante ans. Ils venaient de consacrer vingt-cinq ans à élever leurs enfants. Le moment était venu d'entamer leur Deuxième Partie. Richard avait lu des articles sur la Deuxième Partie dans des magazines ; certains de ses amis lui en avaient parlé. Il voulait sa Deuxième Partie, lui aussi.

Au lieu de quoi, ils avaient passé leur temps à se disputer – ou plutôt, Edie s'était disputée avec lui avant même de

La Famille Middlestein

partir, dénigrant toutes ses suggestions, faisant du moindre détail un sujet de discorde. Que savait-il de Rome, au juste ? Rien. Alors qu'*elle* avait étudié l'italien en première et deuxième année de fac ; *elle* avait passé deux semaines en Italie après avoir décroché son diplôme ; *elle* avait acquis une telle maîtrise de la langue à l'époque qu'elle retrouverait certainement ses automatismes après un ou deux jours à Rome. Pourquoi partir en voyage organisé alors qu'ils étaient parfaitement capables de se débrouiller seuls ? Pourquoi vouloir un hôtel près du Vatican alors que c'était loin de tout le reste ? Et pourquoi (lorsqu'ils furent arrivés sur place) Richard n'avait-il pas pensé à emporter de bonnes chaussures de marche ? Ses genoux commençaient à le faire souffrir à l'époque, et la visite du Vatican avait eu raison d'eux. Ils avaient parcouru près de deux kilomètres ce matin-là... mais lorsqu'il avait osé s'en plaindre, Edie s'était mise dans une colère noire, si bien qu'en arrivant dans la chapelle Sixtine, elle hurlait presque. Seules les injonctions répétées des gardiens l'avaient réduite au silence. Et les récriminations d'Edie avaient continué : pourquoi souffrait-il encore du décalage horaire ? S'il ne voulait plus marcher, pourquoi répugnait-il à prendre les transports en commun ? Pourquoi commandait-il le même plat tous les soirs ? Pourquoi était-il si étroit d'esprit ? Et pourquoi, mais pourquoi donc ne pouvait-il pas profiter de leurs vacances ? Des *vacances* ? Ce voyage leur avait porté le coup de grâce ! Ou n'était-ce que le début de la fin ? Difficile à dire. Il réagissait peut-être trop vivement, avec une décennie de retard, en accusant ce séjour à Rome de tous les maux, alors qu'il constituait un court fragment de leur longue histoire conjugale.

Jami Attenberg

Lorsqu'ils étaient arrivés à la fontaine de Trevi ce jour-là, Richard claudiquait. Ses hanches, ses chevilles, son dos le faisaient atrocement souffrir. Edie avait déjà absorbé cinq *espresso* et deux *gelato*, et Middlestein commençait à craindre qu'elle ne retrouve jamais le sommeil. Une touriste américaine, plutôt avenante, guère plus âgée que Robin, visiblement inconsciente du drame qui se jouait sous ses yeux, leur avait proposé de les prendre en photo devant la fontaine. L'image montrait un homme et une femme à bonne distance l'un de l'autre. Richard savait qu'il ne sourirait pas sur la moitié d'image qu'Edie avait coupée pour l'insérer dans son annonce Internet. Sur l'écran, il ne voyait qu'elle, la bandoulière de son sac enroulée autour de son bras, vêtue de la jolie robe en soie qui tombait si bien sur ses hanches généreuses, le visage encadré d'une épaisse masse de boucles brunes (il avait plu ce matin-là et l'air était chargé d'humidité), encore raisonnablement séduisante, les lèvres incurvées en un sourire intense, stimulé par la caféine. Elle paraissait intelligente. Un tantinet dangereuse. Le fruit avait perdu de sa fraîcheur, mais il était parfaitement mûr. S'il ne la connaissait pas, il l'aurait trouvée fascinante. S'il ne la connaissait pas, il aurait pensé qu'elle était son type de femmes.

Je veux la récupérer. Je la veux, mais seulement si elle m'aime encore.

Il comprit à cet instant précis – il le savait depuis longtemps, mais il avait étouffé cette certitude sous l'avalanche de décisions prises au cours des deux derniers mois – qu'Edie ne serait plus jamais amoureuse de lui.

Edie, 95 kilos

Voici ce qu'il y avait sur le plateau : un Big Mac, une grande portion de frites, deux menus enfants, un McRib (le dernier-né de la maison, un hamburger au porc grillé sauce barbecue – autant en profiter, un peu de nouveauté chez McDonald's, ce n'était pas si fréquent), un Coca light, deux jus d'orange, un milk-shake au chocolat, un chausson aux pommes à partager, et trois cookies au chocolat – un pour Edie, un pour la petite Robin et un pour Benny, qui était déjà un grand garçon. Bien qu'Edie ait proposé à son fils de goûter le tout nouveau McRib, en pointant le doigt vers le panonceau publicitaire qui tombait du plafond comme un mobile au-dessus d'un berceau, elle avait fermement l'intention de le garder pour elle – en plus du Big Mac, bien sûr. Elle avait aussi demandé à Benny s'il voulait un des cookies au chocolat alignés derrière le comptoir dans un tiroir en plastique transparent (ils avaient l'air si moelleux, si fondants !) ou un chausson aux pommes, peut-être ? Il pouvait choisir l'un ou l'autre.
— Aucun, avait-il répondu.
— Et si on prenait les deux quand même, au cas où ? avait suggéré Edie.

Jami Attenberg

Il avait haussé les épaules. Chez lui, on ne gâchait jamais rien : tout ce qui était comestible finissait par être mangé. Et puis, il n'avait que six ans, un âge trop précoce pour se forger une véritable opinion, en tout cas pas sur le contenu de son assiette. Pour lui, ce n'était que de la bouffe.

Quelle valeur peut avoir la nourriture aux yeux d'un enfant de six ans ? Parfois, Benny n'acceptait de manger qu'un seul type d'aliment durant des semaines (macaronis au gratin pendant presque tout l'hiver ; sandwiches à la dinde, parfois sans dinde, parfois sans pain, durant tout le mois de mars). Edie n'avait pas l'énergie de se battre avec lui. Ce n'était pas une histoire de goût : ses choix semblaient plutôt liés, d'après elle, à des souvenirs ou à des personnes chères à son cœur. Peut-être avait-elle préparé un gratin de macaronis un jour de grand froid ? Réconforté par ce plat simple et chaleureux, Benny cherchait depuis lors à revivre cette sensation. Peut-être s'était-il pris d'affection pour un personnage de dessin animé qui mangeait des sandwiches à la dinde ? En tout cas, ses préférences n'avaient rien à voir avec son jeune palais innocent. Il était incapable, à son âge, d'éprouver la moindre excitation à l'idée de déguster le nouveau McRib. Ce hamburger n'avait aucun sens à ses yeux.

Edie gardait le McRib pour la fin du repas, comme s'il s'agissait d'une friandise. Quelques secondes après avoir posé ses frites sur la table, elle les avait déjà décimées et commençait à piocher dans la portion de Benny, qui ne protestait pas, trop occupé à démembrer méthodiquement le jouet en plastique offert avec son menu enfant. Quant à Robin, elle cognait joyeusement le sien contre les montants de sa chaise haute. Edie dut le lui prendre des mains pour mettre fin au vacarme.

Concernant le Big Mac, elle avait récemment pris l'habitude d'ôter la tranche de pain du milieu, parce qu'elle avait appris, la seule fois où elle s'était rendue à une réunion Weight Watchers, que le pain était le nerf de la guerre. Elle aurait volontiers débarrassé complètement le Big Mac de son pain, mais elle craignait d'en mettre partout en ne gardant que la viande pleine de sauce. Mieux valait le manger comme tout le monde. Elle mordit dans le hamburger et se demanda s'il était meilleur sans la tranche de pain intermédiaire qui gisait maintenant sur la table, encore couverte de laitue et de sauce spéciale, d'une belle couleur saumonée. Absolument aucun impact sur le goût, estima-t-elle. Pourtant, son plaisir n'était pas complet. Il lui manquait un je-ne-sais-quoi de spongieux qui rendait l'expérience si savoureuse.

Bon sang, ce qu'elle pensait à la bouffe, ces temps-ci.

Il faut dire qu'elle était épuisée par sa journée de boulot et heureuse de ne pas avoir à y penser jusqu'au lendemain (alors qu'elle aimait son travail et n'avait jamais rechigné à la tâche, bien faire son travail étant à ses yeux, comme ses parents le lui avaient appris, le signe d'un comportement à la fois très juif et très américain). En théorie, elle aurait aussi dû se réjouir de passer du temps avec ses enfants. En pratique, elle les trouvait un peu barbants. Jouer avec eux l'ennuyait. Ils n'y pouvaient rien, les pauvres ! Le fait même de *jouer* lui posait problème. Même enfant, elle n'avait jamais vraiment compris l'intérêt d'une telle activité. Pour s'immerger complètement dans l'univers du jeu, il fallait être capable d'adopter une autre personnalité. Edie avait déjà du mal à supporter la sienne. Pourquoi en endosser une autre ?

— Dites-donc, vous n'auriez pas quelque chose d'intéressant à raconter ? lança-t-elle en direction de ses enfants – peu lui importait d'où viendrait la réponse. Qu'avez-vous fait aujourd'hui ?

Benny leva les yeux. Une pile de pièces en plastique gisait devant lui. Quelques minutes auparavant, c'était un avion. Maintenant, ce n'était plus qu'un petit tas de débris.

— Je suis allé à l'école, répondit-il.

— Tu as appris quelque chose ?

Une-deux-trois bouchées, et le Big Mac fut terminé.

— On a fait beaucoup de calcul, dit Benny. À la récré, j'ai joué à la bagarre avec trois garçons et une fille. Craig, Eric, Russell et Lea. Mais Lea a pris un coup sur la tête et on a dû s'arrêter. Et j'ai fait ça.

Il tira de sa poche un collier de perles en plastique orange et rose montées sur un long fil élastique.

— C'est pour toi, annonça-t-il en le tendant à bout de bras.

Il sourit – ou plutôt, il s'illumina. Un sourire à vous briser le cœur.

Je suis vraiment une merde, pensa Edie.

— Oh ! C'est le plus beau collier que j'aie jamais vu ! s'exclama-t-elle en le passant autour de son cou.

— Tu es très jolie, commenta Benny.

Non, je ne suis pas jolie. Ça fait des siècles que je ne le suis plus.

Elle ne rentrait plus ni dans ses tailleurs, ni dans ses vestes, ni dans ses chemisiers, ni dans ses jupes, ni dans ses pantalons, ni dans ses collants, ni même dans ses chaussures. Pourtant, elle ne pouvait se résoudre à renouveler sa garde-robe. L'heure était peut-être venue de suivre sérieusement le régime Weight Watchers. La perspective oscillait dans son esprit, assez vague pour être sans cesse repoussée à plus tard.

— Et toi ? demanda-t-elle à Robin.

Robin passait ses matinées dans une garderie du Jewish Community Center et ses après-midi chez une jeune femme qui vivait dans la banlieue voisine de la leur, en compagnie de deux autres bambins de son âge, dont les parents travaillaient avec Edie. La nounou, âgée d'une petite vingtaine d'années, leur avait été présentée par l'un des patrons du cabinet d'avocats comme la veuve de son cousin, mais Edie était quasiment certaine qu'il s'agissait de sa maîtresse. Prénommée Tracy, cette fille d'origine italienne avait grandi à Elmwood Park, et la raison de son installation dans la banlieue résidentielle de Chicago demeurait obscure. Sa maison était dépourvue de souvenirs : pas de photos, pas de passé, pas d'histoire, rien que des meubles neufs et un petit chien de race qui jappait à longueur de journée. « C'est un *bichon frisé*[1] », avait fièrement susurré Tracy comme si la langue française n'avait aucun secret pour elle. Ceci dit, Edie n'avait pas à se plaindre de ses services : elle paraissait sincèrement heureuse de s'occuper des enfants, de jouer avec eux, et même de se rouler avec eux dans la poussière de l'allée, à quatre pattes, les fesses en l'air. Elle agitait son joli popotin comme si elle se prenait pour un chien. Ravi, le bichon se mettait à aboyer. Les enfants aussi. Le jeu continuait sous le regard attendri et les rires des mamans tout

---

1. En français dans le texte.

juste sorties de leur travail, ces brillantes avocates venues chercher leurs enfants dans cette petite maison de banlieue chez cette jeune nounou italienne au style trop voyant et à l'accent trop prononcé, mais sacrément bien roulée, qui courait dans le jardin avec leurs petits chérubins.

Edie n'était même pas certaine de pouvoir se relever si elle s'approchait à ce point du sol.

— Fraises ! énonça soudain Robin.

— Ah ! Tu as mangé des fraises, répliqua Edie. Tu aimes les fraises ?

Elle avait posé la question comme si ce détail lui venait à l'esprit pour la première fois.

Robin hocha la tête.

— Et les frites ? reprit Edie. Tu aimes les frites ?

Elle poussa vers elle le petit sachet de frites qui patientait dans le carton de son menu enfant.

— Si tu ne les manges pas, je les mangerai.

— J'aime les frites, déclara Robin.

Edie en prit deux dans le paquet avant que sa fille ne le récupère d'un geste vif.

— C'est à moi !

— Tu m'en donnes encore deux ?

— Non. C'est à moi, protesta Robin.

Autrefois, quand Edie se définissait comme une intellectuelle, elle prenait plaisir à faire fonctionner son cerveau au maximum de ses capacités, notamment au petit matin, cette heure bénie pour les grandes pensées. Maintenant, elle en était réduite à se disputer un sachet de frites avec une gamine de deux ans. Autrefois, autour de la table familiale, ses parents désormais décédés (sa mère avant son père, son père peu après – il aurait dû vivre plus longtemps, il

La Famille Middlestein

aurait *pu* survivre, mais il s'étiolait sans sa bien-aimée, et aucun des arguments d'Edie, qui le suppliait de rester pour elle, n'avait réussi à le retenir) évoquaient leurs idées et leurs idéaux. Ils se demandaient rêveusement comment s'y prendre pour que tous les habitants du monde cohabitent en paix, dans le respect de leurs différences. Autrefois, Edie habitait une maison aux étagères bourrées de romans russes. Maintenant, ces mêmes romans étaient enfermés dans des cartons bien scellés, entassés sous l'appentis de la maison qu'elle partageait avec Richard. Elle s'était coupée de ses racines. Son père avait passé une grande partie de sa vie à aider des migrants venus s'installer dans la banlieue de Chicago. Il ne s'en était jamais vanté. Edie, elle, travaillait dans un cabinet d'avocats spécialisés dans le droit commercial : ils bossaient presque exclusivement pour des entreprises désireuses d'ouvrir de nouveaux centres commerciaux le long de Dundee Road, de la route 94 à la route 53, et au-delà. Lorsqu'ils en auraient fini dans ce secteur, ils s'attaqueraient probablement au secteur voisin.

Elle avait trente ans, et déjà tout foiré. Elle baissa les yeux sur le fatras de papier, de cartons froissés et de jouets en plastique brisés entassé sur la table. Elle ne savait même plus à quoi ressemblait son popotin. Bien plus gros que celui de Tracy, sans doute. Il y avait si longtemps qu'elle n'avait pas osé se regarder dans un miroir. Oh, Edie, Edie, Edie.

Elle avait un mari, tout de même. Un mari bien vivant. Il avait ouvert une pharmacie avec la quasi-totalité de l'héritage d'Edie, une liasse impressionnante de bons du Trésor israélien que son père avait achetés au fil des ans sans savoir que son soutien fervent à Israël serait troqué, des années plus tard, contre un rêve d'une autre nature (le

Jami Attenberg

fait que cet argent ne serait jamais remboursé à Edie ne fut quasiment pas mentionné, puis passé sous silence, puis oublié avec tant de zèle que la vérité finit par disparaître complètement). Richard travaillait à la pharmacie du matin jusqu'au soir : il partait bien avant qu'elle se lève et rentrait bien après qu'elle avait récupéré les enfants à l'école ou chez la nounou. Il faisait irruption dans la cuisine comme un comique surgissant sur le plateau du *Tonight Show* : il entrait sous les acclamations des enfants, un large sourire aux lèvres, et leur racontait la meilleure anecdote du jour. Edie l'observait d'un air absent sans bien savoir s'il était drôle ou non. Parfois, elle riait de son petit numéro. Parfois, il valait mieux en rire.

Richard n'avait aucun mal à jouer avec les enfants. Il faut dire qu'il était contraint d'engager de vraies conversations avec des adultes à longueur de journée. Et puis, Edie le soupçonnait d'être secrètement un peu misanthrope : sinon, pourquoi aurait-il choisi une profession qui lui permettait de s'abriter derrière un comptoir ? Il se tenait d'un côté de la ligne, ses clients de l'autre, et pas question de la franchir. Avec les enfants, en revanche, il était à l'aise. Ces versions réduites de lui-même (surtout Benny, son fils chéri) lui offraient exactement ce dont il avait besoin après une journée de travail. Ils ne lui répondaient pas avec insolence ; ils ne contestaient pas son autorité ; ce n'étaient ni des livreurs étourdis ni de vieilles habituées réclamant une ristourne ; ils ne volaient pas à l'étalage et ne demandaient pas de crédit. Ils grimpaient sur son dos, se roulaient par terre avec lui et murmuraient des bêtises au creux de son oreille. Pour l'heure, ni Benny ni Robin (ni même Edie) ne savaient que Richard leur fermerait si facilement son cœur des années plus tard, quand ils auraient grandi et commenceraient à avoir des opinions différentes des siennes. *Pourtant, c'est maintenant que ça devient intéressant,* penserait alors Edie en le voyant claquer la porte après une énième dispute avec leur fille de quatorze ans. Tant pis pour lui. Robin finirait par préférer sa mère, voilà tout.

— Bon, d'accord. Prends les frites, dit-elle à sa fille.

Elle ouvrit la boîte du McRib et jeta un œil au hamburger gorgé de sauce bien collante, d'un rouge profond. Elle fut brusquement saisie d'un instinct animal : mordre dans sa proie et l'emporter ailleurs, ni dans ce restaurant, ni à une autre table, ni à l'espace enfants, mais dans un parc, sous un buisson ou dans un recoin boisé, un lieu verdoyant, sombre et serein où, sûre d'être complètement seule, elle aurait pu dévorer le sandwich à pleines dents. Malheureusement, elle ne pouvait pas laisser ses enfants seuls ici. C'était illégal. Inutile d'avoir étudié le droit à Northwestern pour le savoir.

Enfin, son mari arriva. Edie le vit pousser la porte du fast-food, plisser le nez sous l'assaut de l'air chaud, saturé d'odeurs de friture et de viande grillée (elle adorait l'odeur des McDonald's : que de promesses dans ce parfum douceâtre, sucré, salé et carné), et se diriger à grands pas vers leur table en puisant dans ses dernières réserves d'énergie presque exclusivement destinées à ses enfants, ce qu'il en restait, à sa femme. Il balaya la table du regard, s'arrêtant un instant sur le monceau de détritus, avant de s'asseoir près de Benny, qui noua ses petits bras autour de sa taille. Richard saisit la boîte du McRib – Edie ne l'avait pas entamé – et jeta un œil à l'intérieur.

— Je peux le prendre ? demanda-t-il.

— Je m'apprêtais à le manger, dit-elle.
Il se pencha vers Robin, posa un baiser dans ses cheveux bouclés, et prit une de ses frites.
— C'est à moi ! protesta l'enfant.
— Ce qui est à toi est à moi, chérie.
— Tu as vingt minutes de retard, déclara Edie.
— Embouteillages.
— Arrête avec les embouteillages ! Tu bosses à moins d'un kilomètre d'ici.
— Tu veux aller voir ? Pare-chocs contre pare-chocs.
— Je te hais, répliqua paisiblement Edie.
Benny connaissait-il le sens de ce terme ? Savait-il ce qu'est la haine ?
— On doit être jeudi, alors ! enchaîna Richard d'un ton enjoué. Oh, Benny ! Regarde ce que tu as fait...
Il rassembla les pièces détachées du petit avion, puis reporta son attention sur Edie.
— Il faut que je mange quelque chose. Tu es sûre que je ne peux pas prendre ça ?
— Oui, j'en suis sûre, répondit-elle d'une voix qui n'avait plus rien de paisible. Ça fait vingt minutes que j'ai passé la commande, une heure que j'ai récupéré les enfants, une heure et demie que je suis sortie du bureau, dix heures que je les ai déposés...
— Eh ! J'ai une idée.
— Laquelle ? Tu as toujours de bonnes idées, railla-t-elle.
— Et si j'emmenais les gamins à l'espace enfants pour que tu puisses rester tranquillement assise ici et manger ton hamburger ?
— Je n'ai même pas envie d'être assise ici, bougonna-t-elle.

La Famille Middlestein

Soudain, elle voulait oublier ce qu'elle avait mangé. Ne plus voir ces emballages froissés, ces papiers gras, ces cartons éventrés.

— Change de place, suggéra-t-il. Tu peux t'asseoir où tu veux, ça m'est égal. Et vous les enfants, ça vous est égal ?

Oui. Ils se fichaient pas mal de l'endroit où leur mère serait assise.

Elle se rendit au fond du restaurant et s'installa dans le box le plus proche des toilettes, là où personne ne s'asseyait, hormis les employés pendant leur pause. Elle jeta un regard, un seul, derrière son épaule : son mari lui adressa un bref signe de tête et entraîna les enfants vers la sortie. Elle posa le McRib sur la table, s'assit et fut aussitôt saisie de frissons. L'air semblait plus frais dans ce coin de la salle, loin du monceau de détritus et de sa famille, cette perpétuelle source de frustration. Elle sortit un journal de son sac et mordit dans le hamburger en lissant la première page du plat de la main. Était-elle vraiment en train de vivre cet instant ? Il paraissait presque trop parfait pour être vrai.

Elle vécut bien d'autres instants semblables dans les années suivantes. Oui, il leur arriva très souvent de sortir dîner en famille et de manger à des tables distinctes, Edie d'un côté, Richard et les enfants de l'autre. Cela dura des années, si bien que Robin et Benny grandirent en pensant que tout le monde faisait de même. Ils ne perçurent l'étrangeté de la situation que plus tard, quand cela n'avait plus d'importance parce qu'ils avaient complètement cessé de manger ensemble, de toute façon. Devenue adulte, Robin en vint à se comporter comme sa mère sans même s'en rendre compte : elle mangeait toujours seule, un livre sous les yeux, tandis que Benny, marié jeune, savourait un bon

Jami Attenberg

repas chaud et équilibré chaque soir entouré de sa chère épouse et de ses enfants.

— Ç'aurait pu être bien pire, dirait Benny à sa sœur le jour de l'enterrement de leur mère.

— Oui, acquiescerait Robin. Ils auraient pu nous laisser mourir de faim.

— Ou nous taper dessus, ajouterait Benny.

Ils seraient capables de poursuivre ce petit jeu pendant des heures.

Le jour où Edie emporta son McRib pour le manger seule au fond du fast-food était aussi le jour du premier anniversaire de l'éruption du mont Saint Helens. À Chicago, la commémoration faisait les gros titres des quotidiens locaux, bien que la catastrophe se soit produite à des kilomètres de là, dans l'État de Washington. Les tragédies mûrissent dans la mémoire collective. Cinquante-sept personnes avaient trouvé la mort. Ces gens étaient restés chez eux, croyant que la montagne était leur amie. Ils n'avaient pas voulu abandonner leur maison. Sans elle, leur vie n'aurait plus aucun sens.

Quelle bande d'idiots, songea Edie. *Moi, j'aurais pris mes jambes à mon cou.*

L'Exode

Après treize années passées à rejeter le judaïsme – notamment en refusant de célébrer les principales fêtes juives avec ses parents, en n'assistant pas aux bar-mitsvah de ses connaissances, en évitant de fréquenter les associations d'étudiants juifs à l'université, en ne fêtant ni Pourim, ni Pessah ni Shabbat, seul Hanoukka trouvait grâce à ses yeux parce que ça se passait chez son frère, parce qu'on s'échangeait des cadeaux et parce que son neveu et sa nièce, qu'elle aimait beaucoup, avaient toujours adoré cette fête-là –, Robin ne s'expliquait pas vraiment ce qu'elle faisait dans cette grande réunion de famille. Elle y était, pourtant, vêtue de sa jolie robe bleue, agrippée au bras de son petit ami (si récent qu'elle en doutait encore) dans le salon de ses parents à Northbrook, au nord de Chicago. Elle avait agrippé son bras par reflexe. Sans quoi, elle aurait été emportée par la foule. C'est ce qu'elle craignait, en tout cas. Elle n'essayait pas de témoigner de l'affection à ce garçon : elle essayait seulement de rester en vie.

— Je ne comprends pas pourquoi tu détestes tant les fêtes juives.

Jami Attenberg

Voilà ce que Daniel lui avait répondu quand elle avait décliné tout net son invitation à fêter la Pâque juive chez ses parents à Northbrook. Il avait insisté : ce serait l'occasion de passer un bon moment, de manger un bon repas et de la présenter à sa famille. C'était important pour lui. Robin le savait parce qu'il remettait constamment la question sur le tapis au lieu de fuir le débat, comme il le faisait d'ordinaire. Généralement, ils buvaient quand elle avait envie de boire ; ils baisaient quand elle avait envie de baiser. Sur ce plan-là, leur réussite était totale : ils n'avaient jamais, de toute leur vie, pris tant de plaisir à faire l'amour, comme s'ils découvraient enfin l'essence même de l'acte sexuel. D'un point de vue physique, leur entente était parfaite : ils se blottissaient l'un dans l'autre, joyeux désordre plein de sueur, de sel et de stupre, épiçant leurs échanges de petits mots salaces ou si tendres qu'ils en avaient le vertige. Mais une fois rhabillés, ils ne parlaient jamais d'avenir : ils parlaient de la santé d'Edie, de ce salopard de Richard, de ce que Robin avait fait de sa journée et, parfois, de ce que Daniel avait fait de la sienne. De temps à autre, elle lançait une phrase du genre : « Mes parents sont tellement dingues que je vais finir chez le psy ! » À quoi il répondait : « As-tu l'impression de vouloir aller chez un psy ? » Et Robin rétorquait du tac au tac : « Essaies-tu de me dire que j'ai besoin d'aller chez un psy ? » Alors Daniel, pas fou, levait les mains au ciel et quittait la pièce sans répondre. Bref, c'était Robin qui tenait les rênes, pas lui. Mais ce jour-là, quand elle refusa d'aller fêter Pessah chez les parents de Daniel sous prétexte que « ce n'était pas son truc », il rejeta la tête en arrière (sa tête si blonde, si douce) et l'observa fixement.

— Le judaïsme et moi, ça fait trois, dit-elle.

La Famille Middlestein

— C'est un repas de famille, insista-t-il. Avec un soupçon de judaïsme.
— Je t'en supplie... Ne me force pas à y aller.
— C'est moi qui te supplie, rectifia-t-il. C'est toi qui dis non.

Elle se recroquevilla en boule sur le canapé, genoux repliés sur la poitrine, bras autour des jambes, menton sur les genoux.

— Pourquoi as-tu tant de mal à dire oui ? C'est juste un repas, un très bon repas avec plein de gens sympas. Ce n'est pas l'événement du siècle.
— Dans ce cas, pourquoi devrais-je y aller ?

Daniel s'assit près d'elle et tordit dangereusement sa colonne vertébrale pour poser sa tête contre la sienne.

— Il y a autre chose, n'est-ce pas ? De quoi s'agit-il vraiment, Robin ?

Toujours agrippée au bras de Daniel, Robin se frayait prudemment un chemin dans la maison de ses parents. À vrai dire, c'était aussi sa maison à lui, puisqu'il y avait grandi. Il ne l'avait quittée que pour entrer à l'université, avant de passer cinq ans à San Francisco, puis six mois à New York pour un boulot de consultant informatique free-lance. Ensuite, il avait vécu à Austin, de nouveau à San Francisco et enfin à Chicago, où il résidait paisiblement, avec contentement (pourquoi était-il toujours si *content* ? quel était son secret ?), dans l'appartement situé en dessous de celui de Robin. De tous les endroits que Daniel avait habités, de tous ces appartements, de toutes ces différentes maisons, c'était celle de Northbrook qu'il évoquait avec le plus de tendresse. Lorsqu'il annonçait qu'il « rentrait à la maison pour le week-end », Robin comprenait aussitôt qu'il allait rendre visite à ses parents.

Pour l'heure, la maison était pleine de gens qui semblaient se sentir ici chez eux : il y avait des corps étalés sur tous les canapés, assis sur toutes les chaises ; des enfants allongés partout, à même le sol, avec des livres de coloriages et des boîtes de crayons de couleur. En tant qu'enseignante, Robin jugeait ce spectacle réjouissant : la maison de Northbrook semblait dépourvue de jouets dernier cri, tous ces bip-bip électroniques qui détruisaient l'Amérique et contribuaient à la pollution sonore. Comme toute trentenaire percevant un revenu décent, elle adorait son iPhone, mais elle demeurait convaincue que les enfants, eux, devaient se contenter de mettre leur imagination à profit, ce qui n'était plus le cas, évidemment. Toujours sans lâcher le bras de Daniel, Robin rencontra ses deux frères et sa sœur, ses nièces et ses neveux, six cousins d'âges différents, ses deux tantes et ses deux oncles, son grand-père (qui vivait seul), un couple d'anciens voisins désormais installés en Floride qui leur rendaient visite plusieurs fois par an (« Ils font partie de la famille », assura Daniel), sa mère, son père, et pour finir sa grand-tante Faye et son amie Naomi, qui trônaient toutes deux dans la cuisine et aboyaient des ordres à la mère de Daniel.

— Vous feriez mieux de vérifier la cuisson de la poitrine de bœuf ! s'écria Faye quand Daniel et Robin entrèrent dans la cuisine.

La mère de Daniel, à qui cette suggestion s'adressait, laissa échapper un soupir volontairement sonore, avant de déboucher une bouteille de Manischewitz, qu'elle posa près des autres bouteilles de vin casher déjà ouvertes. C'était

La Famille Middlestein

une femme au regard aimant, du même âge qu'Edie. Très affairée, elle maîtrisait la situation, contrairement à ce que pensait Faye : plusieurs plats couverts de papier aluminium, alignés avec soin, patientaient sur le plan de travail.

— Pourquoi ne pas vérifier la cuisson toi-même, puisque tu es experte en la matière ? répliqua Naomi.

— Très bien. Je vais vérifier la cuisson, déclara Faye.

— C'est inutile, assura la mère de Daniel. Tout va bien.

— Vous ne connaissez rien à rien, répliqua Faye.

Elle se dirigea vers le four en traînant les pieds, l'ouvrit et jeta un œil à l'intérieur.

— Ce n'est pas tout à fait cuit, conclut-elle.

— Je sais que ce n'est pas tout à fait cuit, dit la mère de Daniel. Et je sais aussi à quel moment je dois la sortir du four.

— Je meurs de faim, dit Faye à Naomi. Pas toi ?

— Si.

— Vous auriez pu lancer la cuisson plus tôt ! reprit Faye à l'adresse de la maîtresse de maison.

Elle s'exprimait avec une pointe d'accent yiddish. Elle reprit place près de Naomi et posa les yeux sur le jeune couple.

— Daniel, viens me donner un baiser. Vous aussi.

Elle pointait le doigt vers Robin.

— Vous, là. Venez.

Daniel embrassa sa grand-tante, puis ce fut au tour de Robin. Elle se pencha et enlaça ce petit assemblage d'os, de taille presque enfantine, lourdement parfumé au Chanel No. 5. Faye portait des diamants aux oreilles, autour du cou et à plusieurs de ses doigts. Ses cheveux blancs brillaient sous les lampes.

Jami Attenberg

— Regardez-moi ça ! dit-elle en tapotant doucement la joue de Robin. Regardez ce que Daniel a trouvé !

— Bon, puisque tu tiens vraiment à le savoir..., commença Robin, les joues rouges d'embarras, l'air pitoyable.
Elle se trouvait souvent au pied du mur, ces derniers temps, et Daniel savait qu'il en était responsable. Il les poussait tous deux vers l'avant, pressé de former un couple, une entité. Il avait décidé qu'elle était la femme de sa vie. Jamais personne n'avait eu tant besoin de lui, même si Robin refusait de l'admettre.
— Oui, je tiens à le savoir, renchérit-il.
Il la prit dans ses bras. Elle se détendit, s'allongea contre lui, et se mit à parler.
— Je détestais les cours d'hébreu.
— As-tu déjà rencontré quelqu'un qui aimait ça ?
— Tous les gamins de mon cours d'hébreu fréquentaient la même école primaire et les mêmes colonies de vacances. Ils se voyaient tous les jours ; ils étaient amis. Moi, j'avais l'impression d'être une intruse. En plus, j'étais grosse – je t'ai déjà dit que j'étais grosse quand j'étais gamine ?
Oui, elle le lui avait déjà dit.
— Tout le monde se moquait de moi. Les filles surtout. Ces petites garces aux airs de princesse... Si tu les avais vues. Elles me faisaient vivre un enfer. Deux heures de suite, trois fois par semaine, pendant des années. Cinq ans, je crois.
Robin plissa les yeux, se mordit les joues et, l'espace d'un instant, Daniel sentit faiblir son amour pour elle. Ce genre de grimaces l'enlaidissait, mais comment le lui dire ? Il fallait prendre le bon et le mauvais : telle était sa philosophie. Plus

tard, quand elle aurait glissé ses doigts dans ses cheveux, quand elle lui aurait caressé les joues, quand elle aurait couvert son cou de baisers, il oublierait les plis disgracieux que prenait son visage quand elle était fâchée.

— Je compatis, assura-t-il, mais cette histoire de cours d'hébreu ne suffit pas à expliquer ton rejet absolu du judaïsme. Nous avons tous vécu des moments difficiles quand nous étions petits.

Daniel avait été un petit génie, puis un adolescent génial. À l'âge l'adulte, son génie avait été quelque peu entamé par une consommation abusive d'alcool et de psychostimulants (il avait mis un terme à sa décennie d'amour pour les petits comprimés bleus d'Adderall l'année précédente), mais il demeurait extrêmement intelligent. Pour une raison qu'il ne s'expliquait pas, ses capacités lui avaient longtemps valu la haine de ses camarades de classe. Il n'oublierait jamais les méchants coups de stylo que son voisin de derrière, excellent joueur de football, lui infligea en cours d'espagnol pendant toute l'année de première, jusqu'à ce que la plaie gorgée d'encre verte attire l'attention du coiffeur de Daniel, qui l'expédia aussitôt aux urgences, ce qui lui valut plusieurs piqûres d'antiseptique (neuf en tout). En revenant au lycée la semaine suivante, il avait constaté que le prof avait modifié le plan de classe, de manière à le mettre seul dans un coin. Avec le recul, Daniel jugerait la mesure vexatoire, mais sur le moment, il n'en avait éprouvé qu'un immense soulagement.

Maintenant que son intelligence, autrefois source de désagréments, lui permettait de gagner sa vie, Daniel en était pleinement satisfait. En outre, il avait récemment découvert que le joueur de football était devenu serveur dans une des brasseries du gigantesque centre commercial de Westfield : Daniel faisait des courses avec sa mère quand il avait aperçu le type dans la vitrine du restaurant, empâté, le teint jaune. Bien qu'il n'ait jamais eu le sentiment de vouloir prendre sa revanche, cette découverte lui avait fait extrêmement plaisir. Il en avait même eu la chair de poule – à moins que l'air conditionné ne se soit brusquement refroidi dans le centre commercial ?

Robin semblait sur le point de lui faire un aveu : longue inspiration, poings serrés, petite moue triste. Il se pencha vers elle.

— J'avais l'impression que l'hébreu me restait coincé dans la gorge, déclara-t-elle.

Elle se cherchait des excuses. Peut-être lui raconterait-elle toute l'histoire un peu plus tard. Peut-être ne dirait-elle jamais rien ? Non, elle finirait par cracher le morceau. Ne serait-ce que pour se défaire de toute cette tension accumulée – on aurait dit que les moindres cellules de son corps se crispaient. Daniel adorait observer sur elle le passage des émotions. Quelle que soit leur nature – et elles n'étaient pas toujours tristes, loin de là ! Parfois, elles étaient si délicates, si passionnées, que Daniel avait l'impression de lire dans son âme. Robin avalait chaque jour de grandes goulées de sensations. Daniel, en revanche, payait un lourd tribut à ses anciennes amours : les comprimés d'Adderall avaient émoussé sa perception du monde. Aussi accueillait-il avec joie les émotions qui se présentaient à lui, et celles de Robin lui faisaient un bien fou. En sa compagnie, il avait l'impression d'être piqué par un million d'épingles à la fois. C'était étonnamment bon.

La Famille Middlestein

— Quelle horreur ! Je suis certain que c'était affreux, dit-il.
— Plus que tu ne peux l'imaginer, gémit-elle.
— C'est le genre de choses dont tu devrais parler à ton thérapeute – si jamais tu décidais de commencer une analyse...
Elle ouvrit la bouche pour protester, mais il avait déjà eu cette discussion avec elle. Ce n'était pas seulement son problème à *elle*. C'était le *leur*, désormais. Il savait comment terminer sa phrase.
— ... ce que je ne te demande pas de faire, bien sûr. En attendant, je crois que tu devrais venir fêter Pessah chez mes parents.

Une petite table de bridge avait été dressée dans le salon, près d'une grande table qui se prolongeait par une autre, de taille identique, dans le hall qui séparait le salon de la salle à manger où trônait une splendide table rectangulaire en chêne massif. Tous les membres de la famille étaient maintenant installés, prêts à célébrer le Seder : les enfants étaient réunis autour de la petite table, les grands enfants à la table suivante, tandis que les parents et grands-parents de ces derniers siégeaient à la table en chêne. Les deux pièces baignaient dans l'odeur de la poitrine de bœuf tout juste sortie du four. Hormis les enfants, qui mangeaient dans des assiettes en plastique, les convives disposaient de couverts en argent, d'assiettes et de verres à vin assortis. Superbement dressées, les tables brillaient sous la flamme des bougies. En s'asseyant, chacun trouvait devant lui le texte de la Haggada, imprimé sur une feuille de papier, ainsi qu'une petite marionnette en forme de grenouille. Robin

enfila la sienne sur son auriculaire et la fit bouger sous le nez de Daniel.
— Elles sont censées symboliser les Plaies d'Égypte, dit-il.
Robin fouilla dans sa mémoire. Il lui semblait effectivement avoir appris, étant petite, que la cérémonie du Seder avait quelque chose à voir avec l'Exode – mais elle avait veillé à tout oublier depuis lors.
— Où sont passées vos jolies Haggadas ? cria un cousin depuis la pièce voisine.
C'était la seule manière d'être entendu d'une pièce à l'autre.
— Oui, elles étaient superbes ! renchérit un autre convive.
— La cave a été inondée, expliqua le père de Daniel.
— Que faisaient-elles à la cave ? demanda Faye depuis la cuisine.
— Je n'ai pas envie d'en parler, répondit la mère de Daniel à voix basse.
Robin aimait beaucoup cette femme. Elle l'avait rencontrée à l'époque où Daniel n'était que son voisin du dessous, le partenaire idéal pour ses beuveries du vendredi soir (sans oublier celles du dimanche après-midi, plus occasionnelles, et évidemment celles du jeudi soir – sans elles, Robin n'aurait jamais survécu à la journée du vendredi). Elle se sentait à l'aise avec les parents de Daniel, de toute façon. Les voir ce soir ne lui posait aucun problème. La mère de Daniel avait travaillé comme bibliothécaire dans un lycée public pendant de nombreuses années, avant de reprendre ses études. Ensuite, elle avait gravi peu à peu les échelons de l'université de Northwestern, où elle enseignait maintenant les sciences de l'information. Robin admirait

son ambition et enviait sa sérénité. C'était aussi l'une des qualités qu'elle appréciait le plus chez Daniel : son calme. Si elle devait énumérer ce qu'elle aimait chez lui, le calme aurait figuré dans la liste.

Le Manischewitz était si sucré que même Robin ne parvint pas à le boire. Elle ne toucha pas à son verre, hormis pour absorber les quatre gorgées de vin requises par le rituel.

— C'est tout ce que tu trouves à me dire ? demanda Daniel.

Il semblait prêt à entendre tous les prétextes qu'elle pourrait invoquer pour justifier son refus d'assister au Seder de Pessah dans sa famille. Il avait enfin trouvé un combat qui valait la peine d'être mené.

Robin ne put se résoudre à lui expliquer qu'elle aurait le sentiment de tromper sa propre famille avec celle de Daniel si elle acceptait de se rendre à Northbrook. Son frère et sa belle-sœur l'invitaient chaque année à fêter Pessah chez eux depuis qu'elle s'était réinstallée à Chicago, huit ans auparavant – et elle leur avait répondu non huit fois de suite. Quant à ses parents – jusqu'à leur séparation, intervenue quelques mois plus tôt –, ils lui adressaient systématiquement une invitation *avant* les principales fêtes juives (« Tu ferais tellement plaisir à ton père en venant partager ce moment avec nous », assurait Edie) et un sermon culpabilisateur *après* les fêtes (« Était-ce vraiment au-dessus de tes forces de faire ce petit plaisir à ta mère ? » s'écriait Richard). Une frappe en deux temps : à l'aller et au retour. Robin aurait aimé les aider à se réconcilier avec l'existence, mais la perspective de passer des heures à prier avec eux, tête baissée, lui était franchement insupportable.

Elle passait déjà bien assez d'heures avec eux ces temps-ci – ou du moins avec sa mère, puisque son père avait déserté le foyer familial. Rachelle, la belle-sœur de Robin, avait mis au point toutes sortes de plans pour aider Edie, ses cent cinquante kilos, son diabète et son cœur brisé, à maigrir et à retrouver la forme. Elle avait tout expliqué à Robin dans un long e-mail, assurant qu'ils devaient « former une équipe » et « s'y mettre tous ensemble » pour veiller sur Edie « du lundi au samedi », car il y avait « encore de l'espoir ». Si Robin pouvait se charger des samedis, « et uniquement des samedis », Rachelle s'occuperait du reste de la semaine. Depuis lors, Robin se rendait donc en banlieue tous les week-ends. Là, conformément aux instructions de Rachelle, elle emmenait sa mère faire plusieurs fois le tour du stade qui jouxtait le lycée. Edie, le souffle court, la démarche claudicante, souffrait en silence pendant toute la durée du parcours. Peut-être se refusait-elle à évoquer l'étrangeté de la situation. Si elle avait admis qu'elle n'avait jamais, de toute sa vie, entrepris de marcher en compagnie de sa fille, encore moins autour du stade du lycée, et qu'il était étrange de s'adonner à cette pratique à leur âge, elle aurait aussi dû admettre la gravité de ses problèmes de santé, ce que ni Robin ni Edie n'étaient prêtes à faire, parce que cette perspective les terrifiait. Pour des raisons différentes, et parfois aussi pour des raisons semblables.

En rentrant du stade, elles se saoulaient dans la cuisine d'Edie. Méthodiquement, avec pugnacité. Elles ne buvaient pas pour plaisanter : une bouteille de vin chacune en deux heures. Elle se servaient, elles buvaient, et Edie parlait. « Laisse-moi te raconter un ou deux trucs sur ton père », commençait-elle. « Oh, j'en ai une bonne pour toi. » Sa voix se faisait plus traînante. « Tu veux connaître toute la vérité ? Si tu savais ! »

Maintenant, Robin savait tout.

Elle reprenait le train encore saoule et rentrait à Chicago, mais au lieu de regagner son appartement, au lieu de monter un étage de plus, elle se rendait chez Daniel, dans son antre plein d'écrans d'ordinateurs, de photos et de livres de cuisine (qu'il n'avait plus besoin d'ouvrir parce qu'il connaissait par cœur ses recettes préférées). Parfois, ils se lançaient dans de grandes discussions – parfois non : elle plaquait une main sur sa bouche en disant « s'il te plaît », il répondait « d'accord », et ils s'endormaient. Lorsqu'ils se réveillaient plus tard dans la nuit, Daniel s'immisçait en elle et restait là, sans bouger, se contentant d'un mouvement de hanche de temps à autre pour ne pas se rétracter complètement. « Tu vois, murmurait-il. Nous n'avons rien d'autre à faire que d'être là. » Parfois, elle s'allongeait sur le canapé, les yeux rivés au plafond, comme un cadavre. Il s'asseyait dans un coin de la pièce, prenait sa guitare et jouait de vieux standards de rock indé dont elle connaissait (ou croyait connaître) les paroles. Parfois, ils se rendaient au bar de l'autre côté de la rue – « leur » bar, désormais –, dont ils sortaient plus saouls encore, à peine capables de faire l'amour. Ces soirs-là, leurs étreintes se révélaient douloureuses, mais émotionnellement nécessaires. Ensuite, Robin osait à peine le regarder, bien qu'il ne l'ait pas quittée un instant du regard.

Jami Attenberg

J'ai toujours l'impression que tu attends que je dise quelque chose, lui confia-t-elle un soir en son for intérieur, là où elle pouvait s'exprimer sans crainte.

À présent, Daniel attendait qu'elle lui explique *vraiment* pourquoi elle refusait de venir fêter Pessah chez ses parents, mais elle était à court d'explications.

— Est-ce que je peux apporter quelque chose ? demanda-t-elle, parce que sa mère lui avait enseigné les bases du savoir-vivre.

Après les quatre questions (posées avec la plus grande sincérité par Ashley, la plus jeune cousine de Daniel, une gamine de neuf ans à la voix de stentor), après les Plaies d'Égypte (énumérées par le père de Daniel, l'air sérieux, le sourcil broussailleux, doigt immergé dans son verre de vin pour en ôter autant de gouttes que de Plaies), après une restitution assourdissante du « Dayenou » (dont Robin se surprit à chanter les paroles avec les autres convives), après les boulettes de poisson et le bouillon aux *kneidlers*, après la poitrine de bœuf et le poulet, après les galettes de pain azyme tartinées de chocolat ou de caramel, après le gâteau aux noix (autant de desserts que Robin mangea, ce qui l'emplit de culpabilité et de malaise, puis de tristesse), les invités se préparèrent à partir. Pendant un long moment, ce ne fut plus que manteaux, adieux, pourparlers, promesses, échanges de vœux et de rêves. Une petite assemblée de juifs sur le point de rentrer chez eux.

Qui pouvait reconduire Daniel et sa fiancée à la gare ? Quelle joie de vous avoir parmi nous. Quel plaisir de vous voir ici.

Je ne suis pas sa fiancée, faillit-elle rectifier.

La Famille Middlestein

Lorsqu'elle aperçut deux assiettes à dessert abandonnées sur la table de la salle à manger, elle s'en empara et s'enfuit vers la cuisine. La vaisselle. Elle n'aurait qu'à faire la vaisselle jusqu'à ce que quelqu'un les ramène à la gare. Elle aperçut la mère de Daniel en entrant dans la pièce. Puis elle l'entendit crier sur le père de Daniel, qui lui faisait face.

— J'ai enduré les critiques de cette vieille bique toute la soirée ! Je ne la supporterai pas une seconde de plus. Ramène-la chez elle. C'est ta tante, pas la mienne !

Ils levèrent les yeux, eurent le réflexe de sourire en voyant Robin – un sourire si léger qu'il glissa sur leur visage comme une onde sur un étang – mais ils étaient trop épuisés pour faire assaut d'amabilités. La soirée avait été longue.

— Encore de la vaisselle ! lança Robin avec une jovialité feinte en leur montrant les assiettes sales.

La mère de Daniel les lui prit des mains.

— J'ai passé une excellente soirée, ajouta Robin.

— Revenez quand vous voulez. Vous serez toujours la bienvenue, assura la mère de Daniel.

— Je vais vous raccompagner à la gare, annonça son père.

Daniel s'était débrouillé pour la traîner dans cette réunion de famille alors qu'elle faisait tout, de son côté, pour garder ses distances, et ce depuis des mois, depuis la première nuit qu'ils avaient passée ensemble. « Ça ne veut rien dire », avait-elle murmuré au creux de son oreille. Il n'avait pas répondu, ce qu'elle avait pris pour un assentiment. Daniel était son voisin, son ami, et Robin avait vraiment de l'affection pour lui, mais elle ne voulait pas s'engager dans une relation à long terme. Plus jamais. Parce que le couple était un cauchemar. Tant de contraintes. Tant de compromis. Tant de disputes. Il y en avait toujours un qui morflait à la fin. Dans le pire des cas, les deux morflaient, et il ne restait rien.

Ce soir-là, Daniel et Robin n'étaient pas les seuls à rentrer à Chicago après avoir fêté Pessah chez leurs parents en lointaine banlieue, mais ils se laissèrent choir sur une banquette comme s'ils étaient seuls au monde. Daniel sortit deux grenouilles en caoutchouc de sa poche, enfila la première sur son petit doigt, la seconde sur celui de Robin, et les cogna doucement l'une contre l'autre.
— Tes parents étaient en train de se disputer quand je suis entrée dans la cuisine, déclara-t-elle.
Daniel haussa les épaules.
— Ça leur arrive de temps en temps.
— C'était choquant.
— Toutes les disputes ne se soldent pas nécessairement par un divorce, répliqua-t-il.
Il ôta la grenouille de son doigt et se tourna vers la fenêtre.
— Tu es expert en relations conjugales, maintenant ? railla Robin.
Soudain, elle ne maîtrisait plus rien : elle disait l'inverse de ce qu'elle pensait, son cœur s'accélérait, ses membres se déliaient.
— Il ne t'est jamais venu à l'esprit que tes parents sont mieux l'un sans l'autre ? répliqua Daniel.
Si. Elle y pensait tous les jours depuis que sa mère lui avait annoncé le départ de son père.

La Famille Middlestein

— Jamais, dit-elle, les joues rouges, moites, gonflées par tant de mensonges.

Elle avait trop mangé. La mère de Daniel lui avait donné un Tupperware rempli de poitrine de bœuf, qu'elle prévoyait de jeter en arrivant chez elle. Elle jetterait peut-être Daniel avec, par la même occasion.

— Écoute, tout se passait bien jusqu'à ce soir, argua-t-il. Et même ce soir... ce n'était pas complètement raté, non ? Admets-le : être juive le temps d'une soirée n'avait rien de si terrible.

— Je n'ai pas tout suivi.

— Qu'est-ce qui ne va pas, à la fin ? Comment peux-tu détester les fêtes à ce point ?

— Je ne les déteste pas. Mais à partir du moment où tu participes à ce genre de cérémonie, où tu pries et chantes avec les autres, le moins que tu puisses faire est d'y croire vraiment. D'aimer vraiment ça. Or, moi, je n'y crois pas vraiment. Et surtout, je ne vois pas pourquoi ce serait bien d'y croire. Pourquoi ceux qui y croient seraient-ils dans le vrai, et tous les autres dans le faux ?

— Tu compliques les choses. Tu pourrais te contenter d'être là, avec les autres. Pour le seul plaisir de te fondre dans quelque chose de plus grand que toi. C'est ce que j'éprouve dans ces moments-là. Je me sens en sécurité. Je ne suis plus seul.

— C'est à ça que servent les amis, non ?

— Les amis ne suffisent pas toujours.

— Tu n'arriveras pas à me convaincre.

On est partis pour des heures de discussion, songea-t-elle.

— Allez, Robin... Arrête de jouer les dures, tu veux bien ?

— Non.

Jami Attenberg

Crois-tu vraiment que ce soit un jeu ? Que penserais-tu si elle se mettait à pleurer ? La détesterais-tu ? La trouverais-tu faible et pathétique ? Comprendrais-tu qu'elle pleure parce qu'elle a perdu la discussion de ce soir ? Parce qu'elle a commencé à se perdre, à se perdre en toi, elle qui ne s'est pas autorisée à éprouver de tels sentiments depuis des siècles ? Souhaiterais-tu toujours la fréquenter, parviendrais-tu encore à la respecter, si elle était le genre de filles qui fond en larmes lorsqu'elle s'aperçoit qu'elle est en train de tomber amoureuse ?

Edie, 110 kilos

La lettre arriva un vendredi, mais Edie savait déjà ce qu'elle contenait. Robin, sa fille, la jeta d'un air pitoyable sur la table de la cuisine, alors qu'Edie venait de rentrer du travail, les doigts crispés sur un paquet encore intact de cookies allégés en gras (et donc chargés en sucre). Elle se laissa choir sur une chaise et déchira l'emballage en plastique, tirant dessus d'un coup sec afin d'ouvrir le paquet par le milieu. Ainsi, au lieu d'apercevoir une seule rangée de biscuits au chocolat noir, divinement moelleux, elle en vit deux – puis trois, par la grâce d'un infime mouvement du pouce et de l'index. Ils étaient tous là. Figés dans l'attente. Ils ne dégageaient aucune odeur. On aurait dit un courant d'air, et c'est ce qu'elle ressentait quand elle les mangeait : ils la traversaient comme une brise légère sans jamais remplir son estomac. Une nuit, après s'être assurée que toute la maisonnée dormait, elle en avait mangé deux paquets entiers, juste pour voir ce qui se passerait – et il ne s'était rien passé. Elle n'avait rien senti.

Elle poussa le paquet vers sa fille qui se leva, prit la moitié d'une rangée de cookies, puis regagna sa place, à l'autre extrémité de la table. Face à sa mère. Six cookies. Allégés.

Jami Attenberg

— Ça semble important, déclara Edie en désignant la lettre.

Robin leva la tête, l'air grave, les yeux rougis. Un morceau de cookie dépassait de sa bouche comme une pauvre souris sans défense capturée par un gros matou. Elle ressemblait à sa mère au même âge : potelée, le teint frais, peut-être un peu large des hanches, parce qu'elle était plus petite qu'Edie et que son poids n'était pas réparti de la même manière. Elle engloutit le morceau de cookie d'un coup de langue. Elle n'avait pas adressé la parole à sa mère depuis deux jours, parce que cette dernière ne l'avait pas autorisée à aller à l'hôpital quand Robin le lui avait demandé. Quand il était encore temps d'y aller. Maintenant, c'était inutile. Et il ne restait que cette lettre.

Elle venait du lycée. Robin l'avait déjà ouverte, lue et remise dans l'enveloppe. Edie n'eut qu'à secouer celle-ci pour attraper la lettre d'une main sans lâcher son cookie de l'autre. Sa fille avait déjà mangé les siens et s'apprêtait à en prendre davantage dans le paquet.

Un lycéen s'était suicidé, voilà ce que disait la lettre. Son camarade était à l'hôpital psychiatrique. Cette information ne figurait pas dans le texte, mais Edie la tenait du conseiller d'éducation qui l'avait appelée à son bureau dans l'après-midi. Le week-end précédent, ces deux garçons et sa fille s'étaient rendus en ville pour assister au concert des Smashing Pumpkins. Robin était rentrée saoule, mais Edie avait fermé les yeux, parce que l'adolescente supportait plutôt bien l'alcool : elle s'en tirait sans maux de tête ni jérémiades excessives, et Edie n'avait jamais eu à maintenir ses cheveux en arrière pour éviter qu'ils ne lui tombent dans la figure pendant qu'elle était accroupie devant la

La Famille Middlestein

cuvette des toilettes, comme elle avait dû le faire autrefois pour ses copines de lycée. Robin, elle, se contentait de rire bêtement. En rentrant ce soir-là, elle avait gloussé et encensé le concert. Rien d'anormal, donc. Edie aurait peut-être dû en profiter pour lui administrer une bonne dose de sagesse parentale quant à la consommation d'alcool, mais elle n'était pas en position de chapitrer quiconque sur ce qu'il fallait consommer ou non.

Elles étaient proches l'une de l'autre, et l'avaient toujours été, plus encore depuis que Benny était parti étudier à l'université d'Urbana-Champaign. La maison leur avait paru vide, alors. Richard, qui se démenait pour maintenir ses trois pharmacies à flot, n'était pratiquement jamais là. Embarqué dans une sorte de dispositif pyramidal, toujours en train de courir d'une pharmacie à l'autre, toujours au turbin (là-dessus, Edie n'avait rien à lui reprocher) même lorsqu'il frôlait l'échec, il les laissait seules à la maison. Mère et fille unissaient leurs forces à la table de la cuisine. Edie se répandait en histoires drôles (pas toujours adaptées à l'âge de Robin) sur ses collègues de travail, des gens bien plus intéressants que leur description de poste ne le laissait entendre : il y avait ceux qui volaient les stylos, ceux qui jouaient du jazz à mi-temps, ceux qui buvaient trop, ceux qui avaient survécu au cancer. Après les derniers potins du cabinet d'avocats venaient les descriptions d'anonymes croisés par Edie au cours de sa journée – comme cette femme aperçue à la caisse du supermarché une heure plus tôt, chemisier échancré et ribambelle d'enfants, sortant une bonne centaine de coupons de réduction de son sac, *une liasse énorme et rien que des réductions pour des boîtes de bouffe pour chats !* Puis les anecdotes croustillantes sur les membres de la famille – tel cousin éloigné venait de divorcer, rien d'étonnant, Edie avait *toujours su que leur mariage ne durerait pas* – ou d'autres, plus nostalgiques, sur leurs aïeux venus de Russie avant-guerre ou aussitôt après, parce que *c'est important de savoir d'où tu viens*. Elles passaient ainsi un long moment devant le butin rapporté du supermarché : une petite montagne de snacks préemballés qu'elles tenaient pour l'un des grands plaisirs de l'existence.

Edie envoyait ensuite Robin faire ses devoirs tandis qu'elle se lançait dans la préparation du dîner – un vrai repas chaud, cette fois : du steak, du poulet ou des pâtes. La comédie du repas familial était terminée depuis longtemps : Benny avait quitté le nid, et Richard rentrait bien trop tard. Si tard qu'Edie ne prenait même plus la peine de dresser un couvert pour lui. Parfois, Robin dînait dans sa chambre. Edie ne s'en offusquait pas : elle savait, elle aussi, combien il est bon d'être seule avec son assiette. Ils vivaient sur un rythme étrange, certes. Mais c'était le leur et il leur convenait.

Tout avait changé six mois plus tôt, quand Robin était entrée au lycée. Elle s'était liée d'amitié avec ces deux garçons, celui qui venait de mourir et celui qu'on avait envoyé à l'hôpital psychiatrique, et s'était peu à peu détournée d'Edie. Elle rentrait en fin de journée ou ressortait parfois après le dîner ; elle recevait des appels jusque tard dans la nuit ; après avoir écouté de la musique à plein volume derrière sa porte fermée pendant des semaines, elle baissait maintenant le son si bas qu'Edie n'entendait plus rien. Elle collait alors son oreille contre le battant en retenant son souffle. Robin n'avait pas éteint la stéréo, mais quel type de musique écoutait-elle ? Mystère. Edie savait tout d'elle, autrefois. À présent, elle ne savait même plus quel était son groupe préféré. Elle était gênée. Tout autant qu'inquiète.

Maintenant, elle se rendait compte qu'elle ignorait tout, absolument tout, des goûts de sa fille. Son camarade était mort d'une overdose d'amphétamines. La lettre ne le précisait pas, mais Edie l'avait lu dans le journal, et le conseiller d'éducation du lycée le lui avait confirmé au téléphone aujourd'hui même. Le jeune garçon avait été transporté à l'hôpital, où Robin avait voulu lui rendre visite. Elle avait supplié Edie de la laisser y aller, mais Edie avait refusé, parce si Robin avait dû être hospitalisée (Dieu merci, ce n'était pas le cas. *Dieu merci*), Edie n'aurait accepté personne à son chevet hormis la famille proche. Elle avait aussi dit non parce qu'elle ne voulait pas que Robin entre en contact avec ce type de pathologie. Son refus n'avait rien à voir avec la semaine d'éloignement qu'elle avait imposée à sa fille quand Benny avait attrapé la varicelle en classe de sixième. Cette fois, elle était à deux doigts d'entrer dans la chambre de Robin et de la fouiller de fond en comble pour savoir ce qu'elle cachait, et il était hors de question – *tu m'entends ? hors de question !* – que sa fille aille passer la journée dans une unité de soins intensifs avec la famille d'un gamin qui venait de faire une overdose d'amphétamines.

— Je suis désolée qu'il soit mort, déclara Edie.

Robin prit une autre poignée de cookies et poursuivit sa décimation méthodique des différentes variétés de snacks allégés vendus en Amérique du Nord.

Un grand hibou en macramé doté de grosses billes d'agate marron à la place des yeux ornait le mur, face à la table de la cuisine. Edie l'avait accroché en 1980, quand ils s'étaient installés dans la maison peu après la naissance de Robin. Le hibou tenait encore sa petite branche d'arbre entre ses griffes, mais elle paraissait pitoyable. Malgré les coups de plumeau hebdomadaires que lui administrait la femme de ménage, il semblait couvert de crasse. Edie se promettait régulièrement de le décrocher, mais dix ans s'étaient écoulés sans qu'elle passe à l'acte. Une décennie entière. Et le hibou était toujours là. Il faut dire qu'Edie avait été très occupée. Elle avait commencé par assurer une permanence juridique dans une association de bénévoles, histoire de se changer les idées : tout ce qui pouvait enrichir son train-train quotidien était bon à prendre. En 1988, quand Michael Dukakis (dont la femme était juive) s'était présenté à l'élection présidentielle contre George Bush senior, Edie avait enfin trouvé un objectif à la mesure de son désir d'engagement : elle avait répondu à l'appel de Carly, son ancienne camarade de fac devenue l'une des principales responsables des levées de fonds pour le parti démocrate à Chicago – et son existence avait pris un nouveau départ. Elle s'était d'abord contentée d'envoyer un chèque de soutien au parti. Puis elle avait passé quelques coups de fil à son entourage, des gens adorables, les Cohn, les Grodstein, les Weinman, les Franken, tous avaient envoyé de l'argent. Alors Edie avait continué sur sa lancée : elle s'était mise à appeler des gens qu'elle ne connaissait pas et s'était aperçue qu'elle était douée pour ça. Le téléphone et la paperasse. Elle se sentait plus sûre d'elle quand elle pouvait se cacher, quand ses interlocuteurs ignoraient à quel point elle avait grossi. Récemment, même le regard de ses collègues de travail lui avait semblé difficile à supporter. Mais chez elle, planquée derrière son téléphone, elle était diablement efficace. Elle

La Famille Middlestein

avait enfin trouvé le moyen de se rendre utile. Carly ne l'avait sans doute pas deviné, et Edie n'était pas certaine de pouvoir le lui expliquer, mais elle était persuadée que son ancienne colocataire lui avait sauvé la vie. Voilà pourquoi le hibou en macramé était toujours là. À quoi bon perdre du temps à le décrocher quand il fallait virer les Républicains de la Maison Blanche ?

Quant à ces deux garçons... Qui étaient-ils, au juste ? Elle aurait dû leur accorder plus d'attention. Le premier était grand, mince, les cheveux longs (apparemment propres) ; le second petit, baraqué, le crâne rasé. Ils étaient vêtus de la même manière : des chemises de bûcheron ouvertes sur un tee-shirt blanc, jean troué aux genoux et Converse aux pieds. Ils ne sentaient ni le tabac ni le shit, et leurs pupilles n'étaient pas dilatées. Ils parlaient peu, mais se montraient polis et souriants quand Edie leur ouvrait la porte. Ils semblaient toujours contents de voir Robin, qu'ils saluaient en lui tapant dans la main. Ils paraissaient juifs. Lequel était Ethan ? Lequel était Aaron ? Elle n'arrivait jamais à s'en souvenir.

Quand Ethan (ou Aaron ?) s'était retrouvé à l'hôpital, Robin avait passé la soirée à hurler, suppliant, puis exigeant qu'Edie l'autorise à aller lui rendre visite. Elle était tombée à genoux dans le salon tandis que Richard se réfugiait dans l'escalier. Sa présence n'avait servi à rien, comme d'habitude. Il avait observé toute la scène assis sur une marche, les coudes plantés sur les cuisses, le menton au creux de la main, sans jamais ouvrir la bouche. « Elle ne m'écoute pas, de toute façon », avait-il lancé à Edie. Le pire parent de la planète. Avec Robin, il se contentait d'aboyer des ordres et de battre en retraite. Ne lui était-il jamais venu

Jami Attenberg

à l'esprit que leur fille n'était pas un chien ? Edie s'y prenait mieux, c'est sûr. Elle avait même toujours pensé qu'elle s'en sortait à merveille avec Robin – mais que faire dans ces moments-là ? Face à une adolescente hystérique ? Essayer de la prendre dans ses bras. Elle ne voyait que ça. Quand Robin était petite et qu'elle n'obtenait pas ce qu'elle voulait, elle retenait sa respiration le plus longtemps possible. Edie refusait de céder à ses caprices, bien sûr. Jusqu'au jour où la gamine, devenue bleue, était tombée dans les pommes. Là, elle avait bénéficié de toute son attention, mais Robin n'avait plus jamais réitéré l'expérience. Toutes deux avaient retenu la leçon. Mais voilà que la petite hystérique refaisait surface : déchaînée, incontrôlable. Elle n'était pas bleue, cette fois. Elle était rouge vif.

— Ce n'est pas notre place, répétait Edie. Il a besoin de sa famille.

— Je suis sa meilleure amie ! criait Robin.

Elle a vraiment les cheveux longs, maintenant – voilà ce que pensait Edie en regardant sa fille hurler, recroquevillée sur elle-même. *Ce qu'elle est devenue jolie.* Elle s'était penchée pour la prendre dans ses bras, et Robin, enfin, avait accepté son étreinte.

Deux jours s'étaient écoulés. Et le jeune garçon était mort sans que Robin ait pu lui faire ses adieux. Mais qu'aurait-elle trouvé si elle s'était rendue à l'hôpital ? Edie n'avait pas oublié les heures passées au chevet de son propre père, son désir de ne pas être là, tant il ne ressemblait déjà plus à l'homme qu'il avait été. Sa peau avait viré du gris au bleu, puis du bleu au blanc, comme si la maladie le traversait de part en part, telle une onde frôlant le rivage à marée basse. Puis était venu le temps du deuil. Une période atroce. Chaque jour,

La Famille Middlestein

Edie laissait un peu de son âme derrière elle. Tout vaudrait mieux que ça, pensait-elle. Aujourd'hui encore, elle préférait endurer le pire, plutôt que de pleurer un proche.

Sa fille termina ses cookies et se leva pour se resservir.

— Prends-les, dit Edie. J'en ai d'autres.

Robin lui lança un regard noir, mais elle prit le paquet et retourna s'asseoir.

— C'étaient mes seuls amis, maman. Tu sais que je n'ai pas d'autres amis ?

Non. Edie ne le savait pas.

— Je n'ai plus personne, maintenant, reprit Robin.

Elle fondit en larmes. Et continua de manger.

— Il y a pourtant plein d'ados sympa dans le quartier, répliqua Edie, n'en sachant absolument rien.

— Tu parles. De vrais connards, oui. Ils n'aiment aucun des groupes que j'aime, et ils ne s'intéressent qu'aux fringues, alors que moi, je ne peux rien mettre, de toute façon. Et ils sont superméchants avec moi. Ils n'arrêtaient pas de se foutre de ma gueule avant que je rencontre Aaron et Ethan... Tu comprends ? Et maintenant, ils ne sont plus là-à-à-à ! gémit-elle en pleurant de plus belle.

Edie remarqua que Robin n'avait plus qu'une rangée de cookies à manger. Dommage. Elle regrettait de ne pouvoir en aligner trois de plus devant elle.

— Dis... T'en as pas marre, toi, des fois ? reprit Robin.

— Marre de quoi ?

— De *ça*, répondit Robin en désignant son propre corps.

Edie la fixait sans comprendre.

— D'être grosse, quoi ! Allez, maman. Toi et moi. On est grosses, tu le sais bien.

— Je n'aime pas ce mot, murmura Edie.

Jami Attenberg

— Si tu savais de quoi on me traite au lycée, poursuivit Robin.

Soudain, l'adolescente était mue par autre chose que la tristesse, quelque chose de nouveau et de cruel, au goût plus délectable que tous les sucres raffinés du monde : l'amertume.

— T'y aurais droit, toi aussi, mais dix fois pire.

Sur ce, Robin engloutit un autre cookie. Il fut à peine mâché avant de disparaître.

— Parce que t'es dix fois plus grosse que moi.

— Je suis désolée de te décevoir, marmonna Edie.

Elle s'était décomposée, ratatinée sur elle-même. Elle le savait et ne faisait rien pour se ressaisir, préférant couler à pic.

— Tu ne me déçois pas, répliqua Robin. Tu te déçois toi-même.

Elle ouvrit la bouche comme si elle s'apprêtait à dire d'autres horreurs, comme si elle allait rugir, mais il n'en sortit qu'une pile de vomi chocolaté qui forma une mare sur la table de la cuisine. Robin l'observa fixement, puis vomit de nouveau. Edie fut prise de haut-le-cœur qu'elle tâcha de réprimer. Ne pas s'effondrer totalement, ne pas libérer ce qui était coincé dans son estomac. Elle y parvint, sans bien savoir comment.

Dès lors, Robin perdit rapidement du poids. Elle se rendit à l'enterrement de son ami une semaine plus tard. Le lendemain matin, elle se leva tôt et partit faire un jogging dans le quartier. Quelques semaines plus tard, elle s'inscrivit à un club de course à pied. Après deux ou trois mois de ce régime, elle ressemblait aux autres gamines de son âge tandis que sa mère restait semblable à elle-même, seule dans sa cuisine, entourée de tous ses plaisirs terrestres.

La licorne d'or

— J'en ai une bonne à te raconter sur ton père, annonça Edie à sa fille.
Robin n'avait aucune envie d'entendre la suite, mais comment dire non ? Elle en était incapable.
Les deux femmes se trouvaient dans la maison où Robin avait grandi, celle où Edie vivait seule depuis que son mari l'avait abandonnée, et qu'elle ne quittait pratiquement plus. D'après ce que Robin avait constaté, elle passait désormais ses journées assise à la table de la cuisine. N'avait-elle vraiment nulle part où aller ? Rien d'autre à faire que manger et vider ses souvenirs de toute leur joie ?
Enfant, Robin adorait écouter sa mère. Edie avait un vrai talent de conteuse. En bonne commère, elle avait l'oreille indiscrète. C'était aussi le genre de personnes à laquelle on confie des secrets. Elle semblait sage. Chaleureuse et bienveillante. À défaut de pouvoir vous aider, elle savait vous remonter le moral. Ce n'était que plus tard, lorsque vous la connaissiez un peu mieux, qu'elle pouvait se révéler terrifiante.
Puis, Robin avait grandi et leur relation avait évolué. Les histoires d'Edie s'étaient taries, avant de cesser complètement. C'était peu après le drame qui avait marqué

Jami Attenberg

l'adolescence de Robin et emporté ses deux meilleurs amis. Cet épisode ne fut plus jamais mentionné chez les Middlestein, mais Robin y repensa si souvent qu'il fit bientôt partie intégrante d'elle-même. Aaron et Ethan, Ethan et Aaron. Ses premiers vrais amis masculins. Ils formaient avec elle un trio amoureux : Aaron et Robin aimaient Ethan, qui aimait sa collection de disques, ses cachets d'amphétamines et l'amour que lui vouaient les deux autres. Au fil des mois, ils étaient devenus inséparables. Combien d'après-midi avaient-ils passés à écouter des disques, de vrais vinyles, entassés dans la chambre d'Ethan ? Combien de fois Aaron et Robin avaient-ils écouté Ethan leur dresser avec excitation la liste des mille et une raisons pour lesquelles les vinyles valaient mieux, bien mieux que les CD ? « Oui, oui, tu as raison », acquiesçaient-ils, galvanisés par le son de sa voix, que sa mue avait récemment rendue plus grave. Son enthousiasme, ses connaissances les fascinaient. Ethan savait tant de choses dont on n'entendait jamais parler au lycée. Un soir, ils s'étaient embrassés sur la banquette arrière de la voiture d'Aaron, garée dans une ruelle sombre à cent mètres de chez Robin. Après les baisers, qu'ils se donnaient tour à tour, étaient venues les caresses : la ronde Robin avait libéré ses énormes seins (dont l'ampleur avait laissé les garçons béats d'étonnement), Ethan avait glissé la main entre les jambes de Robin, le petit Aaron, crâne rasé et torse trapu, avait branlé Ethan, et tous trois s'étaient mis à gémir de plaisir. Ils n'avaient jamais été aussi pleinement satisfaits, et ne le seraient jamais plus. Puis il avait bien fallu s'arrêter, remonter les braguettes, reboucler les ceintures, remettre maladroitement les seins dans leur soutien-gorge,

LA FAMILLE MIDDLESTEIN

et alors, alors seulement, éprouver un léger embarras au souvenir des gémissements qu'ils venaient d'émettre. Vite, vite, griller une cigarette, gober une amphét' – et l'embarras s'était dissipé. Robin leur avait écrit de longues lettres d'amour, postées une semaine après le concert. Les avaient-ils reçues ? Lues ? Ils n'en avaient parlé ni l'un ni l'autre. Ethan était mort quelques jours plus tard. Pour des raisons qui n'avaient rien à voir avec eux. De sombres histoires de famille. Personne n'avait rien pu faire. Aaron avait été si désespéré que ses parents avaient dû le faire enfermer. Il vivait maintenant à Seattle. Chaque année, à la date anniversaire de la mort d'Ethan – encore maintenant, après tout ce temps ! –, il envoyait à Robin une compilation de leurs chansons préférées, celles qu'ils écoutaient quand ils étaient adolescents. La liste n'étant pas inépuisable, Aaron était contraint de se répéter, gravant quasiment le même disque d'un anniversaire à l'autre. Robin aurait voulu lui demander d'interrompre ses envois, mais elle n'en avait pas le courage. Son chagrin, lui, ne cesserait pas. Elle en venait à espérer qu'un autre, plus récent, plus terrible, vienne le remplacer.

Après ce drame, survenu l'année de ses quinze ans, elle avait cessé de se confier à sa mère. Seize années s'étaient écoulées sans les rapprocher – *seize années*. Robin avait trente et un ans, à présent. Avait-elle vraiment passé tout ce temps loin des siens, alors qu'il suffisait de quarante-cinq minutes de voiture pour leur rendre visite ? Elle avait pris l'habitude de ne rien révéler d'elle-même, s'en tenant à quelques anecdotes sur son boulot de prof d'histoire dans un lycée privé très élitiste. Les élèves la faisaient rire. Edie l'écoutait avec avidité, se délectant des bribes d'information

qu'elle parvenait à lui arracher, et qu'elle ressassait ensuite durant des semaines, en solitaire, comme on ronge un os.
De toute façon, Robin ne voyait pas pourquoi elle lui aurait livré ses histoires de cœur. Edie lui ouvrait le sien, certes. Non, « ouvrir » n'était pas le mot juste : elle se déchirait le cœur, voilà ce qu'elle faisait. Elle enfonçait ses doigts dans sa poitrine, se transperçait la peau, fouillait entre ses os, écartait ses vaisseaux et creusait sa chair pour en extraire le précieux objet encore palpitant, qu'elle posait devant sa fille, attendant son jugement. Chaque fois qu'elle se lançait dans une nouvelle histoire, chaque fois qu'elle entamait une nouvelle complainte, elle partait à l'assaut de son cœur et le frappait sans ménagement. Cherchait-elle à le ressusciter ou à l'anéantir ? Allait-elle vivre ou mourir ? Pour l'heure, Robin n'en avait pas la moindre idée.
— J'en ai une bonne à te raconter sur ton père, déclara Edie.
Dans le jardin, qu'on apercevait par la porte vitrée de la cuisine, la brise printanière agitait les branches du grand chêne blanc d'Amérique auquel était suspendu un perchoir à oiseaux vide, vieux et oublié, couvert de moisissures.
Robin en avait assez de ses histoires. Elle les avait trop entendues au cours des deux derniers mois.
Il y avait d'abord eu l'histoire de la nuit de noces : Edie lui avait expliqué qu'elle s'était mariée trop jeune, au premier type qui lui en avait fait la demande, et que le soir du mariage, alors qu'ils avaient déjà échangé leurs vœux, brisé un verre en récitant les paroles rituelles, dansé la hora et partagé une part de gâteau (la tradition voulant que les mariés se l'envoient dans la figure, Edie s'était retrouvée avec du glaçage dans les oreilles), alors qu'ils

La Famille Middlestein

avaient déjà posé, étroitement enlacés, pour les photographes, esquissé quelques pas de danse sur *When a Man Loves a Woman* et souhaité bonne nuit aux amis d'Edie (fraîchement diplômés en droit) et aux amis de Richard (récemment sortis de l'école de pharmacie), à leurs camarades d'enfance, à leurs voisins et à leurs proches parents, tous complètement saouls, après ces multiples rituels visant à sceller leur union, Richard s'était penché vers elle dans la suite nuptiale du *Drake Hotel* à Chicago, pour murmurer la question suivante : « Tu es bien sûre que c'est ce que tu veux ? » – ce qui l'avait aussitôt plongée dans l'incertitude. Excellente entrée en matière, Richard ! Voilà qui augurait d'une longue et belle vie commune. Bien joué.

L'histoire se poursuivait aujourd'hui avec leur voyage à Rome. Un fiasco absolu. Ce séjour en Italie était pourtant censé donner une nouvelle impulsion à leur couple après le départ des enfants pour l'université, mais Richard n'avait cessé de se plaindre, de Chicago jusqu'au Vatican et du Vatican jusqu'à Chicago.

— Pourquoi n'avait-il pas mis une bonne paire de chaussures dans sa valise ? Fallait-il que je fasse tout à sa place ? s'écria Edie.

— Vous n'aviez qu'à en acheter une autre paire... Vous étiez en Italie ! C'est le meilleur endroit au monde pour acheter des chaussures, non ? répliqua Robin.

— On a fini par en acheter, figure-toi, mais ce n'est pas la question.

Robin appuya sa joue sur la table de la cuisine. Les lumières s'étaient allumées dans la rue enveloppée par un crépuscule jaunâtre. Ce serait bientôt l'heure de dîner.

— Si on mangeait ? suggéra-t-elle avec un soupir. Viens. Allons dîner quelque part.
— Quel genre de cuisine ? demanda Edie.
— Ce que tu veux, maman. Ça m'est égal.
Edie noua nerveusement ses mains blêmes et gonflées sur la table. Robin comprit que sa mère ne voulait pas manger devant elle. Elle préférait dévoiler l'inconstance des performances sexuelles de son mari ; discuter de sa piètre gestion des finances familiales au cours des trois dernières décennies ; renseigner sa fille sur l'amour démesuré que Richard avait toujours porté à sa propre mère. Sais-tu qu'il a toujours aimé sa mère plus que sa femme ?
— Maman ? Pourquoi tu ne veux pas manger avec moi ?
— Tu as faim, c'est ça ? Très bien. Allons manger.
— C'est moi qui conduis, annonça Robin, qui avait bu un verre de vin.
— Je peux conduire, répliqua Edie, qui en avait bu trois.
— Je n'arrive pas à croire que je suis en train de discuter de ça avec toi !
Oui, pour Robin, il était étrange d'avoir cette conversation avec sa mère – jusqu'à très récemment, Edie était le genre de femmes à mettre des glaçons dans son vin –, de devoir prendre le volant parce qu'Edie avait bu un coup de trop, mais il était plus étrange encore de s'engager avec elle dans cette nouvelle vie, d'assumer le rôle de mère et de la traiter en petite fille, de la voir fouiller ses entrailles pour en extirper un pêle-mêle d'émotions qu'elle lui lançait à la figure. Cette nouvelle vie n'était vraiment pas drôle.
La fille l'emporta sur la mère (« O.K. Tu as gagné », déclara Edie. « Qu'est-ce que j'ai gagné ? » rétorqua Robin) et les conduisit toutes deux vers la banlieue voisine, puis la

La Famille Middlestein

suivante, dépassant l'autoroute qui menait au gigantesque centre commercial de Woodfield, et continuant tout droit, vers Chicago, jusqu'à ce que la mère guide la fille vers une petite rangée de commerces sagement alignés dans une contre-allée : Robin aperçut un bar sportif dépourvu de fenêtres, une supérette et un magasin de téléphone portables avant de se garer devant la *Licorne d'Or*, un restaurant chinois si brillamment éclairé que le trottoir semblait jaune vif. Edie traversa cette flaque de lumière en s'avançant vers la porte. Robin s'aperçut alors que sa mère affichait un large sourire, sincère, irrépressible.

Il était encore tôt, à peine 17 heures. Le restaurant était vide, à l'exception d'une jeune Chinoise occupée à effiler un énorme tas de haricots verts. Elle se leva en voyant entrer les deux femmes et se précipita vers Edie, qu'elle étreignit brièvement.

— Ça fait si longtemps qu'on ne vous a pas vue ! s'exclama la jeune femme. Vous nous avez manqué !

— Je n'étais pas très en forme, expliqua Edie.

Vraiment ? Robin ne la trouvait ni plus, ni moins en forme que d'habitude.

— Oh, non ! répliqua la fille (jeune, mince, au look vaguement punk avec sa longue mèche de cheveux teints en violet et ses cuissardes en cuir noir lacées sur son jean cigarette). Hors de question que vous tombiez malade ! Je vais vous préparer du thé. Asseyez-vous. Je vous apporte ça tout de suite.

Les yeux rivés sur les deux femmes, Robin se sentait de trop. Sa mère et cette inconnue semblaient si heureuses de se voir !

Edie se décida enfin à la présenter à la serveuse – elle s'appelait Anna –, qui sourit et tendit sa petite main à Robin avec enthousiasme.

— La professeur d'histoire ! Quel honneur de vous rencontrer ! Votre mère parle de vous sans arrêt. Nous l'adorons, vous savez. Vraiment. C'est notre héroïne.

Robin était médusée, un peu mortifiée aussi. Elle n'y comprenait rien. *Pourquoi ma mère est-elle l'héroïne d'un resto chinois ?*

Anna désigna une table près de la fenêtre.

— Installez-vous. Je vous apporte du thé. Et je vais prévenir papa de votre arrivée.

Edie se glissa péniblement sur la banquette tandis que Robin prenait place en face d'elle. Quelques boutons de roses flottaient dans une petite coupelle en verre posée sur la table. Robin s'empara du menu, mais Edie l'arrêta d'un geste.

— Laisse-les choisir. Ils nous serviront ce qu'ils ont de mieux aujourd'hui.

Robin promena un regard autour d'elle : les tables en bois brut, les photos en noir et blanc de villes lointaines accrochées aux murs conféraient aux lieux un charme particulier. C'était le genre de restaurant qu'on s'attendait à trouver dans un quartier branché du centre-ville, pas dans le voisinage d'une autoroute et d'un bar à bières nommé la *Taverne du Bouc*.

— C'est assez cool, ici, commenta-t-elle.

— C'est Anna qui a tout décoré, précisa Edie. Si son père avait eu son mot à dire, le resto ressemblerait à n'importe quel traiteur chinois des environs. Anna l'a convaincu

La Famille Middlestein

d'essayer autre chose... Elle espère attirer une clientèle de yuppies.
— Est-ce que ça marche ?
— On ne peut pas dire que ça ne marche pas, répliqua Edie. Il faut laisser du temps au temps.

Edie travaillait, encore tout récemment, pour les investisseurs qui ouvraient ce genre de galeries commerciales dans les banlieues. Elle connaissait le business sur le bout des doigts : elle avait vu naître, survivre ou mourir des centaines de commerces. Le père de Robin, qui ne possédait plus qu'une pharmacie après en avoir eu trois tout au long des années quatre-vingt et quatre-vingt-dix, avait lui aussi une opinion assez tranchée sur ce qui faisait ou non le succès d'une affaire. Mais en ce domaine, Robin s'en remettait à sa mère – l'avis de Richard ne valait pas tripette.

— Il a besoin de se faire connaître. Pour ça, il faut qu'il fasse plus de publicité. Qu'il passe plus de temps sur Internet. Et comme ils ne s'en sortaient pas avec la paperasse, je leur ai donné un coup de main. Ce n'est pas grand-chose, vraiment. J'ai tellement de temps libre, maintenant.

Robin l'écoutait avec soulagement. Sa mère avait donc une vie à l'extérieur de sa cuisine. Elle ne passait pas ses journées à se morfondre, à mijoter sous son épaisse couche de chair, à s'abreuver des colères, des frustrations, des haines et des chagrins d'amour accumulés au fil des années. Si elle venait régulièrement dans ce restaurant, si elle aidait son propriétaire, elle avait peut-être une chance de s'en sortir. Elle avait toujours aidé son prochain, œuvrant pour les personnes âgées, la synagogue, les sans-abri – chaque année à Noël, elle sillonnait le quartier pour nourrir les plus nécessiteux. Et toutes ces candidates aux élections nationales ou locales pour lesquelles Edie avait levé des fonds ! Tous ces proches auxquels elle avait dispensé gratuitement ses conseils juridiques, sans la moindre hésitation, veillant tard dans la nuit pour boucler leur dossier ! Où était passée cette femme, bon sang ? Qu'était-il advenu de cet animal social, passionné, engagé, que Robin aimait tant ? Était-elle là, assise en face d'elle ? Cachée sous cette montagne de chair ? Robin se permit de l'espérer. Elle planta ce modeste espoir au fond d'elle-même et l'arrosa de thé vert, tandis que les lumières vives du restaurant asiatique lui offraient le soleil nécessaire à sa croissance.

Un Chinois vêtu d'une veste de chef sortit de la cuisine, le visage, le front et les joues sillonnées de rides, les sourcils en accent circonflexe. Une jolie moustache ombrait sa lèvre supérieure. Il s'essuya les mains dans un torchon qu'il replia avec soin et glissa sous son bras.

— Edith ! s'écria-t-il.

Bien sûr, pensa Robin. *Elle s'appelle Edith sur son permis de conduire, son extrait de naissance et sa carte d'électeur, mais absolument nulle part ailleurs dans le monde – alors, pourquoi pas dans ce resto chinois ?*

L'homme s'avança, puis attendit tranquillement qu'Edie l'invite à s'asseoir. Il se glissa alors sur la banquette qu'elle occupait, lui tapota doucement la main et croisa les siennes sur la table.

Robin se demanda si sa mère savait que cet homme était amoureux d'elle.

— Alors, vous êtes la fameuse Robin ? dit-il.
— Oui, répondit-elle. Je suis extrêmement célèbre.
— Je m'appelle Kenneth Song.

La Famille Middlestein

Il l'observa brièvement, le temps de reconnaître en elle ce qu'il espérait trouver, puis il esquissa un léger sourire.

— Vous êtes le portrait craché de votre mère, assura-t-il.

Robin faillit crier. Plisser le front, retrousser les lèvres et incliner la tête avec dédain, comme elle le faisait depuis l'adolescence pour exprimer son mépris ou son incrédulité. La mimique ne plaisait à personne, mais elle était sacrément efficace. « Vous êtes dingue, ou quoi ? » voulait-elle répliquer. « Comment pourrais-je être le portrait craché d'une femme de cent soixante kilos ? »

À moins que M. Song n'ait perçu quelque chose qui lui échappait ? Edie et elle avaient toujours les mêmes yeux, c'est vrai : des prunelles sombres, perçantes, qu'elles ne pouvaient cacher. Les mêmes cheveux, aussi : de longues boucles brunes, toujours emmêlées, répandues sur leurs épaules. Elles partageaient peut-être le même sourire. Quand elles souriaient.

Cet homme savait peut-être voir la femme qui se cachait sous cette énorme masse corporelle. La voir vraiment.

— On a les mêmes yeux, admit Robin.

— Je dois retourner en cuisine, annonça Kenneth. J'attends des clients à 19 heures. Une grande tablée.

— Génial ! s'exclama Edie.

Il se faufila au bout de la table et se pencha vers Robin d'un mouvement plein de grâce.

— Votre mère est une sainte.

Edie Middlestein, sainte patronne des restaurants chinois du monde entier ? Robin allait de découverte en découverte. *Eh bien, tant qu'à vivre dans un monde parallèle, autant en être la reine !* songea-t-elle.

— Kenneth a une sacrée histoire, commenta Edie lorsqu'il se fut éloigné.
Elle ponctua ses propos d'un hochement de tête approbateur. Ce n'était pas rien, tout de même : une histoire !
Anna sortit de la cuisine et leva les yeux vers le plafond.
— Il y a trop de lumière, estima-t-elle.
Elle disparut de nouveau. Un instant plus tard, la lumière crue des plafonniers se fit plus tamisée, apportant la touche finale à l'ambiance recherchée par Anna. Robin se carra plus confortablement contre le dossier de sa chaise. Quel endroit charmant ! Pourquoi Edie avait-elle tant tardé à le lui faire connaître ? Elle s'imagina brièvement dînant ici avec toute la famille − hormis son père, bien sûr. Il y aurait Edie, Benny, sa femme et leurs enfants. Voilà qui rendrait ses incursions hebdomadaires en banlieue nettement plus supportables. Avoir un lieu où se retrouver, une destination commune, les aiderait à traverser cette phase difficile.

Puis la nourriture arriva sur la table. Fumante, bouillonnante, décadente. Des dizaines de plats remplis de mets trop riches, gorgés de sel et de sucre. Brioches bien dodues fourrées à la viande de porc, brocolis vert vif couverts d'une épaisse sauce d'huîtres, nouilles au sarrasin agrémentées de crevettes à l'aigre-douce, poulet laqué, palourdes charnues nageant dans une délicieuse sauce aux haricots noirs ; beignets aux poireaux et à la coriandre. Raviolis garnis d'un fruit de mer ou d'un mollusque étrangement, mais délicieusement pimenté, dont Robin ne parvint pas à déterminer la nature − quelle importance, de toute façon ?

Elle goûta un peu de chaque met. Robin, la sainte patronne des grosses devenues minces. Tout était succulent. Là-dessus, rien à dire. M. Song avait du talent. Mais il y avait

La Famille Middlestein

beaucoup, *beaucoup trop* à manger. Et tout, absolument tout, était mauvais pour sa mère. Ces gens ne voyaient-ils pas de quoi souffrait Edie ? Ignoraient-ils que chaque bouchée de brocolis ou de poulet en sauce la rapprochait d'une mort certaine ?

Edie paraissait avoir oublié que sa fille était assise en face d'elle. Elle souhaitait visiblement manger seule, et réussissait à faire semblant de l'être. Elle mangea tout ce qui était sur la table, accompagnant chaque bouchée d'une pleine fourchette de riz vapeur. Edie vint et Edie conquit, ne laissant derrière elle qu'un tas d'assiettes vides. À quoi pensait-elle ? Éprouvait-elle un sentiment de triomphe ? Onze raviolis aux fruits de mer, six beignets aux poireaux, cinq brioches au porc – tous vaincus. Et combien de livres de nouilles sautées, de crevettes, de palourdes, de brocolis, de poulet ? Robin avait perdu le compte. Edie se sentait-elle coupable ? Ou espérait-elle faire un malaise et oublier ce qui venait de se passer ?

Vous allez la tuer ! faillit-elle crier. Mais M. Song et sa fille n'étaient pas responsables. Parce qu'Edie se tuait très bien toute seule.

Un moment plus tard, elles rejoignirent la voiture garée sur le parking, face au bar où deux jeunes femmes appuyées contre le mur partageaient une cigarette, face à la supérette où un livreur d'UPS était en train d'acheter deux litres de Coca-Cola et deux hot-dogs inondés de fromage fondu, face au magasin de téléphones portables où la vendeuse désœuvrée qui bossait là pour payer ses études à l'université du coin s'était avachie derrière le comptoir, son téléphone à la main, pour envoyer un texto à la fille qui s'était foutue de sa gueule la nuit précédente dans une soirée, face au restaurant chinois où la cuisine était préparée avec amour par un homme autrefois promis à une grande carrière de chef, passionnément épris de son métier et de la vie jusqu'à ce que son épouse meure d'un cancer et qu'il laisse tout tomber, sombrant dans une infinie tristesse dont seule sa fille avait réussi à le sortir. « Ça suffit ! » avait-elle décrété un matin, et il était retourné aux fourneaux, ouvrant l'établissement devant lequel les deux femmes étaient garées.

Robin avait appuyé sa tête sur le volant et ne bougeait plus.

— Démarre, ordonna Edie, les yeux tournés vers la fenêtre. Tu me gênes devant eux.

— Tu devrais arrêter, murmura Robin. Tu ne peux plus manger comme ça.

— C'est toi qui voulais manger ! répliqua Edie, qui fondit en larmes.

— Je ne veux pas que tu meures.

— Je pensais que ça t'était égal.

— Arrête. Pas de ça avec moi. N'essaie pas de me faire regretter d'être moi-même.

Elles se turent un moment et observèrent les menus changements à l'œuvre sous leurs yeux : les deux jeunes femmes écrasèrent le mégot sous leurs talons avant de partager un chewing-gum, le livreur d'UPS quitta le parking au volant de sa fourgonnette après avoir englouti précipitamment la moitié d'un des hot-dogs, la vendeuse du magasin de portables montra un texto à son collègue et lança une bordée de jurons qui fit déguerpir leur unique client. Elles virent aussi un groupe de sept personnes entrer dans le restaurant pour fêter un anniversaire. Des gens

La Famille Middlestein

d'apparence modeste qui partiraient en laissant de bons pourboires.

— Je suis là, maintenant – pas vrai ? reprit Robin.

Oui, elle était là. Mais ce que ni l'une ni l'autre ne savaient, c'est qu'elle arrivait trop tard.

Modèle masculin

Benny Middlestein se réveilla un beau matin et s'aperçut qu'il était en train de devenir chauve. *C'est le début de la fin, cher ami*, pensa-t-il. Il avait toujours eu beaucoup de cheveux (il était sorti du ventre de sa mère la tête couverte de frisottis noirs) et rien ne laissait présager qu'il aurait des soucis à se faire à l'âge adulte – pas dans le domaine capillaire, en tout cas. Le reste lui poserait sans doute plus de problèmes, malheureusement.

Or ces temps-ci, les problèmes ne manquaient pas. En tête de liste figuraient les sautes d'humeur de sa fille, qui entrait dans l'adolescence avec tout ce que cela implique de regards courroucés, de moues boudeuses et de mines horrifiées dès qu'il ouvrait la bouche, comme si elle n'attendait que ce signal pour lui lancer un « Oh, papa ! » exaspéré en pleine figure. Benny se souvenait très bien du moment où sa petite sœur avait changé de ton. Elle devait avoir douze ou treize ans. On aurait dit que le lait avait brusquement tourné. Et le pire, c'est qu'elle n'était jamais revenue en arrière. Alors, oui, Benny se faisait du souci pour sa fille.

Puis venait sa femme, obnubilée par le poids et le diabète de sa mère. Rachelle ne pensait plus qu'à ça, du matin au soir. À peine réveillée, elle parlait d'Edie, les yeux rivés au plafond. Il fallait en parler, certes. Benny ne pouvait la contredire sur ce point. Il aurait seulement aimé faire un break de temps en temps. Ne pas évoquer Edie pendant une journée – était-ce trop demander ?

Apparemment, oui. Puisque ce matin encore, Rachelle s'était blottie contre lui sous la couette, sourcils froncés, faisant apparaître une nouvelle série de rides sur son front.

— Je suis inquiète.

— Je sais, ma chérie.

Si tu continues à faire cette grimace, tu vas rester comme ça, avait-il pensé.

— Et toi, tu n'es pas inquiet ? Tu devrais être superinquiet.

— Je suis superinquiet.

Il avait enfoui son visage dans l'oreiller et respiré à pleins poumons le parfum qui s'en dégageait, un assouplissant gorgé de molécules chimiques censées rappeler le vent des montagnes.

Le soir aussi, Rachelle était obsédée par *cette question de vie ou de mort,* comme elle l'appelait : elle revenait à la charge après le dîner, quand les enfants étaient couchés et qu'ils se retrouvaient tous deux sur la terrasse pour partager un joint.

— Détends-toi ! implora-t-il en massant ses épaules frêles, crispées par l'anxiété. Tiens… Prends une autre taffe.

— Ce truc te tuera, dit-elle.

— Arrête. On fume depuis vingt ans !

— Je voulais t'en parler, justement.

Elle avait décidément du mal à accepter sa propre mortalité : toutes ces grimaces l'enlaidissaient, elle qui était si jolie !

La Famille Middlestein

Elle l'abreuvait d'e-mails pendant la journée, parfois même de textos, alors qu'elle avait horreur d'en envoyer – trop fastidieux, disait-elle. Elle s'y était mise pour l'informer des agissements d'Edie qu'elle suivait pendant des heures, comme un agent secret, histoire de savoir ce qu'elle mangeait. Et lorsqu'elle le savait, elle ne pouvait garder l'information pour elle : il fallait qu'elle la partage aussitôt avec lui. D'où les textos.

Elle est au Superdawg sur Milwaukee Avenue. 3 hot-dogs !!!

Benny avait essayé de dire à sa femme d'arrêter, mais la simple perspective d'aborder la question avec elle lui donnait l'impression de sauter dans le vide : l'estomac lui tombait brusquement dans les talons. Il ne trouvait pas les mots justes, en fait. Comment éviter de sombrer dans une conversation grotesque ? Avait-il le droit de lui dire qu'elle lui *foutait les jetons* ? Pouvait-il lui ordonner de ne plus *espionner* sa mère ?

— Je sais que tu veux l'aider, dit-il. Mais je ne suis pas certain qu'elle apprécierait ta manière de faire.

Ce jour-là, Benny et Rachelle déjeunaient dans une petite cafétéria ensoleillée à deux pas de la synagogue où ils avaient déposé les enfants à leur cours de lecture chantée avec le chantre. Ils mangeaient une salade chacun, garnie de crudités. Ils ne mangeaient que ça, ces derniers temps. Rachelle avait passé la commande sans le consulter. *Sans sauce, s'il vous plaît.*

Il sala et poivra rapidement sa salade quand elle se leva pour aller aux toilettes.

Jami Attenberg

— Je crois qu'elle a droit à une vie privée, reprit-il, tête baissée, soucieux de se débarrasser d'un petit morceau d'oignon rouge resté coincé entre ses molaires.
— Allons, Benny... C'est comme si tu me disais qu'un type prêt à sauter du toit d'un immeuble a le droit d'admirer la vue !
Elle repoussa sa salade à demi entamée d'un air dégoûté.
— J'avais pourtant demandé à la serveuse de ne pas mettre de croûtons ! Tu m'as entendue le lui dire, non ?
— Oui, tu lui as demandé une salade sans croûtons.
Il plaqua une main devant sa bouche, le temps de glisser un doigt vers sa molaire pour déloger enfin le morceau d'oignon récalcitrant.
— Laisse la souffler un peu, c'est tout ce que je te demande, insista-t-il.
— Et tu me demanderas quoi, quand elle sera morte ? répliqua sèchement Rachelle.
Benny eut une pensée émue pour le petit morceau d'oignon. Un problème simple, qu'il avait résolu d'un geste simple.
Quoi qu'en pense Rachelle, il se faisait du souci pour sa mère. Oui, il se faisait du souci pour sa mère, déjà passée deux fois sur le billard et peut-être en voie d'y passer pour la troisième fois ; il se faisait du souci pour sa fille et pour sa femme, qui ne savaient plus sourire ; il se faisait du souci, dans une moindre mesure, pour son père, qui semblait triste et à la dérive depuis qu'il avait quitté Edie, redevenant célibataire à soixante ans passés, contraint de se mettre en quête d'une nouvelle compagne dans les banlieues voisines, ce qui n'était certainement pas facile ; en revanche, pour la première fois de sa vie, Benny ne se faisait presque plus

La Famille Middlestein

de souci pour sa sœur, qui, il en avait la quasi-certitude, et bien qu'elle soit toujours aussi revêche et secrète, avait peut-être trouvé l'amour.

Enfin, et surtout, il se faisait du souci pour ses cheveux. Il avait toujours compté sur eux, sa belle couronne de cheveux épais, d'un noir de jais, avec une légère ondulation qui faisait rebiquer les pointes. Il les portait un demi-centimètre plus long que ses collègues de travail, et il aimait penser que ce détail le faisait paraître plus jeune, plus extravagant que les autres. À la fac, il s'était laissé pousser des favoris, ce qui lui conférait une allure de rebelle un peu débraillé – du moins aussi débraillé qu'un membre de l'association des étudiants juifs de l'université d'Illinois pouvait l'être. Ses cheveux étaient une des raisons pour lesquelles il avait gagné le cœur de Rachelle. Il partait pourtant avec de sérieux handicaps : primo, il était moins extraverti que les frères de la jeune femme ; secundo, il n'avait pas la blague facile, non parce qu'il était timide (il savait être drôle quand il le voulait), mais parce qu'il était complètement défoncé la plupart du temps. Il l'était aussi le soir de leur rencontre, lors d'une fête organisée en dehors du campus par l'un des frères de Rachelle. Fidèle à ses habitudes, Benny s'était retranché dans un coin de la pièce près de la chaîne stéréo, courbé devant une pipe à eau en verre torsadé bicolore rapportée d'Amsterdam l'été précédent. Silencieux, mince et musclé, les yeux légèrement vitreux, vêtu d'un tee-shirt et d'un jean Levi's bien ajustés, négligemment chaussé d'une paire de tongs, la tête auréolée d'une chevelure si épaisse qu'il était forcément doté d'un patrimoine génétique à se damner, il avait séduit la plus jolie fille de la soirée sans rien faire d'autre que porter ce splendide narguilé vert et violet à ses lèvres.

Il avait toujours, absolument toujours, compté sur ses cheveux. C'était la seule chose qui n'aurait jamais dû lui poser le moindre problème. Pourtant, le problème était là : ses cheveux tombaient chaque matin sous la douche comme une peau qui pèle après un week-end à la plage. Il arborait maintenant une petite calvitie à l'arrière de son crâne. Sur ses tempes, sa ligne de cheveux avait commencé à reculer. *Quelle serait l'étape suivante ?* se demandait-il avec angoisse. *Son corps allait-il rétrécir ? Deviendrait-il un vieil homme frêle que sa femme finirait par quitter ? Était-il en train de mourir ? Ou seulement de vieillir ?*

Alors même que les réponses à ces questions sautaient aux yeux, que ses soucis à propos de sa femme, de sa mère, de sa fille et de tout le reste avaient fini par l'atteindre physiquement, Benny refusait d'admettre l'évidence. *Ce n'est pas si simple*, se répétait-il (bien que rien ne fut simple, au fond). Fort de cette certitude, il prit rendez-vous avec le Dr Harris, un bon médecin au franc-parler appréciable. Doté, de surcroît, d'une belle couronne de cheveux maintenant grisonnants et coupés court, mais toujours épais et attrayants.

— Il y a plusieurs explications possibles, déclara le docteur après l'avoir examiné. Votre début de calvitie est peut-être d'origine génétique.

— Certainement pas, répliqua Benny. Personne n'est chauve dans la famille. Ni du côté de ma mère. Ni du côté de mon père.

Il était assis sur la table d'examen, les jambes ballantes. À 8 heures du matin, un lundi. Le rendez-vous avait été

La Famille Middlestein

pris en urgence à l'issue d'un week-end particulièrement dévastateur en termes capillaires.

— Un surcroît de stress, ces derniers temps ? reprit gentiment le docteur.

Benny et lui fréquentaient la même synagogue. Leurs épouses étaient membres du même club de lecture, et le Dr Harris avait beaucoup entendu parler de Rachelle dernièrement : sa femme lui avait raconté que Mme Middlestein avait tenu à rayer les pâtisseries des denrées proposées lors de leurs réunions. « Plus de pâtisseries, plus de fromage, plus de crackers », avait-elle décrété lorsqu'elles s'étaient toutes retrouvées pour discuter de *La Couleur des sentiments*, le roman de Kathryn Stockett. Seules les crudités trouvaient grâce à ses yeux. Et pas question de les servir avec un soupçon de sauce cocktail : Rachelle ne voulait même pas en entendre parler. Ce genre de sauce ne contenait *que du sucre*. D'après l'épouse du Dr Harris, si les principes de Rachelle en matière diététique étaient parfaitement acceptables, la manière dont elle les avait présentés l'était beaucoup moins : elle s'était exprimée avec virulence – « Elle avait presque l'accent britannique, je t'assure ! » avait affirmé Mme Harris à son époux – et semblait convaincue d'avoir raison. Pas de vin non plus : cette boisson ne contenait aucun élément nutritif. En tant que médecin, le Dr Harris ne pouvait qu'approuver Rachelle, mais en tant qu'être humain, il se demandait si elle n'était pas devenue dingue. « À quoi bon participer à un club de lecture si on ne peut même pas boire un peu de vin et manger des *brownies* ? s'était exclamée sa femme. Si c'est comme ça, la prochaine fois, je resterai à la maison. »

Jami Attenberg

Benny observait son médecin avec inquiétude. Que dire à cet homme pétri de sagesse et de savoir ? Il aurait aimé lui parler de ses problèmes. En parler au monde entier, si c'était possible. D'habitude, il en parlait à sa femme. Ils avaient toujours beaucoup parlé, elle et lui. Ils faisaient équipe depuis la fin de leurs études universitaires. Lorsqu'ils s'étaient aperçus que Rachelle était enceinte, ils avaient aussitôt pris les décisions qui s'imposaient : se marier et garder les bébés – des jumeaux, deux fois plus d'amour à donner et à recevoir. Ils avaient fait leur vie ensemble. Pourquoi Rachelle était-elle devenue un problème ? Parce que c'était le cas, même si Benny ne pouvait se résoudre à admettre devant son généraliste, ce presque inconnu assis en face de lui, que la plus grande joie de son existence était soudain devenue son plus grand souci.

— Qui n'est pas stressé de nos jours ? répliqua-t-il. Je pense même qu'il serait malsain de ne pas être stressé du tout... Mais je ne suis pas stressé *à ce point-là* ! conclut-il en pointant les deux index vers son crâne.

— Je peux vous prescrire quelques analyses, déclara le docteur.

Il entreprit d'énumérer une liste d'examens possibles, mais Benny ne l'écoutait plus : il pensait à sa mère, dont le diabète empirait rapidement. Que pouvait-il faire pour l'aider ? La forcer à manger des crudités ne suffirait pas. Il se sentait tellement impuissant. Et c'était tellement... Le docteur lui tendit une ordonnance, l'arrachant à ses réflexions.

— Commencez par prendre quelques jours de vacances, si vous le pouvez, suggéra le médecin. Offrez-vous un massage. Par ailleurs, il serait peut-être judicieux de pouvoir

La Famille Middlestein

parler de ce que vous traversez... Vous trouverez plusieurs excellents thérapeutes ici même, dans ce bâtiment. Je suis certain qu'ils figurent sur les listes de praticiens agréés par votre mutuelle.

Il tapota le genou de Benny avec son bloc-notes.

— Il n'y a pas de honte à se faire aider, vous savez, ajouta-t-il d'un ton patelin.

Benny regarda le bloc-notes, pas le docteur. Cet homme ignorait visiblement d'où il venait. Il ne connaissait rien au mode opératoire des Middlestein. La thérapie, c'était bon pour les familles qui plaçaient la communication en tête de leurs priorités. Ce n'était pas le cas dans la sienne – ou ça ne l'était plus depuis longtemps.

— Prenez rendez-vous avec Marnie à l'accueil pour les analyses. Nous nous reverrons quand vous aurez les résultats pour décider de la suite des opérations, conclut le Dr Harris.

Ils échangèrent une poignée de main d'homme à homme : ferme, sérieuse, déterminée.

Benny ne prit pas de rendez-vous avec Marnie à l'accueil. Il ne se rendit pas non plus à son bureau, préférant obliquer vers la pharmacie de son père pour obtenir les comprimés prescrits sur l'ordonnance. Ce petit crochet le mettrait en retard, mais il s'en fichait. La plupart de ses problèmes actuels étaient liés au fait que son père avait quitté sa mère après sa première opération. Si Richard était resté auprès d'Edie, s'il l'avait aidée à se remettre d'aplomb, rien de tout cela ne serait arrivé.

Il conduisit à vive allure en apercevant son visage de temps à autre dans le rétroviseur. Lorsqu'il s'arrêta à un feu rouge, il fut incapable de résister au désir de régler le miroir de manière à mieux voir le dessus de son crâne. Sa chevelure était-elle clairsemée au point de laisser passer les rayons du soleil ?

Non. La seule chose qui allait mal chez lui, c'était sa famille.

La pharmacie de son père se trouvait dans un coin du petit centre commercial, en face d'un salon de coiffure et de manucure tenu par des Polonaises. C'était l'ultime joyau d'un empire en déroute. Autrefois, Richard possédait trois officines. Il ne lui en restait qu'une aujourd'hui. Lino craquelé, cartes de vœux démodées prenant la poussière sur un présentoir. Ses concurrents étaient moins chers, et le rayon des crèmes de beauté était mieux achalandé dans les parapharmacies.

Malgré tout, Richard parvenait à retenir sa clientèle d'habitués. Il avait été le premier pharmacien juif à ouvrir un commerce dans le quartier, attirant peu à peu les juifs un peu déboussolés qui avaient quitté Chicago pour s'installer dans les banlieues nord-ouest au milieu des années soixante-dix, tous ces gens qui désiraient s'offrir une maison neuve à prix abordable en restant près des lignes de métro menant au centre-ville, ces apprentis banlieusards effarés de découvrir en arrivant sur place que la communauté juive était quasiment inexistante. Forcés de tout construire, ils s'étaient attelés à la tâche. Richard et neuf autres hommes – Benny s'était toujours demandé comment son père avait réussi à former un *miniane*[2] – avaient d'abord pris l'habitude de se retrouver dans l'arrière-salle de la pharmacie

---

2. Quorum de dix hommes adultes nécessaire à la récitation des prières les plus importantes de toute cérémonie juive. *(N.d.T.)*

La Famille Middlestein

pour prier. Ils étaient vite passés à la vitesse supérieure en organisant des offices réguliers à l'auditorium du lycée. Succès immédiat : des dizaines de pratiquants avaient surgi de nulle part pour y assister, ravis d'avoir trouvé un endroit où ils n'avaient pas besoin d'expliquer pourquoi ils mettaient le pain de côté une fois par an, pourquoi ils n'achetaient pas de sapin de Noël, pourquoi ils faisaient tant de kilomètres pour trouver une vraie salade de corégone. Ou encore pourquoi l'expression « radin comme un juif » était inacceptable en toutes circonstances. Richard et ses amis avaient recruté un rabbin fraîchement émoulu de l'école, heureux de relancer sa jeune carrière après un bref passage dans une synagogue de l'Ohio qu'il avait quittée pour des raisons obscures mais apparemment honnêtes. Ils avaient convaincu des investisseurs, des croyants, des narcissiques, de constituer le capital nécessaire à la construction d'un vrai lieu de culte sur un terrain à bâtir entouré de grands chênes et doté d'un accès à une rivière où venaient parfois s'abreuver des biches en été. L'endroit rêvé pour se ressourcer.

Les membres de la nouvelle synagogue avaient tous fréquenté *Middlestein Drugs*, la pharmacie de Richard, pendant des années, ce qui avait permis au père de Benny d'en ouvrir une deuxième, puis une troisième dans les banlieues nord. Les années quatre-vingt avaient été fastes pour tout le monde. Puis l'entreprise familiale avait commencé à péricliter, lentement mais sûrement, comme une branche d'arbre dévorée par un mystérieux champignon. Plusieurs facteurs avaient accéléré son déclin : les membres les plus orthodoxes de la synagogue avaient quitté la communauté pour fonder une autre synagogue

Jami Attenberg

dans une banlieue voisine ; puis certains membres fondateurs avaient déménagé, d'autres étaient morts ; enfin, une nouvelle génération de fidèles avait rejoint la synagogue que Richard avait contribué à bâtir, une génération qui ignorait son passé et n'éprouvait envers lui aucun sentiment de loyauté. Tout juste savaient-ils qu'il possédait quelques pharmacies vieillottes disséminées dans les banlieues nord. Des endroits qu'il n'avait jamais pris la peine de moderniser ou de rénover. Sur ce point, Richard avait commis, semble-t-il, une erreur d'appréciation : il avait estimé qu'être un membre actif de sa communauté, un bon juif, suffirait à retenir sa clientèle. Sauf qu'il ne s'était pas implanté dans un petit village, mais dans une *banlieue*. Une banlieue américaine, qui plus est. *Rivalise avec Walgreens, Target, Kmart et Walmart, ou va-t'en, Middlestein. Va-t'en.*

Benny poussa la porte de la boutique, faisant tinter la vieille sonnerie au-dessus de sa tête, puis il se fraya un passage entre les sandwiches et les paquets de chips, les produits de maquillage et les crèmes de beauté, les serviettes hygiéniques, les dentifrices et le fil dentaire, les flacons de shampooing, les boîtes de vitamines, les tire-lait et les béquilles, sans oublier les lavements (un rayon entier de lavements ! pourquoi y en avait-il autant ?), avant d'approcher enfin du comptoir où son père délivrait les médicaments sur ordonnance. Les lieux avaient besoin d'un sérieux coup de propre. L'un des livreurs de Richard, un type un peu retardé qui s'appelait Scotty et qui travaillait là depuis des siècles (Richard l'avait embauché quand Benny était entré à l'université), passait et repassait obstinément une serpillière mouillée sur un périmètre restreint de linoléum. Il n'avait pas le droit de conduire une voiture, mais il effectuait ses

La Famille Middlestein

livraisons à bicyclette, sur un vélo bleu clair muni d'un panier. Toute l'année, même par grand froid. Seule la neige l'arrêtait – et encore : il parcourait alors à pied les nombreux kilomètres qui le séparaient du domicile de ses clients. « Ça m'occupe, avait-il expliqué un jour à Benny. Sinon, je ferais des conneries. » Richard contribuait-il à la bonne marche de la communauté en faisant travailler quelqu'un qui aurait sans doute eu du mal à trouver un emploi, ou s'offrait-il à bas prix les services d'un imbécile ? Benny n'avait jamais réussi à trancher.

Son père, dont l'épaisse chevelure grisonnante semblait presque intacte, était juché sur un tabouret derrière le comptoir. Penché sur son téléphone portable tel un arbre qui ploie sous la bourrasque, il pianotait sur les touches du bout de son stylo. Il leva les yeux et sourit jusqu'aux oreilles en voyant arriver son fils. *Benny !* Puis il remarqua sa calvitie naissante et plissa le front, tandis que son sourire se figeait sur ses lèvres.

— Quelle surprise, dit-il.

Il tendit la main à Benny, qui la serra mollement, au mépris de tout ce qu'on lui avait inculqué. Son père fixait toujours le haut de son crâne. Ils ne s'étaient pas vus depuis un mois. Trente jours : il n'en fallait pas plus pour qu'un homme perde la moitié de ses cheveux. Richard porta instinctivement la main à ses propres cheveux, comme pour s'assurer qu'ils étaient toujours là. Benny grimaça.

— Qu'est-ce qui t'arrive ? demanda Richard. Tu es malade ?

Benny lui tendit l'ordonnance d'une main tremblante.

— Je ne sais pas. Je ne sais pas ce qui m'arrive, papa.

Jami Attenberg

Richard désigna la porte de l'arrière-boutique d'un signe de tête. Il ne s'était jamais donné la peine de peindre le battant ni de revisser la poignée en laiton qui penchait tristement vers le bas.

— Viens avec moi dans la réserve, fiston. On sera plus tranquilles pour parler.

Benny baissa la tête, submergé par la sensation désormais familière de sauter dans le vide. Son estomac se noua. Avait-il vraiment besoin des conseils de son père ? Il ne lui pardonnait pas d'avoir quitté Edie au pic de sa maladie. D'ailleurs, il ne comprenait même pas comment il avait pu la laisser s'abîmer à ce point. Dès l'annonce de leur séparation, des mois plus tôt, Rachelle avait défendu à Richard de leur rendre visite, sous prétexte qu'il n'avait « rien de bon à apprendre aux enfants ». Tout s'écroulait par sa faute. Et pourtant, Benny était venu le trouver dans sa pharmacie. Il se tenait face à lui, prêt à ouvrir son cœur, à écouter ses conseils. Sait-on jamais ? Il restait une chance, une toute petite chance, pour que cet homme en sache plus que lui.

Richard appela Scotty, qui remonta l'allée en traînant lentement sa serpillière et son seau derrière lui, et le chargea de surveiller la boutique. L'employé répondit en exécutant un salut militaire, comme s'il était soldat dans une armée de livreurs. Il garda la pose un long moment, l'air grave, avant d'éclater de rire.

Benny suivit son père dans la réserve, une vaste pièce plongée dans la pénombre, envahie de toiles d'araignée, garnie d'étagères rouillées.

— Qu'en pense le médecin ? s'enquit Richard en jetant un œil à l'ordonnance. Ah, c'est le Dr Harris. Tu as bien choisi. Il n'est pas trop mauvais.

La Famille Middlestein

— Il pense que je suis stressé.
— *Vraiment très* stressé, alors, répliqua Richard en désignant les cheveux de Benny d'un air entendu.
— Il faut croire que oui, papa. Dois-je te rappeler que mes parents ont récemment divorcé et que ma mère est pratiquement sur son lit de mort ? Et toi, tu te sens bien, j'imagine ?

Benny était furax. Ils n'allaient quand même pas faire comme si de rien n'était ? Échanger des politesses comme si la crise des derniers mois n'avait pas eu lieu ?

Son père lui tourna le dos et se dirigea vers le fond de la réserve sans dire un mot. L'ambiance devint glaciale, les araignées s'agrippèrent à leur toile tandis que Scotty entamait l'hymne américain dans la salle voisine. Richard ressurgit, les joues rouges, une boîte de comprimés à la main. Benny fut saisi d'un délicieux frisson d'anticipation. Son père allait-il exploser de colère ? Il l'observa du coin de l'œil, espérant voir enfin jaillir une émotion quelconque de cet homme bougon, introverti, déçu.

Richard garda son calme. Il lui tendit la boîte de comprimés, puis recula d'un pas en se frottant les mains, comme pour les délester d'une couche de poussière imaginaire.

— Chacun de nous prend des décisions, Benny. Bonnes ou mauvaises, on ne peut pas revenir dessus. Je suis loin d'être parfait, ajouta-t-il en choisissant visiblement ses mots avec soin. Tout ce que je peux te dire, c'est que ta mère me rendait fou. Vraiment, vraiment fou. J'aurais fini par y passer.

— Ah bon ? Ça t'aurait tué de passer le reste de ta vie avec la mère de tes enfants ? rétorqua Benny avec un calme

qui le surprit lui-même. Elle était loyale envers toi. Ça compte, non ?
Richard recula suffisamment pour s'adosser au mur. Il semblait avoir besoin de soutien.
— Je ne ressentais plus rien, confia-t-il. Je n'étais plus qu'une coquille vide. Un sac d'os. Tout juste capable de me tenir debout.
— As-tu seulement essayé de lutter ?
— Contre ta mère ? Je suis navré de devoir te le dire, Benny, mais personne ne peut lutter contre ta mère. Tu devrais le savoir.
Benny n'était pas convaincu. Même quand on ne peut pas se battre, on doit au moins *essayer* de se battre. S'il devait lutter contre sa propre épouse, l'emporterait-il ? Sans doute pas. Ils s'étaient toujours entendus à merveille, Rachelle et lui. Benny avait longtemps ignoré les forces de domination et d'agression qui dormaient en elle. Il commençait seulement à mesurer la virulence du tourbillon qu'elle était capable de déclencher. Rachelle ressemblait-elle à Edie ? Était-elle une dure à cuire, comme sa mère (sur ce point, il devait admettre que Richard avait raison) ? Non. Rachelle était sa petite princesse, son havre de calme et de sérénité, contrairement à Edie, toujours si emportée, si émotive. Rachelle savait ce qu'elle voulait, certes. Et comme Edie, elle se débrouillait pour l'obtenir – mais entre elles deux, les points communs s'arrêtaient là.
Il respira plus librement, soulagé du poids qui pesait sur ses épaules. Ce n'était pas la première fois qu'il se posait ces questions, mais il est bon de vérifier régulièrement que vous n'êtes pas devenu votre pire cauchemar – celui de Benny étant l'homme qui se tenait devant lui, et qui venait de lui

LA FAMILLE MIDDLESTEIN

remettre une boîte de comprimés censés le sauver de la calvitie. Il ignorait jusqu'alors que son pire cauchemar était de ressembler à son père, parce que son père n'avait jamais été une personne cauchemardesque avant d'avoir soixante ans, d'opter pour le célibat et la solitude, rien que lui et Scotty coincés toute la journée sous les tubes au néon de la pharmacie, des journées entières à écouter Scotty chanter des airs patriotiques, à attendre qu'un vieux juif pousse la porte pour s'approvisionner en Diltiazem, en crèmes pour les mains ou en lavements. Benny et son père étaient arrivés au bout du chemin : maintenant, c'était à Benny de poursuivre la route. De résoudre seul les problèmes que posent la vie, l'amour, le mariage, l'univers.

Ils s'approchèrent de la porte, prêts à rejoindre la boutique. Benny ne remettrait pas les pieds dans la réserve avant une dizaine d'années, après la mort de son père, quand il serait contraint de fermer le magasin (Richard aurait probablement dû le fermer lui-même cinq ans auparavant, mais il refuserait de le faire, prétextant qu'il rendait service à la communauté, alors qu'il avait seulement besoin d'aller passer ses journées quelque part). Il faudrait vider les étagères poussiéreuses, les dévisser et les entasser dans la cour – un travail douloureux, bruyant et déprimant que Benny, devenu complètement chauve, accomplirait méthodiquement, tristement, sans l'aide de personne.

Pour l'heure, la boîte de comprimés était offerte par la maison, et Richard insistait pour raccompagner Benny jusqu'au parking.

— Je pourrais peut-être passer vous voir un de ces soirs ? demanda-t-il.

Jami Attenberg

— Je ne crois pas, répondit Benny. Pas encore. J'y travaille.

Ils se figèrent, face à face. L'heure semblait venue d'affronter les non-dits qui flottaient entre eux, de mettre les choses au clair une fois pour toutes, mais Benny n'était pas certain que la bataille en vaille la peine. Cette pensée l'emplit d'une tristesse infinie, qu'il repoussa tant bien que mal. Il aurait amplement le temps de la surmonter par la suite.

Sa décision prise, il se contenta donc de lancer une question anodine.

— Au fait, papa, je me suis toujours demandé pourquoi tu vends tellement de lavements différents. Est-ce qu'un seul ne suffirait pas à satisfaire la demande ?

— Si tu savais ! répondit son père.

Ce soir-là, le dîner se composait de chou vert et de betteraves. Si Benny avait pu reprendre l'autoroute en sens inverse et retourner à son bureau pour passer la nuit à travailler, il l'aurait fait sans hésiter. La comptabilité lui procurait une intense satisfaction : il pouvait presque sentir les chiffres glisser entre ses doigts pour former des piles sur son bureau, puis de véritables tours qui disparaissaient au cours de la nuit, de sorte qu'il devait chaque matin bâtir une tour plus haute que celle de la veille. Cette tâche n'avait rien de vain : il la voyait comme un jeu qu'il pouvait pratiquer tous les jours et qu'il gagnait à chaque fois, quelle que soit la stratégie choisie.

Mais il ne pouvait pas laisser ses enfants lutter seuls contre les lubies de leur mère. Ils étaient dans le même bateau, les jumeaux et lui. Josh avait subrepticement mangé

La Famille Middlestein

six tranches de pain multi-céréales (mais dépourvu de toute saveur) tartiné de beurre de soja. Ce gamin ne se plaindrait jamais, de toute façon : il s'adapterait encore et encore jusqu'à ce qu'il soit trop tard – la malédiction des Middlestein mâles. Assise en bout de table, Emily, le regard sombre, l'air dangereux, l'avait fixé avec insistance pendant une grande partie du repas, allant jusqu'à le regarder tout en mutilant sauvagement ses crudités à grands coups de fourchette. Une vengeance bruyante que Rachelle avait fait mine d'ignorer, préférant se concentrer sur le contenu de son assiette qu'elle coupait en cubes minuscules avant de les mâcher pensivement, lentement, comme si elle savourait chaque vitamine, comme si elle pouvait sentir sa vie s'allonger à chaque bouchée. Elle fut la seule à terminer son assiette.

En l'observant, Benny se demandait ce qu'elle ressentait. Quelle forme de plaisir elle tirait de la conviction d'avoir raison en permanence. Il se promit de lui poser la question.

Après le dîner, quand Benny eut terminé la vaisselle (il avait ouvertement jeté les restes violacés de leur repas dans la poubelle, parce qu'il était *hors de question* qu'il les emporte au bureau pour son déjeuner du lendemain), quand les enfants eurent regardé l'émission de téléréalité qui les captivait cette semaine-là (un truc merdique dont Benny ignorait le nom), quand ils eurent pratiqué leur lecture chantée de la Haftarah en prévision de leur bar-mitsvah, emplissant le salon du son de leurs voix mélodieuses, quand Rachelle eut persuadé Josh d'essayer son nouveau costume pour le montrer à son père, quand Josh eut arpenté la pièce à grands pas, puis exécuté un parfait demi-tour sur lui-même, comme s'il était sur un podium (ce gamin avait de la grâce, c'était évident), quand il eut rougi, brusquement embarrassé, et se fut enfui en courant dans l'escalier, quand les enfants furent allés se coucher (nettement plus tôt que d'habitude), alors seulement Benny et Rachelle se rejoignirent sur la terrasse, près de la piscine bâchée pour l'hiver. Benny roula un joint, dont Rachelle tira une taffe – une seule – avant de le lui rendre.

— C'est la dernière fois que je fume ce truc, décréta-t-elle.

Elle était parfaitement sincère, mais la suite des événements lui donna entièrement tort.

— C'est ça, ironisa Benny.

— Pas de « c'est ça » avec moi, rétorqua Rachelle.

Benny entreprit de faire le tour de la piscine jusqu'au coin le plus éloigné de la maison. Là, il s'arrêta et recula d'un pas pour contempler la demeure dont il avait remboursé seul toutes les mensualités, Rachelle n'ayant contribué au financement qu'au tout début, lors du versement de l'acompte : ses parents, paniqués par l'annonce de sa grossesse (survenue accidentellement avant la fin de ses études) lui avaient offert l'intégralité de la somme nécessaire, comme s'ils cherchaient à la doter d'un petit pécule ou à se rassurer sur l'avenir du jeune couple.

Les années avaient passé. Il se retrouvait maintenant devant cette belle demeure en brique, de style colonial, au perron flanqué de deux grosses colonnes qui donnaient à Benny un sentiment de sécurité, l'assurance que sa famille serait à l'abri, protégée des dangers du monde. Une maison à un étage, avec trois chambres à coucher, deux salles de bains, un cabinet de toilette, une cuisine ensoleillée, une salle à manger ombragée, un bar au sous-sol, un jardin

La Famille Middlestein

assez grand pour abriter une piscine, une grande terrasse en bois et un filet de badminton en été (ils envisageaient de faire construire un belvédère, mais seulement lorsque Benny connaîtrait le montant de sa prime annuelle) ; un grand garage avec deux somptueuses Lexus ; une cabane de jardin avec une de ces tondeuses à gazon qu'on peut conduire comme un tracteur – non pas qu'il ait jamais tondu la pelouse lui-même. Ils payaient quelqu'un pour ça. Benny n'avait jamais vu cette personne : c'est sa femme qui s'occupait de ce genre de choses. Oui, elle s'occupait vraiment de tout. Y compris de lui. Et depuis si longtemps ! Mais il fallait qu'il mange. Il fallait que ses enfants mangent.

— On a faim, dit-il à Rachelle.
— Il y avait amplement de quoi manger ce soir.
— Les enfants sont en pleine croissance. Ils ne peuvent pas manger que des légumes ! Et je suis en train de devenir chauve, au cas où tu ne l'aurais pas remarqué.
— Il n'y a aucun lien de cause à effet entre la chute de cheveux et le fait de manger plus de légumes.

Benny leva les mains vers le ciel, les pointa vers son crâne, et les leva de nouveau.

— C'est scientifiquement prouvé, insista Rachelle. J'ai vérifié sur Internet.

Il prit une autre taffe et s'aperçut qu'il commençait à planer, qu'il était plus affamé que jamais et qu'il n'avait strictement rien à se mettre sous la dent. Rachelle devinerait-elle ses intentions s'il partait « faire un petit tour », histoire d'aller chercher à manger au fast-food du coin – un McDonald's situé à huit cents mètres de chez eux ? Il pourrait rapporter un sachet de frites aux enfants, caché sous sa doudoune... Non. Elle le sentirait sur lui. Il serait découvert avant même d'avoir posé le pied dans l'escalier. Il en était là quand un hurlement déchira l'air nocturne. Benny jeta son joint dans l'herbe (le mégot serait ramassé trois mois plus tard par le gars qui tondait la pelouse, un étudiant de l'université de l'Illinois embauché pour l'été, qui le glisserait prestement dans sa poche et le fumerait avec délice dans sa camionnette pendant sa pause déjeuner) et se rua vers la maison. Rachelle le précédait d'un mètre à peine. Le cri l'avait plongé dans un tel effroi qu'il tremblait de la tête aux pieds. C'était un cri d'enfant, il en était certain. *Cours, Middlestein, cours.* Il tourna au coin de la bâtisse et vit Emily par terre, le crâne fendu, le bras étrangement tendu, comme s'il cherchait à prendre son envol. Benny leva les yeux : au premier étage, la fenêtre d'Emily était ouverte. Debout derrière la vitre, Josh observait la scène, la bouche arrondie de stupeur. Puis Benny se pencha vers sa fille, et Rachelle aussi. Elle et lui, ensemble. Unis dans la même terreur, la pire de toute leur vie. Elle ne s'apaisa que bien plus tard, après les points de suture, après la fin des vingt-quatre heures d'observation, quand le risque de traumatisme crânien fut écarté, quand le plâtre fut posé sur le bras d'Emily. « C'est une belle fracture », assura l'urgentiste, et ils répétèrent cette phrase à l'infini à tous ceux qui voulaient bien les écouter, comme s'ils pouvaient présenter l'incident sous un jour favorable par la seule grâce de cette formule optimiste. Quand leur rythme cardiaque revint à la normale, quand les crises de larmes de Rachelle s'espacèrent, quand la douleur d'Emily commença à s'apaiser, quand ses grands-parents furent venus et repartis (séparément, bien sûr), les bras chargés de ballons, de livres et

La Famille Middlestein

de chocolats, Benny posa enfin à sa fille la seule question qui s'imposait.

— Qu'est-ce qui t'a pris ?

— Il fallait que je sorte de là, répondit-elle.

Benny ne prit pas la peine de se tourner vers sa femme pour voir l'expression de son visage : il savait déjà ce qu'elle pensait, ce qu'elle *devait* penser – sans quoi elle ne serait pas la femme qu'il avait épousée.

Une pensée résumée en quelques mots : maintenant, ça suffit.

Edie, 150 kilos

Le plan de départ en préretraite qu'Edie avait accepté de signer avec le cabinet d'avocats pour lequel elle avait travaillé pendant trente-trois ans lui permettait de conserver sa mutuelle à un prix extrêmement modique jusqu'à la fin de sa vie (ou même au-delà, si l'au-delà existait). Elle avait également droit à sa retraite à taux plein et à une somme d'argent substantielle, obtenue en échange de son silence quant au véritable motif de son départ : son poids perturbait les trois nouveaux directeurs du cabinet, descendants de ceux qui avaient embauché Edie des années auparavant, une Edie fraîchement émoulue de la faculté de droit, récemment mariée, pas encore enceinte et nettement plus mince qu'aujourd'hui. Elle avait été, à diverses périodes de sa vie, une femme plus intègre, plus prompte à se battre, à crier au scandale, et cette femme aurait estimé que la somme d'argent proposée était absolument indécente en regard des discriminations subies ; elle aurait même affirmé que tout l'or du monde n'aurait pas suffi à dédommager une personne qui s'entend dire – sans que les mots soient effectivement prononcés : *Tu es beaucoup trop grosse. Peux-tu t'en aller, s'il te plaît ?*

Jami Attenberg

Mais Edie était épuisée. Le monde entier l'épuisait. Elle avait ravalé son orgueil et accepté leur proposition, allant même jusqu'à leur sourire lorsqu'ils avaient échangé une poignée de main scellant la transaction. Elle avait voulu y voir un nouveau départ. Elle souhaitait passer plus de temps avec ses petits-enfants. Un mois plus tard, son médecin lui avait annoncé que son diabète avait empiré et qu'il faudrait insérer un stent dans sa cuisse, de manière à apaiser la douleur atroce, quasi permanente, dont elle refusait d'admettre l'existence. Le médecin avait ajouté qu'elle serait peut-être obligée de subir un pontage coronarien dans un futur proche. « Votre état va empirer, avait-il assuré. Vous pouvez mourir d'un jour à l'autre. » Edie s'était brusquement réjouie d'avoir gardé sa mutuelle, mis de l'argent de côté et obtenu le temps nécessaire à sa convalescence.

L'opération aurait lieu le lendemain matin. Son fils Benny dormait dans son ancienne chambre d'enfant, au bout du couloir. C'est lui qui la conduirait à l'hôpital d'Evanston à 6 heures du matin, afin que Richard, son mari, puisse se rendre dès l'ouverture à la pharmacie qu'il possédait et signer des bons de livraison que personne d'autre, d'après lui, ne pouvait signer. Edie n'avait même pas envisagé de demander à Robin, sa fille, de l'accompagner à l'hôpital : elle vivait à Chicago et se déplaçait rarement hors du centre-ville. Ces temps-ci, il fallait quasiment la supplier pour qu'elle accepte de venir dîner chez eux.

Edie était couchée, à présent. Son esprit tournait à plein régime, comme toujours. Son corps, lui, se déplaçait de plus en plus lentement, si lentement qu'elle avait parfois l'impression de ne plus se mouvoir du tout. Elle pensait à ses aliments favoris, plus spécialement au gros paquet de

La Famille Middlestein

chips à l'ancienne et au pot de sauce aux oignons qu'elle avait achetés chez Jewel dans l'après-midi. Ils l'attendaient gentiment dans la cuisine comme deux amis venus prendre le thé et bavarder un moment.

Sauf qu'il était plus de minuit, et qu'elle avait reçu l'ordre de ne rien manger huit à douze heures avant l'intervention chirurgicale, prévue à 8 heures le lendemain matin. Théoriquement, vu l'heure tardive, elle n'était donc plus censée s'alimenter. Mais sincèrement, quel mal y aurait-il à grignoter quelques chips ? Rien qu'une poignée d'entre elles, accompagnées d'une lichette de sauce aux oignons bien fraîche, délicatement salée – d'autant que cette sauce n'était même pas un aliment consistant. Ça revenait à boire un verre de lait, non ? Et puis, ces chips étaient si légères, si aériennes... On n'en faisait qu'une bouchée. Au bout du compte, ce qu'elle envisageait de manger cette nuit ne tiendrait même pas sur son petit doigt ! Ses deux nouveaux amis l'attendaient dans la cuisine. Elle n'avait rien de plus à faire, pour les rejoindre, que de se lever et de descendre l'escalier.

Son mari ronflait à côté d'elle. L'air innocent et parfaitement inutile. Ces derniers temps, il se contentait de lui apporter ses médicaments. Vu qu'il était pharmacien, l'effort à fournir n'était pas bien grand. En plus, il lui rendait déjà ce petit service avant qu'elle tombe malade. Désolée, Middlestein. Ça compte pour du beurre. Il ne se retournait jamais dans son sommeil : il s'endormait dans une position qu'il conservait jusqu'au lendemain. En voilà un qui ne passait pas ses nuits à se battre contre l'univers entier.

Elle ignorait qu'il avait passé sa journée à planifier leur séparation, à choisir la date la plus propice et la meilleure manière de s'y prendre. Elle ne savait pas non plus que six

Jami Attenberg

mois plus tard, quelques semaines avant qu'elle repasse sur le billard – ce serait un vendredi après-midi –, il lui annoncerait qu'il ne l'aimait plus, qu'il avait cessé de l'aimer depuis longtemps, qu'elle ne l'aimait manifestement pas davantage et que, par conséquent, pour leur bien à tous les deux, il allait franchir la porte de la maison et ne plus jamais revenir. Ce qu'il ne dirait pas, mais qu'elle devinerait aisément, c'est qu'il souhaitait refaire l'amour au moins une fois dans sa vie – pas avec Edie, de toute évidence. Il partirait si vite, comme l'indécrottable *pleutre* qu'il était, sans rien emporter d'autre qu'une brassée de vêtements (choisis à la hâte pendant qu'elle serait au supermarché), entassés dans la valise qu'ils avaient achetée en prévision de cet affreux voyage en Italie, il partirait si vite, donc, qu'Edie n'aurait même pas le temps de discuter avec lui. Que dire, de toute façon ? Elle serait forcée de reconnaître qu'il avait raison.

Sur le moment, elle serait tout de même bouleversée par la séparation. Elle fondrait en larmes en l'annonçant à sa fille et à son fils (bien qu'une petite partie de ces larmes soient destinées à les emplir de haine envers leur père). Un peu plus tard, elle cesserait de pleurer son départ parce qu'elle s'apercevrait qu'il ne lui manquait pas. Ensuite, elle recommencerait à pleurer, effarée d'avoir passé sa vie entière avec un homme qui ne lui manquait même pas, puis horrifiée de constater qu'il lui manquait, en fin de compte. Ou du moins, qu'elle regrettait sa présence, même s'ils ne se parlaient plus guère. Elle appréciait de ne pas être complètement seule dans sa chambre – voilà ce qu'elle dirait à Benny, même si ce ne serait pas la meilleure chose à dire, vu que Richard était son père (mais Edie n'avait jamais eu beaucoup de tact). Car elle serait seule, alors. Seule avec elle-même. Rien

La Famille Middlestein

qu'Edie entre les quatre murs de sa chambre. Consciente d'être au seuil d'une vie nouvelle, sans doute gorgée de tristesse, d'amertume et de déception, alors qu'elle avait déjà une existence entière derrière elle.

Pour l'heure, à la veille de sa première intervention chirurgicale, toutes ses pensées se tournaient vers le paquet de chips et le pot de sauce aux oignons, le genre d'aliments qu'on sert dans les fêtes, ou à l'apéritif. Mais Edie n'avait rien à fêter : on allait insérer un petit tube métallique dans sa jambe le lendemain matin. Une intervention presque banale en termes médicaux, mais une intervention tout de même. Se faire ouvrir la jambe en deux n'avait rien de réjouissant. Le point positif étant qu'elle pourrait remarcher rapidement, peut-être même dans la journée. Elle prendrait des antalgiques pour atténuer les douleurs postopératoires. Et elle finirait par s'en remettre. Parce qu'elle avait du sang russe dans les veines. Elle descendait d'une lignée d'hommes solides et endurants. Son père était mort avant d'atteindre la soixantaine, certes. Mais seulement parce qu'il avait trop fumé. Seulement parce qu'il avait trop bu.

Si seulement elle ne mangeait pas tant.

Elle repoussa les couvertures et se leva, posant le pied exactement là où il fallait, sur les lattes qu'elle foulait depuis trente-cinq ans, les seules qui ne craquaient pas sous son poids, les seules qui ne risquaient pas de réveiller son mari. Elle avait usé la moquette de la chambre à force d'emprunter le même itinéraire, mais Richard et elle ne s'étaient jamais donné la peine de la remplacer. Ils passaient si peu de temps dans cette pièce : éteindre les lumières, se souhaiter bonne nuit, rien de plus. La moquette bleue et noueuse arborait quelques taches d'origine imprécise. Les extrémités du papier peint à losanges s'enroulaient sur elles-mêmes. Les rideaux restaient fermés en permanence. La pièce était coupée du monde extérieur.

Edie connaissait le chemin les yeux fermés : quitter son lit, s'engager dans le couloir, longer la chambre de Robin, puis celle de Benny, reconnaissables aux photos de leur remise de diplômes encore accrochées devant leur porte, passer devant leur ancienne salle de bains devenue la sienne (un endroit rien qu'à elle où Edie pouvait dissimuler son corps nu), descendre les marches de l'escalier (qui craquaient toutes sous son poids, mais à ce stade du parcours, elle s'en fichait, Richard étant trop loin pour entendre quoi que ce soit), traverser le salon couvert d'une moquette en ratine gris pâle plus récente, mais déjà un peu usée (ils l'avaient posée quand les jumeaux étaient petits pour leur offrir un espace de jeux confortable), qu'elle foulait avec plaisir, savourant le contact de la laine sous ses pieds nus lors de ses expéditions nocturnes, sa dernière étape avant le linoléum orné de marguerites orange délavées par le temps. Trente-cinq ans plus tôt, ces motifs la mettaient en joie dès le matin. À présent, comme tout le reste, ce n'était plus qu'une surface à traverser pour atteindre les aliments qu'elle convoitait.

Elle poussa les portes battantes et retint un cri : Benny était assis à la table de la cuisine, muni d'une tasse de café, d'un cookie au chocolat et d'un livre, les traits plissés en une expression douloureuse. Il l'attendait depuis un moment, sans doute. Il ne pourrait pas dormir tant qu'elle ne dormirait pas.

— Qu'est-ce qui t'arrive, maman ? Tu as soif ?
— Je... Oui, j'ai soif.

La Famille Middlestein

Elle s'avança avec stupeur dans la pièce, prit un verre dans le placard et le posa sous le distributeur de glaçons encastré dans la porte du réfrigérateur.
— Est-ce que je dois retourner me coucher ? demanda-t-elle en s'adossant à la porte de l'appareil.
— Fais ce que tu veux. Tu es chez toi, répondit Benny.
Il ferma le livre posé sur la table, révélant son titre. C'était un Harry Potter.
— Je voulais me faire une idée, expliqua-t-il d'un air embarrassé. Les gamins en sont fous.
— Alors, tu en penses quoi ? reprit Edie.
Elle remplit son verre à la carafe d'eau filtrée posée sur le comptoir, puis s'assit à table près de son fils.
Benny n'était pas aussi grand que Richard, mais il était plus séduisant. Il avait plus de cœur, la peau plus lisse, les sourcils plus disciplinés. Et surtout, il avait tellement bien tourné, songea-t-elle avec satisfaction.
— L'intrigue est menée tambour battant, répondit-il. C'est ça qui plaît aux jumeaux. Ils aiment quand il y a de l'action.
— Ils sont tellement intelligents. Tellement beaux, aussi ! Et tellement drôles.
— Oui, grand-mère. On sait que tu es dingue de tes petits-enfants. Si tu continues comme ça, tu vas leur donner la grosse tête.
Edie sourit. Benny était ainsi, tendre et facétieux depuis l'enfance. Elle avala une gorgée d'eau. Faillit pousser plus loin son petit mensonge en émettant un « Ah ! » de satisfaction. Se retint, pianotant du bout des doigts sur la table. Son alliance de pacotille ne brillait quasiment plus.

Jami Attenberg

— Au fait, pourquoi es-tu debout ? s'enquit-elle. Tu n'arrivais pas à dormir ?

— Je préférerais cent fois être ailleurs, je t'assure. Mais ton médecin m'a expliqué qu'il était essentiel, pour un certain nombre de raisons, que tu aies l'estomac vide avant l'opération.

À cause de ton poids, se retint-il de préciser. *À cause de ton cœur. À cause de ta santé, ta vie, ta mort.*

— Je voulais juste te rappeler cette consigne, ajouta-t-il. Au cas où tu l'aurais oubliée.

— Je venais juste chercher un verre d'eau.

— Et moi, je suis juste en train de bouquiner.

Six mois plus tard, Benny s'assit à la même place la veille de la deuxième opération d'Edie. Cette fois aussi, elle se leva dans l'espoir qu'il ne serait pas là, et cette fois aussi, il l'empêcha de manger. C'est un service qu'il lui rendait, un service qu'il jugeait pénible, parce que cette position de guetteur lui conférait sur sa mère un pouvoir dont il ne voulait pas. Il nourrissait un profond respect pour cette femme si intelligente (bien qu'elle puisse se montrer incroyablement stupide) qui l'avait élevé avec tant d'amour. Et il respectait l'humanité en général. Le droit de chacun à un moment de faiblesse. Pour toutes ces raisons, il ne raconta jamais à personne, pas même à sa femme, qu'il avait veillé tard ces deux soirs-là pour l'empêcher de manger. Ce qui se passa dans cette cuisine resta entre Benny et Edie. Il lui offrit avec tact son amour et sa protection ; elle les accepta avec lassitude, presque à contrecœur. Ces instants ne renforcèrent pas leur affection mutuelle, mais ils ne l'affaiblirent pas non plus.

Les éclopées

Emily et sa grand-mère Edie effectuaient à pied le tour du stade d'athlétisme attenant au lycée qu'Emily fréquenterait l'année suivante. Elles marchaient si lentement, avec si peu d'enthousiasme, que cette promenade pouvait à peine s'apparenter à un exercice physique. Peut-on marcher *avec dégoût* ? C'est ce qu'elles faisaient, en tout cas.

Emily, l'œil vif, le cheveu châtain clair (hérité de sa mère), les joues rondes comme des prunes bien mûres, se remettait tout juste de la chute qu'elle avait faite la semaine précédente en tombant du premier étage de sa maison. Elle avait un bras dans le plâtre et plusieurs points de suture à la tempe. Sa grand-mère clopinait à son côté, obèse, en nage, affaiblie par les deux opérations subies au cours des derniers mois. D'après les parents d'Emily, une troisième intervention serait peut-être nécessaire. Une chirurgie complexe, bien plus risquée que les deux autres. Un pontage.

— Regardez-moi ces deux éclopées ! s'était exclamé son père une heure auparavant, nonchalamment appuyé contre sa Lexus, en les voyant se diriger d'un pas traînant vers le stade du lycée.

— Pff ! avait grommelé Edie.

Jami Attenberg

Elle avait balayé sa remarque d'un revers de main et poursuivi sa route sans lui accorder un regard.
— Parfaitement, avait renchéri Emily. Je n'ai rien à ajouter.
— Ce n'est pas de ma faute si vous êtes adorables toutes les deux ! s'était-il écrié. La grand-mère et sa petite-fille. Deux générations !
— Quelle andouille ! avait commenté Edie.
Après avoir difficilement atteint le stade, elles avaient entrepris, tout aussi difficilement, d'en faire le tour afin de parcourir le kilomètre et demi requis par la mère d'Emily, qui s'était récemment mis en tête de sauver la vie d'Edie.
— As-tu remarqué que ton père est en train de devenir chauve ? demanda Edie.
Emily hocha la tête.
— Oui. C'est bizarre, hein ?
C'était arrivé si brusquement ! Il y a quelques mois, son père était un homme séduisant, avec plein de cheveux sur la tête, plus jeune que tous les autres pères d'élèves du collège, débordant d'énergie et d'amour pour sa femme, et Emily se sentait en sécurité dans sa maison comme dans le monde qui l'entourait.

Puis tout s'était mis à aller de travers : sa grand-mère avait appris qu'elle souffrait de diabète et de tout un tas de trucs associés à cette maladie ; son grand-père avait quitté sa grand-mère pour pouvoir draguer des femmes bizarres qu'il rencontrait sur Internet (Emily avait entendu son père le dire à sa mère) ; et pour finir, sa mère avait complètement pété les plombs. La vache ! Emily ne l'avait jamais vue dans un état pareil. Rachelle était déjà supermaniaque, mais là, ça dépassait les bornes : elle était carrément devenue

La Famille Middlestein

dingue. Tout ce qui l'obsédait avant l'obsédait maintenant puissance cent : ses cheveux, la maison, les meubles, la moquette, la pelouse, les cheveux d'Emily, les cheveux de Josh, leurs notes, leur bar-mitsvah, les cheveux d'un tel et d'une telle, et ainsi de suite. Il fallait que tout soit parfait. Franchement, si sa mère avait pu modifier la couleur du ciel pour l'assortir à ses propres yeux, elle l'aurait fait sans hésiter.

À sa grande surprise, Emily s'était soudain emplie d'une haine intense et terriblement satisfaisante. Elle se découvrait haineuse envers tout et tout le monde. Elle avait des critiques à faire sur son frère jumeau (cet abruti de Josh, une vraie mauviette qui se faisait marcher sur les pieds), sur ses camarades de classe (ces pauvres filles qui passaient leur temps à parler des garçons alors qu'elles auraient pu parler de leurs chanteurs préférés, des séries qui passaient à la télé, des films qu'elles voulaient voir, des bouquins qu'elles lisaient, de leurs grands-parents qui devenaient dingues – bref, de tout, sauf des garçons), et sur ses devoirs à la maison (encore un truc inutile, ennuyeux, répétitif, barbant, et surtout, très très *chiant*).

Mais c'était à sa mère qu'Emily réservait ses pires critiques : l'intensité des émotions qui l'opposaient à cette *personne* était telle qu'Emily avait enjambé la fenêtre de sa chambre vers minuit, une semaine auparavant. Elle avait rampé sur le toit de la maison jusqu'à l'une des deux colonnes qui flanquaient la porte d'entrée dans l'intention de s'y accrocher et de se laisser glisser jusqu'en bas pour s'enfuir. Au lieu de quoi, elle avait chuté du toit et atterri dans l'allée. Bilan de l'opération : une fracture à la tête et un bras cassé – si net que le médecin s'était exclamé : « Tu as de la chance ! », ce qui les avait bien fait rire, ses parents et elle, car aucune des personnes présentes dans la chambre d'hôpital ne pouvait s'estimer chanceuse.

En fin de compte, le fait que son père devienne chauve n'avait rien de surprenant. Il perdait chaque jour ses cheveux par touffes entières, comme s'il était la proie d'un méchant lutin venu lui arracher ses mèches brunes pendant son sommeil. Encore un sale truc arrivé récemment. Comme quoi les gens qu'elle aimait n'étaient pas à l'abri. Comme quoi le monde allait vraiment de travers depuis quelque temps. Emily en avait toute une liste, de ces Sales Trucs. Une nouvelle liste, insérée dans le journal intime qu'elle rangeait dans son casier au collège, puisque c'était manifestement le seul endroit au monde où ni sa mère ni Galenka, leur femme de ménage, ne pourraient le trouver. Galenka travaillait chez eux depuis si longtemps qu'elle se sentait parfaitement en droit d'explorer les moindres recoins de la chambre d'Emily, ce qui ne lui posait pas de problèmes quand elle avait cinq ans, mais la dérangeait nettement plus maintenant qu'elle en avait presque treize.

Elle avait récemment discuté du mot « mortalité » en cours d'hébreu. Elle connaissait déjà la signification du terme, mais elle ne l'avait jamais appliquée à sa propre réalité. Or les événements de ces derniers mois lui avaient permis de mesurer la fragilité de la vie humaine. Une vie menacée à chaque instant. Tout était si *épique* ! Orages, inondations, épidémies de peste : le désastre rôdait en permanence. Sans oublier le diabète (qui figurait maintenant en bonne place dans la Liste des Sales Trucs) et la calvitie. Des maux bibliques, eux aussi. Emily trouvait le monde terriblement pesant. Aussi pesant que la montagne de chair

La Famille Middlestein

qui se déplaçait péniblement à son côté. Un monde si pesant qu'Emily le sentait osciller sur son dos et ses épaules. Josh ne le sentait pas, lui. Pas encore. Elle déplorait son ignorance et jalousait sa liberté. Si elle avait su, quelques mois auparavant, au temps de l'innocence, qu'elle serait *tiraillée* jusqu'à la fin de ses jours (et le mot était faible) à l'égard de Josh, mais aussi d'un grand nombre de gens, elle aurait chéri cette période d'innocence, d'amour naïf et inconditionnel qui est le propre de l'enfance (Oh, avoir de nouveau onze ans !). Parce que nul ne peut revenir en arrière : quand on sait vraiment comment marche le monde, on ne peut plus l'ignorer.

Or Emily commençait à le savoir.

— Personne n'est chauve dans la famille, affirma sa grand-mère en soufflant comme un bœuf. Cette histoire est ridicule. Nous descendons d'une lignée d'hommes extrêmement robustes.

Emily aperçut le terrain de base-ball situé de l'autre côté du parking. Des joueurs venus d'un lycée adverse étaient en train de s'échauffer sous les conseils de leur entraîneur. Même à cette distance, les joueurs de base-ball lui paraissaient immenses. L'idée d'être plus âgée, plus grande, la faisait piaffer d'impatience. Au lycée, tout serait cent fois mieux : les cours, les élèves, la qualité de vie. Elle en était persuadée.

— Tu ne sais même pas à quel point notre patrimoine génétique est fabuleux ! poursuivit sa grand-mère. Tu as beaucoup de sang russe en toi, ma chérie. Et les Russes sont bâtis pour endurer les plus grands froids.

Sa vie actuelle n'était pas si terrible que ça, Emily l'admettait volontiers. Elle savait aussi qu'elle s'exposerait à des risques supplémentaires en grandissant. En fait, elle voulait seulement vivre plus intensément. Ne pouvait-elle espérer mieux ? Est-ce que tout le monde ne pouvait pas y mettre un peu du sien pour améliorer les choses ?

— Ton arrière-grand-père a fui l'Ukraine pour venir ici. Il a d'abord marché dans la *neige* et la *glace*, puis il a franchi des *montagnes* pour aller prendre un train qui allait en Allemagne, dans lequel il est resté plusieurs *semaines* sans rien manger. Il n'avait que des miettes de pain rassis, des croûtes de fromage et une pomme de terre dans son sac. Chaque matin, il coupait un tout petit morceau de cette pomme de terre, avec la peau, et le gardait dans sa bouche pendant des *heures* pour en tirer le maximum de vitamines. Tu te rends compte ?

Emily était absolument certaine que sa grand-mère lui mentait, mais elle adorait la manière dont elle racontait cette histoire. Sa voix montait dans les aigus avant de redescendre, devenant presque pâteuse, sans jamais perdre sa clarté d'élocution.

— Ça te plairait, ma chérie ? De la peau de patate crue au dîner ?

Edie lui chatouilla le ventre, et Emily s'écarta en riant.

— Non merci, dit-elle. Très peu pour moi !

— Quand il est enfin arrivé en Allemagne, il lui a suffi de jeter un œil à cette bande de dingues pour comprendre qu'il valait mieux poursuivre sa route. Il a pris un bateau, où il a passé quatre longues semaines entassé avec d'autres juifs. Ils essayaient de fuir l'Europe, tu comprends ? Et pendant toute la traversée, ton arrière-grand-père a *continué de manger ses pelures de pomme de terre.*

La Famille Middlestein

— Elle devait être sacrément grosse, cette patate ! commenta Emily en se retenant de rire.
— Oui. Je dois admettre que c'était une très grosse patate. Mais tout de même ! N'avoir qu'une seule pomme de terre à manger pendant des semaines, ce n'était sûrement pas marrant, tu ne crois pas ?

Emily acquiesça avec le sérieux requis.

— Quand il est arrivé aux États-Unis, il n'avait plus que la peau sur les os. Il a vraiment failli mourir pendant ce voyage ! assura la grand-mère d'Emily d'une voix tremblante d'émotion. Il avait perdu tant d'amis et de proches en chemin... Tu aurais dû l'entendre raconter tout ça. C'était un homme extraordinaire. Tellement gentil... J'aurais vraiment aimé que tu puisses le connaître. Il écrivait des lettres merveilleuses.

La jeune fille glissa son bras valide sous celui de sa grand-mère. Plus qu'un tour de stade, et elles auraient terminé.

— Ce n'est pas tout, Emily. Es-tu prête à entendre le fin mot de l'histoire ?
— Oui.
— Eh bien, même après avoir parcouru tant de kilomètres, avec une seule pomme de terre à manger pendant des mois et des mois, ton arrière-grand-père est arrivé en Amérique avec tous ses cheveux ! s'écria Edie d'un air triomphant. Voilà pourquoi je ne comprends pas ce qui arrive à ton père.
— Moi non plus.
— J'ai faim. Est-ce que tu as faim ?
— Je crève la dalle.
— Tu dois être affamée après cette longue marche.
— Allons manger quelque chose.

Jami Attenberg

— Que penses-tu de la cuisine chinoise ?
Ce qu'Emily en pensait ? Elle trouvait ça gras, mais elle aimait les raviolis aux crevettes. De toute façon, ce serait forcément meilleur que chez elle, où sa mère ne leur servait quasiment plus que des légumes depuis des mois, tantôt crus, tantôt cuits à la vapeur, tantôt (mais c'était rare) sautés à la poêle avec un soupçon de matière grasse. Accompagnés de tofu, ce truc immonde qui fondait dans la bouche comme du *cottage cheese* (ça, au petit déjeuner, c'était carrément répugnant), tous ces légumes étaient censés leur permettre de garder la ligne, d'avoir une santé de fer et d'éloigner les germes du diabète – comme s'il s'agissait d'une maladie qu'on attrape, et non d'un sale truc qui arrive à ceux qui ont mangé des tonnes et des tonnes de chips et de sucreries pendant des années. C'est ce qu'avait fait Edie, non ? Mais Emily n'en était pas là : un pâté impérial ne risquait pas de la tuer. Et puis, elle trouvait gênant d'être sur le stade du lycée alors qu'elle n'était même pas encore élève de l'établissement. Mieux valait s'en aller.

Elles rentrèrent donc à la hâte – soudain capables de se déplacer très rapidement –, montèrent dans la voiture d'Edie et reprirent la direction du lycée, qu'elles dépassèrent en jetant un œil à l'immense panneau d'affichage électronique annonçant successivement le bal de fin d'année, les matches éliminatoires de base-ball et la vente de pâtisseries au profit du club de maths. Emily y lut son avenir (*bientôt tu seras plus grande, plus âgée, plus sage, plus intelligente, plus dégourdie, tu y es presque !*) tandis que sa grand-mère l'emmenait plus loin encore, sur des avenues que l'adolescente n'avait jamais empruntées sans ses parents, hormis les jours de sorties scolaires (le bus passait par là pour se rendre

La Famille Middlestein

à Chicago). Elles longèrent la pizzeria *Chuck E. Cheese* où Josh et Emily avaient fêté un de leurs anniversaires, puis une série de boutiques où Rachelle emmenait parfois Emily. Cette dernière reconnut, dans l'ordre :

1. Le supermarché Jewel, pour les courses de dernière minute, quand sa mère n'avait pas le temps d'aller acheter du bio chez Whole Foods.

2. La papeterie spécialisée dans les cartes de vœux, « parce qu'il faut toujours remercier ceux qui t'ont invitée ou offert un cadeau ».

3. La parfumerie où Rachelle achetait à bas prix les meilleures marques de shampooing et de crèmes pour le visage.

4. Le magasin d'articles de sport où ils faisaient chaque année (toujours au printemps) provision de chaussures à crampons et de shorts de football.

5. L'hypermarché Target où ils achetaient les fournitures scolaires, mais jamais de vêtements, parce que Rachelle aurait préféré mourir que d'habiller sa fille en Target.

Elles laissèrent derrière elles toute une série de rues transversales qui menaient sûrement quelque part, chez des gens (même si Emily ne savait pas qui exactement), jusqu'à ce que sa grand-mère se gare devant un restaurant chinois sur le parking d'une petite galerie marchande assez minable.

Emily aperçut sa tante à l'intérieur, assise près de la fenêtre. Elle semblait fatiguée. Plusieurs dossiers cartonnés reposaient devant elle, près d'un verre de vin (tante Robin buvait souvent un coup de trop, c'était connu dans la famille). Robin était la personne préférée d'Emily, juste derrière son père (l'homme le plus raisonnable de la planète), son frère (mauviette ou pas, Josh restait sa moitié), et une copine du collège un peu moins nulle que les autres.

Jami Attenberg

Robin aurait sans doute atteint la première place sur la liste si Emily la voyait plus souvent, mais elle quittait rarement le centre de Chicago où elle vivait depuis des années – ce qui ajoutait à son charme, à vrai dire : son existence de citadine la rendait plus mystérieuse, plus branchée. Robin n'était pas la personne la plus *hype* de la planète, mais elle avait de la classe. Et puis, elle lui avait toujours parlé d'égal à égal, sans la condescendance que les adultes réservent d'ordinaire aux enfants. Emily lui en était reconnaissante, maintenant plus que jamais, même si elle n'avait jamais osé le lui dire en face.

En la voyant entrer, Robin lui adressa un grand sourire, qui se figea lorsqu'elle posa les yeux sur Edie.

— Tu es venue avec ton bouclier humain ? lança-t-elle.

Elle étreignit Emily, avant de l'embrasser sur les deux joues comme les dames dans les films français. Ou les vieilles New-Yorkaises dans les quartiers chics de Manhattan.

— Je ne vois pas de quoi tu parles, répliqua la grand-mère d'Emily en se laissant choir sur la chaise que lui avançait Robin. Depuis quand est-ce un crime de passer du temps avec mes deux filles préférées ?

— Ce n'est pas un crime, assura Robin. Nous avions prévu de discuter de certaines choses, c'est tout.

Elle fit courir ses doigts sur les dossiers posés sur la table.

— Vous pouvez parler de ce que vous voulez devant moi. Je pense même savoir de quoi il s'agit ! intervint Emily avec une pointe d'effronterie.

En fait, elle n'en savait rien. Mais elle aurait parié que les dossiers concernaient la santé de sa grand-mère – puisque tout, ces derniers temps, tournait autour de la santé d'Edie. Depuis des mois. Ou davantage ? Oui. Depuis des siècles.

La Famille Middlestein

Robin échangea un regard noir avec Edie.
— Tu te chargeras de tout expliquer à sa mère, peut-être ?
Il y eut un silence, puis Edie se tourna vers sa petite-fille.
— Si tu allais te laver les mains avant le déjeuner, ma chérie ?

Emily laissa échapper un petit bruit sarcastique. Récemment ajouté à sa panoplie de mimiques excédées, il méritait d'être amélioré, et le serait avec le temps. Elle se leva d'un air résigné et traversa la salle déserte à la recherche des toilettes. Ce faisant, elle prit enfin le temps d'examiner le restaurant, qu'elle trouva charmant avec ses tables en bois brut et ses petites coupelles en verre remplies de fleurs roses. Des notes de jazz s'échappaient de la cuisine. Un morceau entraînant, joué à plein volume. Emily se figea, intriguée. Où était-elle, au juste ? Cet endroit ne ressemblait à rien de ce qu'elle connaissait.

Les toilettes embaumaient la lavande. Sous la lumière tamisée, elle se servit de son bras valide pour se laver – d'abord les paumes des mains et les doigts, avec de l'eau bien chaude. Puis le front, les joues, le menton, le cou, et même derrière les oreilles, sans se soucier des gouttelettes qui glissaient sous son chemisier. Ensuite, reprendre du savon à la pompe, de l'eau au robinet, soulever le chemisier et se frotter les aisselles. Sans parvenir à se l'expliquer, elle avait parfois le sentiment qu'elle ne serait jamais assez propre.

En fait, ce sentiment lui venait de sa mère : c'était Rachelle qui le lui avait transmis, ainsi qu'Emily le comprendrait brusquement des années plus tard, lorsqu'elle serait en première année d'université à New York. Sa colocataire, une Espagnole nommé Agnes, venue de Barcelone pour

étudier l'histoire du cinéma, comme Emily, lui demanderait pourquoi elle passait tant de temps à se laver.
— Les hommes aiment les filles propres, répondrait Emily du tac au tac.
Elle aurait un sursaut.
— Bon sang, je parle comme ma mère... Quelle horreur !
— En plus, ta mère se trompe peut-être complètement sur la question, ajouterait Agnes.
Quelques heures plus tard, Agnes l'emmènerait à une soirée dans un loft de Brooklyn, tout près des docks. Elles monteraient sur le toit du bâtiment et se tiendraient par la main au milieu des autres, aussi jeunes et exaltés qu'elles, fêtards en sueur, cigarette au bec, verre à la main, sourire aux lèvres, tous convaincus d'être extrêmement sexy, les yeux rivés sur les lumières de Manhattan, happés par l'immensité de la ville. Elles essaieraient de reconnaître les ponts qui traversaient la baie, et confondraient le pont de Brooklyn avec le pont de Manhattan. Un jeune barbu jouerait des reprises à l'accordéon. Toutes les filles voudraient coucher avec lui, hormis celles qui voudraient coucher avec d'autres filles. Emily se souviendrait alors de sa tante Robin, qui avait vécu à Brooklyn des années auparavant. Tout lui avait déplu : le bruit, la crasse, la violence. Elle était revenue à Chicago aussi vite que possible et n'en était jamais repartie. En y repensant, Emily trouverait ça bizarre. *Robin a dû se tromper de Brooklyn*, songerait-elle. *Parce que moi, je ne veux plus jamais rentrer à Chicago.*

À douze ans, Emily n'en était pas là. Seul comptait ce qu'elle avait sous les yeux – en l'occurrence, son propre visage, où brillaient des prunelles noires semblables à

La Famille Middlestein

celles de sa grand-mère et de sa tante. C'est ce patrimoine génétique commun qui la ramena doucement au moment présent, puis vers ses proches, assises dans la salle du restaurant. D'autant qu'Edie et Robin étaient peut-être en train de discuter de choses essentielles, qui contribueraient à former la personne plus sage et plus mûre (mais pas plus vieille) qu'elle serait dans quelques années. Elle les rejoignit à l'instant où Robin glissait un des dossiers cartonnés dans son sac.

— C'est quoi ? demanda-t-elle vivement.

— De la paperasse, répondit sa grand-mère, visiblement remise de ses émotions.

— Oh-Oh. Vous avez un secret de famille, c'est ça ? reprit Emily.

Il restait deux dossiers sur la table.

— Mademoiselle je-sais-tout a encore tout compris, ironisa Robin.

— Quelle finaude, cette gamine... Je me demande de qui tu tiens, ma chérie ! commenta Edie d'un air amusé. Tu veux manger quelque chose en particulier ?

Elle lui tendit un menu, qu'Emily refusa d'un signe de tête.

— Je n'aime que les raviolis aux crevettes.

— C'est un bon resto, tu sais. Tu devrais essayer d'autres plats, juste pour voir.

— Pourquoi devrais-je manger si je n'en ai pas envie ?

— Pour faire de nouvelles expériences, affirma sa grand-mère.

Parce que ces expériences t'ont réussi, peut-être ? songea Emily, avant de rougir de sa cruauté.

Jami Attenberg

Sa tante lut sans doute dans ses pensées, car elle prit aussitôt sa défense.
— Laisse-là, ordonna-t-elle à Edie. Rien ne l'oblige à manger !
Elle vida son verre de vin, puis frôla les dossiers du bout des doigts.
— Commande-lui des raviolis vapeur, reprit-elle plus calmement.
— Ne vous en faites pas, intervint Emily. Je mangerai ce qu'il y a.
— Prends ce que tu veux, dit Robin.
Emily lui lança un regard reconnaissant. Elle appréciait la manière dont Robin la protégeait, elle qui n'avait jamais eu besoin d'être protégée jusqu'alors, en tout cas pas de sa grand-mère. Dans quelques années, sa tante volerait de nouveau à son secours, quand la situation commencerait à s'envenimer entre Emily et sa mère. Après une série d'incidents déplaisants impliquant des cris, des insultes et même des cheveux tirés (au pire moment de la crise), les parents d'Emily décideraient de l'envoyer passer certains week-ends chez sa tante et son petit ami, qui vivaient à Chicago, sous prétexte qu'Emily, si *intelligente*, si *créative* (elle était aussi très forte en maths, mais tout le monde s'en fichait), devait bénéficier d'une offre culturelle plus variée, hanter les cinémas d'art et d'essai, les musées, les galeries d'art, les librairies et les brocantes. Ces visites mensuelles permettraient d'apaiser les esprits. Elles feraient du bien à Benny, à Rachelle et à Emily, mais elles seraient brusquement interrompues à la suite d'une soirée trop arrosée au cours de laquelle tante Robin laisserait libre cours à sa douleur devant sa nièce : trop de vin, trop de chagrin

La Famille Middlestein

à cause d'un bébé mort dans son ventre, un bébé dont seul Daniel connaissait l'existence. Cette perte serait trop difficile à gérer pour Robin, brusquement privée d'un être âgé de quelques semaines à peine, pas même un bébé, rien que l'idée d'un bébé, et son désespoir serait tel que sa nièce prendrait peur, jamais personne n'avait pleuré ainsi devant elle, toute une nuit et toute une matinée jusqu'à ce qu'Emily appelle Benny pour qu'il vienne la chercher. « N'hésite pas à revenir nous voir dès qu'elle ira mieux », lui dirait Daniel, le petit ami de sa tante, les joues rouges, hébété par son propre chagrin, mais le temps que Robin aille mieux, après un bref séjour à l'hôpital et de nombreuses séances chez le psy, après avoir arrêté de boire, puis recommencé, arrêté, puis recommencé, puis arrêté pour de bon, Emily serait entrée depuis longtemps à l'université de New York.

— Les raviolis vapeur sont délicieux, assura Edie, l'air embarrassé, les yeux fixés sur le menu. C'est un excellent choix.

Elle commanda plusieurs plats à la serveuse, une fille plutôt branchée qui devait avoir l'âge de Robin, mais paraissait plus jeune avec sa mèche de cheveux teints en violet, sa minijupe et ses bottes lacées jusqu'aux genoux.

— Pour le reste, je vous fais confiance, conclut Edie. Je voulais seulement que ma petite-fille goûte à tout ça.

— Votre petite-fille ? s'écria la serveuse en s'élançant vers Emily pour lui serrer la main. J'aurais dû m'en douter ! Vous vous ressemblez tellement, toutes les trois. Vous avez les mêmes yeux.

C'était vrai : elles avaient les mêmes yeux noirs. Seuls ceux d'Emily n'étaient pas encore abîmés par la vie. Nulle

blessure ne brûlait au fond d'elle-même, rien qui puisse obscurcir l'éclat de ses prunelles.
— Ma chérie, je te présente Anna, déclara Edie.
Emily, qui se demandait pourquoi la serveuse était si heureuse de la rencontrer, avait baissé les yeux sur la main de la jeune femme, et plus précisément sur ses ongles, joliment laqués de violet.
— C'est une de mes amies, poursuivit Edie. Allons, Emily, sois polie ! Serre-lui la main.
Emily obtempéra gentiment.
— J'adore votre vernis, dit-elle.
Elle regretta aussitôt ce compliment pitoyable, mais ne trouva rien d'autre à dire. C'était la première fois de sa vie qu'elle serrait la main d'une serveuse. Elle connaissait un tas de gens – sa famille, ses camarades de classe, les membres de la synagogue, ses voisins, les amis de ses parents et quelques cousins éloignés –, mais elle n'avait jamais envisagé de se lier avec les gens qui vous servent dans les magasins et les restaurants. Elle ne se sentait pourtant pas supérieure à eux (ni eux inférieurs à elle) mais... c'était difficile à expliquer. En fait, elle ne pouvait pas se lier d'amitié avec eux parce qu'ils n'existaient pas encore à ses yeux. À partir de ce jour-là, sa vision des choses serait peut-être un peu différente.
— J'ai laissé le flacon de vernis dans la cuisine, répondit Anna. Je peux vous l'apporter, si vous voulez.
— Comme c'est gentil ! s'exclama Edie. Nous ferons ça après le déjeuner.
Anna revint peu après avec leur commande – sept plats et trois bols de riz. Emily n'y toucha quasiment pas, les yeux rivés sur les dossiers et sur sa tante, qui regardait

La Famille Middlestein

manger Edie : cette dernière remplissait son assiette sans discontinuer et sans leur accorder la moindre attention. Elle mangeait, mangeait et mangeait encore, rien ne pouvait l'arrêter, tête baissée, une baguette dans la main gauche, une cuillère dans la droite, comme s'il s'agissait d'un concours, comme si elle était engagée dans une course sans fin, comme si elle pouvait manger jusqu'à la fin des temps sans jamais remplir son estomac. *C'est comme ça que tu es devenue obèse !* songea Emily, qui ne mangea que trois raviolis vapeur. Ils étaient pourtant délicieux, encore couverts de gouttelettes d'eau, bien dodus et légèrement sucrés, mais le spectacle que lui offrait sa grand-mère lui coupait l'appétit. Elle reporta son attention sur sa tante : Robin était écœurée, elle aussi. Seule Anna, la serveuse, supportait le choc. Enjouée et souriante, elle emportait avec diligence les plats que vidait Edie. Elle ignorait tout, visiblement. Emily se demanda si sa tante ou sa grand-mère avaient l'intention de la mettre au courant. Si Anna était vraiment l'amie d'Edie, elle avait le droit de connaître son état de santé, non ?

Anna apporta le flacon de vernis violet avec le thé vert destiné à clôturer le repas (et un *dernier verre de vin* pour sa tante, qui *ne le finirait peut-être pas*). Emily entreprit de vernir ses ongles à petits coups de pinceaux maladroits, posant la couleur, puis soufflant délicatement sur ses doigts, tandis que Robin ouvrait le premier dossier.

— Nous devons parler de la santé de ta grand-mère, annonça-t-elle. Ça risque de prendre un petit moment.

— On ne devrait peut-être pas en parler devant elle, protesta Edie.

Robin se tourna vers Emily.

— Tu penses que ça va te saper le moral ?
— Pas plus que d'habitude, rétorqua Emily. Toutes ces histoires de santé sont déjà déprimantes, alors...
Elle s'interrompit : sa grand-mère s'était mise à pleurer.
— Ne pleure pas, dit-elle.
Elle fondit en larmes à son tour, aussitôt suivie de Robin. Anna, qui s'approchait de la table avec trois coupes de glace, eut une moue horrifiée. Elle tourna les talons et regagna précipitamment la cuisine, entrechoquant les coupelles argentées entre ses doigts.
— Ça suffit, maintenant, déclara Robin en s'essuyant les yeux avec le coin de sa serviette.
— Tout va s'arranger, ma chérie, affirma Edie, les joues ruisselantes de larmes. Viens là, *bubbeleh*.
Elle tendit la main à Emily, qui noua son bras valide autour du torse de sa grand-mère.
— Respirez fort, ordonna sa tante.
Elles obéirent. Elles respirèrent séparément. Elles respirèrent collectivement.
— Bien, approuva Robin. Et maintenant, au travail !
Elle ouvrit le premier dossier. Il était rempli de brochures. Centres de thalassothérapie. Centres de remise en forme. Complexes hôteliers spécialisés.
— Tu veux m'envoyer dans une clinique d'amaigrissement ? murmura Edie.
— Il faut bien commencer quelque part.
— Je n'irai nulle part. Je ne veux pas m'éloigner de vous en ce moment.
— Tu pourrais consulter un diététicien, tempéra Robin. Regarde.

La Famille Middlestein

Elle lui tendit une feuille de papier brillant orné d'une photographie montrant un type bronzé et souriant, aux dents énormes, si éclatantes que le papier paraissait moins blanc qu'elles.
— Il paraît que c'est l'un des meilleurs de Chicago. Il est aussi coach sportif, et il s'est spécialisé dans les cas comme le tien. Il consulte en banlieue nord les mardis et les vendredis.
— Je fais déjà mes tours de stade presque tous les jours !
— Ce n'est pas assez.
— Je fais de mon mieux !
— Tu appelles ça faire de ton mieux ? s'emporta Robin en désignant la table débarrassée de ses plats.
— Je me plais ici, murmura Edie. Ces gens sont mes amis. Tu ne peux pas me forcer à quitter mes amis !
Emily se raidit. Cet étalage d'émotions brutes la rendait nerveuse. Surtout de la part de femmes si chères à son cœur. Elle n'était pas sûre de vouloir savoir de quoi elles étaient capables dans ces moments-là.
— Qu'y a-t-il dans l'autre dossier ? demanda-t-elle précipitamment.
Sa tante et sa grand-mère lui jetèrent un regard embarrassé. Robin lissa nerveusement la nappe du plat de la main.
— C'est peut-être trop... commença-t-elle.
Emily attrapa le dossier et l'ouvrit d'un geste vif. Chirurgie amincissante. Broches et tubes.
— On n'en est pas encore là, dit Robin. Mais ce sera peut-être nécessaire dans quelques mois.
Elle blêmit et se passa les mains sur le visage.
— Ce n'est pas l'idéal. Le succès n'est pas garanti, et c'est une intervention chirurgicale – donc un risque à courir,

poursuivit-elle en baissant les yeux pour éviter le regard des deux autres. Disons que c'est une solution parmi d'autres... Ce n'est pas celle que je choisirais, mais c'en est une. Et il faut l'envisager.

Elle se pencha soudain vers sa mère et lui agrippa le bras.

— Tu ne veux pas arrêter, maman ? Je t'en prie ! Fais un effort.

— Oui, renchérit Emily. Arrête, je t'en prie !

Edie serra la main de sa fille dans la sienne, puis elle referma les dossiers et les posa sur une chaise, à côté d'elle.

— Je vous promets de tout lire ce soir.

— Je t'appellerai demain, dit Robin. À la première heure.

— Parfait, acquiesça Edie. C'est toujours une joie de t'entendre.

Elle sécha enfin ses joues mouillées de larmes, et se tourna vers Emily.

— As-tu déjà visité les cuisines d'un restaurant ? Viens. Je vais te présenter au chef.

Emily la suivit jusqu'aux doubles portes qui séparaient la salle de la cuisine. Sa grand-mère frappa contre l'un des battants, et pencha la tête à l'intérieur.

— C'est nous ! annonça-t-elle d'un ton guilleret. On peut entrer ?

Emily se pencha, elle aussi. Anna se tenait dans un coin de la pièce entièrement carrelée de blanc, près d'un vieux monsieur chinois tout ridé, plutôt grand, les épaules voûtées, l'air soucieux.

— Bien sûr. Entrez, entrez ! dit-il en agitant la main. Quelque chose ne va pas, Edith ?

— Ce n'est rien. On a la larme facile dans la famille... Surtout les femmes.

La Famille Middlestein

— C'est bien ce que je disais, intervint Anna en souriant. Elles se ressemblent comme deux gouttes d'eau !
— Des gouttes toujours prêtes à pleurnicher, renchérit Edie sur le même ton. Emily, je te présente Kenneth, le père d'Anna. Nous sommes ici chez lui. C'est le chef du restaurant.

Cet homme, cet étranger, pas vraiment étrange, mais très différent de son grand-père, s'approcha de sa grand-mère, lui prit la main, la serra, la porta à sa joue, y déposa un baiser, puis il se pencha vers Edie, l'embrassa sur la joue, sur l'autre joue, avant de glisser vers le coin de sa bouche comme s'il s'interdisait de l'embrasser vraiment. Sa pudeur n'était pas nécessaire : il venait d'exprimer clairement ses intentions. Emily leva les yeux vers le visage rougissant et ravi d'Edie. Qui se pencha à son tour vers cet homme et l'embrassa carrément sur la bouche, comme si elle se fichait pas mal du regard de sa petite-fille (et de *toutes les questions* qu'elle se posait). Emily comprit alors que sa grand-mère ne mettrait jamais les pieds dans une clinique d'amaigrissement. Elle comprit aussi qu'Edie ne cesserait pas de manger les trop nombreux plats chinois que cet homme lui préparait. Emily aurait dû lui en vouloir, mais elle lui pardonnait déjà, car si elle rencontrait plus tard un homme qui la regarderait comme Kenneth regardait sa grand-mère, qui voudrait cuisiner pour elle et l'embrasser sur les mains, sur les joues et sur la bouche avec tant de ferveur, elle resterait avec lui pour toujours, jusqu'à ce que mort s'ensuive.

Middlestein amoureux

Oh, Beverly ! s'écriait intérieurement Richard Middlestein en pensant à celle qui faisait battre son cœur, son premier véritable coup de foudre depuis la fin des années soixante, juste avant qu'il rencontre sa femme (sa future ex-femme, pour être précis) et se consacre complètement (ou incomplètement, ainsi qu'il le pensait depuis quelque temps) à une épouse qu'il cesserait d'aimer bien avant de la quitter. Ces jours-ci, il avait le sentiment (ou ce qui s'apparentait le plus chez lui à une forme de sentiment) que la vie lui offrait une seconde chance. Oui, il se sentait follement amoureux de Beverly, cette Britannique devenue Américaine depuis qu'un habitant de Chicago l'avait enlevée à son pays natal vingt ans plus tôt, cette sublime rousse (c'était sa couleur naturelle, alors qu'elle frôlait la soixantaine : Richard trouvait ça renversant), audacieuse sans être tapageuse, pragmatique, cultivée, spirituelle, voire intelligente, à demi juive (mais du bon côté), cette femme merveilleuse qui trouvait toujours le mot juste et gérait sa vie avec un sens des priorités qu'il aurait aimé appliquer à la sienne.

Oh, Beverly ! La belle Beverly aux yeux verts qui ne consentait à le voir qu'une fois par semaine (s'il avait de la chance) et laissait ses e-mails et ses appels sans réponse, comme pour lui faire comprendre qu'elle n'était pas le genre de femmes qu'on peut avoir à l'usure. Et Richard avait fini par le comprendre. Oui, la belle Beverly aux joues rondes tenait à garder la maîtrise des opérations. Elle voulait décider du quand, et du comment. Elle traversait dignement l'existence, et il voulait un peu de cette dignité pour lui-même. Tout ce qu'elle savait, il voulait le savoir aussi.

Oh, Beverly ! La ravissante Beverly, veuve d'un homme formidable, un type bien, excellent ophtalmologiste, qui lui avait légué une rente confortable (elle avait plus d'argent en banque que Middlestein, ça ne faisait aucun doute). Beverly qui n'avait pas eu d'enfants (et se retrouvait donc libre comme l'air !), mais se plaisait en leur compagnie. Beverly qui aimait *faire des tas de choses* : aller au cinéma ou au théâtre, regarder les matches de football anglais retransmis à la télévision le samedi matin, se promener en voiture autour du lac, faire des balades à vélo, manger de bons repas, recevoir des amis à dîner – autant d'activités qui se pratiquaient souvent en position assise. Parfait pour Richard et ses genoux fragiles.

Oh, Beverly ! Son accent britannique le faisait fondre. C'était d'un raffinement ! Et il la trouvait adorable quand elle revêtait son maillot de football pour aller s'attabler devant une pinte dans ce vieux pub anglais aux murs enfumés qui servait d'immondes petits déjeuners (comprenant des saucisses ridées si rougeaudes que Middlestein avait été incapable de se forcer à en manger) avec d'autres expatriées britanniques venues soutenir l'équipe de Tottenham, bien qu'elle soit complètement nulle (ou à cause de sa médiocrité, justement). Un samedi, Beverly avait invité Richard à la rejoindre au pub pour suivre un match tôt dans la matinée.

La Famille Middlestein

Leur petit groupe avait soutenu l'équipe avec enthousiasme, rugissant à chaque but (pour une fois, Tottenham traversait une bonne passe) en buvant de la Guinness (pour Beverly et ses amies) et des Bloody Mary (pour Richard). Après le match, ils étaient restés en tête à tête. Richard s'était confié, évoquant ses nombreux problèmes. Et miracle des miracles, *elle les avait résolus*, la plupart d'entre eux au moins, comme si la pinte de bière, bue de si bonne heure, lui avait clarifié l'esprit. En y repensant par la suite, il avait acquis la certitude qu'elle avait lu *dans son âme* ce matin-là. Depuis, il espérait qu'elle le convierait de nouveau au pub (il savait qu'il ne pouvait venir à l'heure des matches de football sans y avoir été invité : ce serait le meilleur moyen de la perdre), mais elle ne le lui avait pas proposé, préférant dîner avec lui dans des lieux plus tranquilles. Bien que fort agréables, ces repas ne lui permettaient pas de revivre la magie des instants qu'ils avaient partagés au pub – leur légère ivresse, la tendresse avec laquelle Beverly avait posé ses mains sur les siennes (et même sur sa joue) au cours de la conversation, son regard rivé au sien sous les rais de lumière poussiéreuse qui nimbaient leur table. Le courant était passé entre eux ce matin-là. Richard savait qu'il en serait de même si elle acceptait de lui accorder un autre moment de ce genre, si elle lui faisait la grâce de lui offrir la même énergie, celle dont il avait besoin pour dépasser le stade du baiser qu'elle posait gentiment sur sa joue à l'issue de leurs (trop brefs !) dîners au restaurant.

 C'est Beverly qui lui avait suggéré d'écrire à Rachelle, sa belle-fille, pour solliciter la permission de revoir ses petits-enfants. « Ton fils ne peut pas t'aider, avait-elle affirmé. Il ne peut pas parler à ta place. La décision vient d'elle. C'est avec elle que tu dois négocier. » La poussière en suspension dans l'air formait une couronne scintillante autour de son visage. « Et ne te contente pas de lui passer un coup de fil ou de lui envoyer un e-mail ! Ne ménage pas tes efforts. Écris une vraie lettre. » Elle avait prononcé ces deux derniers mots comme s'il s'agissait d'un seul, comme s'il existait des « vraies lettres » dans la vraie vie, parce que Beverly avait le pouvoir de créer des mots. « Ouvre ton cœur, dis-lui à quel point tu aimes ses enfants, à quel point ils te manquent, puis glisse la feuille dans une enveloppe, colle un timbre dessus et confie-la au facteur. »

« Passer du temps avec Josh et Emily est mon plus cher désir », avait-il écrit. Il commençait à s'exprimer comme Beverly, ce qui n'était pas si mal.

— Et après ?

— Laisse passer une semaine. Elle te répondra.

Beverly ne s'était pas trompée : une semaine plus tard, Rachelle avait poussé la porte de la pharmacie, une ordonnance à la main. Elle avait gratifié Richard d'un regard noir, avant de lui tendre la feuille de papier.

— J'ai encore des doutes, avait-elle déclaré.

Il avait baissé les yeux sur l'ordonnance : il s'agissait d'une prescription pour du Lopressor, un médicament contre l'hypertension artérielle, destiné à sa future ex-femme. Si Rachelle avait voulu lui donner un coup de poignard en plein cœur, elle avait atteint son but.

— Des doutes à quel sujet ? avait-il répliqué.

« Dis ce que tu as à dire une fois pour toutes, puis laisse-la mener la conversation », lui avait conseillé Beverly. Middlestein avait approuvé. Il avait appris depuis longtemps à gérer les femmes en colère.

La Famille Middlestein

— Je ne veux pas que les jumeaux s'imaginent que ton comportement et tes actions sont excusés. Car ils ne le sont pas.
— Naturellement, avait-il acquiescé.
Il n'avait aucune envie de se justifier auprès de Rachelle. Elle n'avait manifestement pas envie de savoir pourquoi il avait quitté sa femme malade, instable, frappée de diabète, d'insuffisance cardiaque et de Dieu sait quoi d'autre. Même si tout était clair dans la tête de Richard. Et parfaitement logique.
Oh, Beverly ! La belle Beverly le comprenait ! C'était même la seule personne à comprendre pourquoi il avait quitté Edie. Elle-même avait souffert auprès de son père, un homme brisé, porté sur la boisson, engagé dans l'armée britannique, il ne s'était jamais remis d'avoir été fait prisonnier pendant la Seconde Guerre mondiale. « J'avais de la compassion pour lui, avait-elle confié. Nous en avions tous. » Richard avait hoché la tête. Il avait grandi à la même époque, et vu ses proches meurtris par la même guerre.
Puis Beverly avait ajouté quelques mots d'une voix oppressée et pourtant rêveuse. « On ne sait jamais ce qui est pire avec les colériques : les voir vivre, ou les voir mourir. » Richard avait senti sa gorge se nouer. C'était peut-être à cet instant qu'il était tombé amoureux d'elle.
— La bar-mitsvah approche, avait poursuivi Rachelle. Toute la famille sera là. Naturellement, Benny et moi comptons sur ta présence. Et nous tenons à ce que tu récites le kiddouch, bien sûr.
Elle ne parvenait pas à se départir de ses manières trop formelles, accentuées par la rigidité de sa posture. Toujours très droite, les ongles peints en rose perle, pas un cheveu

de travers. Lissée, repassée, totalement sous contrôle. La candidate idéale pour un traitement au Prozac (Richard n'était pas médecin, et il préférait garder ses convictions pour lui, mais il était persuadé que le célèbre antidépresseur aurait fait merveille sur Rachelle).

— J'y serai, assura-t-il. Sur des charbons ardents.
— Du charbon ? Pour quoi faire ?
— C'est une expression qui...
— Je sais que c'est une expression ! interrompit-elle, rouge d'embarras.

Elle avait perdu ses moyens. Richard décida de saisir sa chance.

— J'aimerais voir Josh et Emily avant la bar-mitsvah, déclara-t-il. Je pourrais peut-être les emmener à la synagogue vendredi soir ? Ou la semaine prochaine ?

C'est Beverly qui lui avait suggéré cette idée : proposer à Rachelle d'emmener les jumeaux à l'office du vendredi soir. Si ces enfants étaient vraiment importants pour lui – *ils le sont !* s'était aussitôt écrié Richard –, alors il devait « sortir du cadre », lui avait-elle expliqué en insistant sur cette expression. Bien sûr, ce serait plus amusant pour eux trois d'aller au cinéma, faire des courses ou manger une pizza, mais Rachelle ne l'autoriserait sans doute pas de sitôt à s'amuser avec ses petits-enfants. Or l'office du vendredi soir n'avait rien de comique : on y allait pour méditer, pas pour rigoler. Ce que Beverly cherchait subtilement à lui faire comprendre, c'est qu'il ne sortait pas assez du cadre. Il était complètement dedans. Sur ce point, Richard lui donnait raison : pendant des années, il s'était contenté de rester dans le cadre. Mais en quittant sa femme après plusieurs décennies de mariage, il avait sauté dans le vide. Il planait

La Famille Middlestein

maintenant dans l'espace, très loin de ce fichu cadre. S'il n'avait pas sauté, il n'aurait pas rencontré Beverly. Tout ce qu'il voulait maintenant, c'était rester près d'elle. Hors du cadre.

— J'en parlerai à Benny, répondit Rachelle.

Sa peau reprit son habituelle teinte dorée (peut-être enjolivée par l'application d'une crème autobronzante). Richard lui avait de nouveau laissé le contrôle des opérations. C'était à elle de décider de la suite des événements. *Elle aime ça*, songea-t-il. *Avoir le dessus.* Ces quelques mots suffirent à embraser son imagination, qui évacua sa belle-fille (elle resta dans les parages, au fond du couloir ou derrière la porte, observant la scène) pour la remplacer par Beverly, la belle Beverly aux yeux ardents, pragmatique et pourtant féerique, inaccessible mais toujours à sa portée, Beverly qu'il attirait dans ses bras tandis qu'elle allait et venait au-dessus de lui, peau contre peau, Beverly qui présentait leurs corps l'un à l'autre, des corps avides d'échanger enfin ce qu'ils avaient à se dire. Beverly qui le burinait, qui le limait, qui le chevauchait, Beverly couchée sur lui du soir au matin.

Beverly !

En arrivant à la synagogue la semaine suivante – Rachelle avait évidemment accepté la proposition de Richard : comment aurait-elle pu dire non à un grand-père qui souhaite sincèrement emmener ses petits-enfants à l'office du vendredi soir ? Il y avait sans doute un paragraphe là-dessus dans le manuel de *La Parfaite Belle-fille* –, Richard s'engagea aussitôt dans l'allée centrale du sanctuaire. Ses deux petits-enfants, qui avaient apparemment perdu leur langue à l'instant où ils étaient montés dans sa voiture, le suivaient en traînant les pieds. Il fit un signe de la main aux Cohn, aux Grodstein, aux Weinman, aux Franken, ces couples d'amis qu'il fréquentait depuis les vingt, trente, quarante dernières années. Tous avaient assisté aux bar-mitsvah, aux mariages et aux anniversaires de mariage organisés au fil des ans dans leurs familles respectives. Il n'y avait pas encore eu d'enterrement, Dieu merci, mais Richard savait qu'ils assisteraient à ces cérémonies-là également, jusqu'à ce qu'il ne reste plus personne.

Quel effet cela ferait-il d'être le survivant de ce groupe d'amis ? Serait-il le dernier à partir ? Ou céderait-il la palme de la longévité à Albert Weinman, qui nageait tous les matins, jouait au golf tous les week-ends et mélangeait du blanc d'œuf à tout ce qu'il mangeait ? À moins que Lauren Franken ne l'emporte ? Depuis sa double mastectomie, elle affirmait en riant qu'elle se préparait à vivre les meilleures années de sa vie maintenant que le pire était passé. En tout cas, le gagnant ne serait pas Bobby Grodstein : il avait la sale manie de fumer un cigare après dîner et finirait par le payer.

Richard s'autorisa alors à penser à sa future ex-femme, à son existence rongée par l'obésité, à ses fringales nocturnes (lorsqu'il dormait près d'elle, il l'entendait se lever et ouvrir les placards de la cuisine, déchirer les paquets de chips ou de biscuits, et croquer dedans, croquer, croquer si bruyamment qu'elle troublait la quiétude de leur maison, de leur rue, de leur ville, de leur univers, mais il avait renoncé depuis longtemps à tenter de l'en empêcher) et aux courses qu'elle faisait deux ou trois fois par semaine chez Costco (il avait beau savoir qu'elle avait tout mangé en cachette, il s'interrogeait à voix haute sur la disparition des paquets de chips et de biscuits chaque fois qu'Edie lui annonçait qu'elle allait *encore* au supermarché). Il se remémora aussi les montagnes de chair accumulées sur son corps. Non, cette femme ne lui survivrait pas.

Serait-il le dernier à mourir ? Il se rendait plusieurs fois par semaine à son club de sport. Il aurait pu mettre plus d'énergie à courir ou à pédaler, mais ses genoux le faisaient toujours souffrir. Sa tension était bonne. En revanche, son taux de cholestérol avait un peu grimpé. Rien de catastrophique : un traitement au Tahor suffirait à le ramener à la normale. Il prenait des vitamines. Il mangeait le nombre requis de fruits et de légumes frais, parfois bien plus que la ration journalière conseillée. Lors de son dernier check-up, son médecin lui avait amicalement tapé sur le bras à la fin de la consultation. « Vous finirez centenaire ! » s'était-il exclamé.

Richard soupira. Souhaitait-il vivre si longtemps ? Rester seul après la disparition de tous ceux qu'ils connaissaient ? Hormis ses enfants, qui lui survivraient probablement. Benny avait perdu tout respect pour lui, mais il finirait par lui pardonner. Quant à Robin, sa fille revêche et taciturne, elle était déjà trop occupée pour lui rendre visite ces temps-ci, alors qu'il était en pleine possession de ses moyens. Qu'en serait-il lorsqu'il serait vieux et décati, enfermé dans une maison de retraite ? Lui, décati ? Non. Cela n'arriverait pas : il prendrait les devants. Il se l'était promis. Il se prescrirait à lui-même le cocktail de substances nécessaires pour s'endormir avec la certitude de ne jamais se réveiller. Départ assuré vers le pays des rêves. Depuis des décennies, il observait les clients qui venaient acheter des couches pour adultes incontinents dans sa pharmacie. Il les suivait du regard tandis qu'ils se déplaçaient à pas lents dans l'allée qui leur était consacrée, imaginant ce qu'ils cachaient sous leurs vêtements. L'homme est aussi fragile à la fin de sa vie qu'à son commencement, n'est-ce pas ? Richard, lui, était dans la force de l'âge. À cette pensée, il faillit tambouriner fièrement sur son torse au beau milieu de la synagogue – *Oh, Beverly !* Il se sentait sain et solide. Et il le resterait jusqu'au jour où il serait prêt à mourir.

Si ses petits-enfants ne le tuaient pas avant.

Parce que Josh et Emily, assis à sa gauche en plein centre de la synagogue, à quatre rangées de la *bimah*, venaient de sortir leurs téléphones portables et d'arrondir les épaules pour dissimuler l'écran sur lequel ils avaient entrepris de *taper des textos* (Middlestein apparentait les textos au morse : d'après lui, plus les Américains envoyaient de textos, plus les États-Unis ressemblaient à un pays en guerre – « penses-y », avait-il suggéré à Beverly en se frappant la tempe du bout de l'index). Il se pencha vers les enfants, encercla la main d'Emily – celle qui tapotait sur le clavier – et posa le bras sur les genoux de Josh. Puis, aussi discrètement que possible, parce qu'il ne voulait pas attirer l'attention des Cohn, des Grodstein, des Weinman et des Franken installés deux rangées derrière eux, sur le fait que ses petits-enfants avaient apparemment été *élevés par une meute de loups*, il ordonna : « Rangez ça. » Josh afficha aussitôt une expression terrifiée. C'était encore un gamin innocent, chétif, au visage d'ange. Emily posait nettement plus de problèmes. Elle ressemblait tant à sa tante et à sa grand-mère (une ressemblance physique, mais aussi psychologique, Richard en était convaincu) qu'il avait parfois l'impression d'affronter un démon miniature. Ce fut le cas ce jour-là. L'adolescente lui lança un regard noir et parut sur le point d'ouvrir la bouche pour laisser échapper un cri. Il se raidit, prêt au

La Famille Middlestein

pire. En digne petite-fille d'Edie, Emily protesterait assez fort pour être entendue des fidèles assis devant et derrière eux, mais pas assez pour susciter un véritable scandale. *Ce n'est rien*, diraient ses amis, *ça arrive à tout le monde de perdre son calme.*

Richard attendit, mais le cri ne vint pas. « Je n'ai pas fini », se contenta de murmurer Emily, avant de repousser la main de Middlestein avec une telle virulence qu'il se redressa, sous le choc (il y aurait d'autres incidents de ce genre au cours de la soirée, mais celui-ci demeurerait le plus offensant). Josh en resta bouche bée, lui aussi. Il se tourna vers sa sœur, incapable de piper mot. Il ferma la bouche, regarda droit devant lui, ouvrit de nouveau la bouche et se retourna vers Emily, échangeant alors un long regard avec elle, avant de laisser échapper un rire bref et saccadé, comme s'il s'efforçait de se maîtriser sans y parvenir. Middlestein en eut le cœur brisé. Il lui sembla soudain qu'il n'avait plus de relation satisfaisante avec *aucun* des membres de sa famille. En était-il responsable ? Jusqu'alors, il avait presque réussi à se convaincre du contraire. Mais si Josh s'y mettait lui aussi, quel espoir lui restait-il ?

Qu'était-il advenu de ses jumeaux chéris ? Ceux qu'il avait baignés et savonnés. Ceux qu'il avait fait sauter sur ses genoux. Ceux qu'il avait coiffés du bout du doigt. À leur naissance, tout semblait si simple ! Voilà des enfants avec lesquels il ne se disputerait jamais. Il n'aurait jamais à les punir, à leur administrer de fessées, à surveiller leurs allées et venues. Il ne serait jamais en position de les décevoir. Il n'aurait rien d'autre à faire que de les gâter outrageusement et de claquer des fortunes en cadeaux d'anniversaire et de Hanoukka. Autrefois, ces deux chérubins se jetaient dans ses bras en riant aux éclats. Maintenant, ils vénéraient leur iPhone, le prenaient pour un *shmok* parce qu'il avait quitté sa femme, et se fichaient pas mal de ce qu'il pensait.

Middlestein était anéanti. Tout juste parvint-il à réciter le *Shema*, l'une des ses prières préférées, apaisante et pleine de ferveur. La religion l'avait toujours soutenu jusqu'à présent. Il aimait croire et chanter sa foi. Aujourd'hui, la sale gamine assise au bout de la rangée l'empêchait de se concentrer : ce n'étaient que soupirs excédés et mimiques dédaigneuses. Elle produisait un tel vacarme en tournant les pages qu'on l'entendait sûrement jusqu'au Mississippi. Son frangin pouffait de rire, tandis que derrière eux, les Cohn, les Grodstein, les Weinman, les Franken lui lançaient des regards réprobateurs. *Fallait-il vraiment qu'il amène ces deux monstres à l'office ?* semblaient-ils penser. *Comme si ça ne lui suffisait pas d'avoir quitté sa femme ! Quelle honte.* Il se couvrait de honte.

Quand ils étaient nés, Richard avait compté leurs doigts et leurs orteils pour s'assurer qu'il n'en manquait pas. Leurs ongles ressemblaient à des gouttes de rosée. *Tourne, tourne, petit moulin. Frappe, frappe, petite main.*

Il ferma les yeux et s'efforça d'atteindre un semblant de plénitude. *Oh, Beverly !* À quoi ressemblaient ses orteils ? Il savait qu'elle s'offrait une manucure (et une pédicure) par semaine à l'institut de beauté tenu par des Polonaises dans le petit centre commercial qui abritait sa pharmacie. C'est comme ça qu'ils s'étaient rencontrés. Parce qu'elle était venue acheter une carte de vœux chez lui en sortant du salon d'esthétique. Ses ongles laqués en rose corail étaient si parfaits qu'elle n'avait pas voulu plonger la main dans son sac pour en sortir son portefeuille. « Vous voulez bien

La Famille Middlestein

le chercher pour moi ? Sinon, je vais m'abîmer les ongles, c'est sûr ! » avait-elle expliqué avec son adorable accent britannique en lui tendant son sac à main. Il avait donc entrepris d'explorer son contenu, écartant une paire de lunettes de soleil, un téléphone portable, un tube de rouge à lèvres, un chéquier et un livre de poche dont la couverture montrait un type basané, aux yeux très bleus, posant devant un paysage désertique (un ouvrage manifestement *intéressant*), un paquet de chewing-gum Wrigley's à la menthe blanche (en matière de confiserie, c'était un choix classique et élégant) et une douzaine de stylos (le genre de babiole qu'on vous offre gratuitement chez les commerçants, il en avait lui-même une boîte entière pour ses clients, tous barrés du logo *Middlestein Drugs*). Il avait été troublé par le caractère intime du geste qu'il accomplissait pour cette parfaite inconnue. Trois pièces de vingt-cinq cents gisaient au fond de son sac, près d'un tube de baume à lèvres. Et d'un peigne en plastique orné d'un logo commercial, lui aussi. Cette femme acceptait-elle tout ce qu'on lui proposait ? Était-elle trop gentille pour dire non ? Personne n'a besoin d'autant de stylos à bille.

Elle lui avait remis l'article qu'elle avait choisi : une carte de félicitations sur laquelle un étudiant vêtu de la toge et de la toque noires des jeunes diplômés grimpait à bord d'une montgolfière. À l'intérieur, face au rabat qui permettait d'insérer un chèque, on pouvait lire « Félicitations pour ce brillant envol ! ». C'était peut-être le moins stupide des cinq modèles de cartes qu'il proposait à ses clients pour ce type d'occasions. Les mêmes depuis dix ans. Il aurait aimé s'en débarrasser, mais il ne pouvait se résoudre à les jeter.

Jami Attenberg

Dommage. S'il l'avait fait, il aurait renouvelé son stock et peut-être réussi à impressionner cette belle Britannique.
Il avait désigné la carte en souriant.
— *Mazel Tov*. C'est pour votre fils ?
— Mon neveu. Université du Michigan.
Elle soufflait sur le bout de ses doigts avec coquetterie.
— Quelle jolie couleur ! s'extasia-t-il.
Elle leva les mains à hauteur de son visage et contempla ses ongles en inclinant la tête.
— N'est-ce pas un peu trop clair ?
— Absolument pas. Vous devriez toujours porter ce type de couleur.
Il sortit un billet de cinq dollars de son portefeuille.
— Merci, fit-elle avec une petite moue. Du moment que ce n'est pas trop voyant...
— Un peu de fantaisie n'a jamais fait de mal à personne.
Elle lui lança un regard éloquent.
— Vous avez entièrement raison, dit-elle, puis elle se voûta légèrement. La vie est si monotone, parfois ! J'ai l'impression d'entendre chaque minute s'égrener au cadran de l'horloge.
— J'ai du mal à croire qu'une femme comme vous puisse s'ennuyer. Surtout avec des ongles pareils !
— Je m'occupe, répliqua-t-elle. J'ai des *hobbies*.
Elle avait prononcé le mot avec un soupçon de mépris. Si Richard avait fini par haïr le venin qui caractérisait les propos d'Edie, il continuait d'apprécier les femmes à l'esprit acéré. Elles n'avaient peur de rien.
— Ces jours-ci, reprit-elle avec un sourire mélancolique (et très légèrement aguicheur), je me surprends à attendre qu'il se passe *enfin* quelque chose.

La Famille Middlestein

Richard avait tressailli. Était-il possible que cette femme superbe, spirituelle, cultivée, élégante, de son âge, organisée et ordonnée, soit entrée dans sa pharmacie pour flirter avec lui ? Qu'avait-il fait pour mériter un tel cadeau ?
— Il me semble que vous ne portez pas d'alliance, déclara-t-il.
— Il me semble que vous n'en portez pas non plus, rétorqua-t-elle.
Tu es en veine, Middlestein. Augmente la mise.
Au bout de la rangée, Emily fut prise d'une quinte de toux, que Josh tenta de faire passer en lui tapant dans le dos. Richard soupira. Le sourire de Beverly s'était évanoui, remplacé par une vision de sa future ex-femme. Elle rôdait au fond de son esprit depuis un moment et s'était débrouillée pour détrôner Beverly, qui reparut timidement un moment plus tard, dans un coin de son image mentale. Edie ne disait rien : elle se contentait d'être là. Imposante, les poings fermés. Tous les fidèles chantaient, à présent. Richard, qui chantait avec eux, lança un regard à ses petits-enfants : Josh chantait, lui aussi. Emily, bras croisés sur sa poitrine, fixait un point invisible devant elle. Si jeune, et déjà si furieuse ! Elle leva les yeux vers son grand-père, haussa les épaules et détourna la tête. Richard posa son front sur ses mains jointes et se mit à prier pour celle qui deviendrait son ex-femme à l'issue d'une longue bataille juridique (car la bataille serait longue, autant l'admettre maintenant qu'il était seul à seul avec Dieu). Il pria pour elle parce qu'elle était malade, vraiment très malade. Dans sa tête, dans son cœur, dans sa chair. Le moins qu'il puisse faire, maintenant qu'il ne vivait plus avec elle, c'était de prier Dieu de l'aider. De le prier ardemment. Parce qu'il désirait ardemment sa

guérison. Pour tout dire, il aurait renoncé à Beverly sur-le-champ s'il avait pu obtenir la guérison d'Edie en échange. Mais il savait que rien ne pourrait guérir son ex-épouse. Il savait même ce que personne d'autre ne savait – ni sa fille ni son fils ni le petit singe grimaçant assis à deux places de la sienne : pour Edie, la vie n'avait plus d'importance.

Middlestein se sentait au bord des larmes. N'était-ce pas naturel ? Où pleurer, sinon ici, sous le regard attentif de Dieu ? Il avait vu tant de fidèles s'effondrer pendant l'office ! Durant le Kaddish, en particulier. Né quelques années après la fin de l'Holocauste, il avait l'impression d'avoir assisté à un deuil permanent : les sanglots et les gémissements avaient duré des années, avant de se muer en pleurs plus discrets, mêlés de cris étouffés, le deuil enchâssé au fond du cœur ne produisant plus, des décennies après les faits, qu'un sanglot étranglé lancé vers une âme distante (ceux qui pleuraient savaient-ils encore à quoi ressemblaient leurs chers disparus ?). Puis il y avait eu la guerre du Vietnam. Plusieurs cancers. Des crises cardiaques et des accidents de voiture. Un nombre étonnant de morts dans des accidents d'escalade (six). Des suicides, annoncés à mi-voix. Des faillites. Le grand âge. Des adolescents en déroute. Et toujours le même geste : les mains pressées sur le cœur, comme si la force vive qui en jaillissait pouvait produire des miracles. Si on croyait aux miracles. Tant de guerres, tant d'enfants partis au combat. Priez pour eux – et priez pour Israël pendant que vous y êtes (tout le monde devrait toujours prier pour Israël). Cramponnez-vous à l'espoir. Cramponnez-vous à l'amour. Cramponnez-vous à vos proches, parce qu'ils ne seront pas éternels.

Où pleurer, sinon ici ?

La Famille Middlestein

Mais comment pleurer sous le regard attentif des Cohn, des Grodstein, des Weinman, des Franken ? Ces gens n'avaient pas à savoir à quel point sa situation était difficile. Pas question de leur donner du grain à moudre. S'ils le voyaient craquer ici, pendant le service, c'est de lui qu'ils parleraient ce soir, assis au salon autour d'un bol de chips allégées. Qu'ils le jugent ou qu'ils se fassent du mouron, peu importe : Richard en sortirait affaibli. Et puis, même après tant d'années d'amitié, que savaient-ils de lui ? *Rien. Ils ne savent absolument rien.*

Comment pleurer devant Emily, qui s'appuyait maintenant contre l'épaule de son frère, une expression presque rêveuse sur le visage ? De profil, elle ressemblait moins aux femmes de la famille Middlestein qu'à sa mère : elle avait le menton de Rachelle, son front délicat, ses lèvres roses et ourlées, son regard légèrement voilé, comme si elle retenait sa respiration au fond d'une piscine. Se sentit-elle observée ? Peut-être, car elle tourna brusquement la tête vers lui. Un éclair de colère vint raviver ses prunelles : elle venait de se souvenir qu'elle était censée en vouloir à son grand-père. Non, il ne pleurerait pas non plus devant Emily.

Sitôt le service terminé, il abattit une main de fer sur les épaules des jumeaux et les entraîna vivement vers la sortie. Ils longèrent le mur orné de feuilles d'or portant le nom des généreux donateurs qui avaient permis la construction de la synagogue. Celui de Richard se trouvait tout en haut, parce qu'il avait été l'un des membres fondateurs, même si ses dons s'étaient ralentis ces dernières années, *vu l'état de l'économie*. À eux tous, ils formaient les branches d'un grand arbre tendu vers le ciel comme s'ils soutenaient la voûte du temple. Middlestein ne s'attarda pas dans le hall, se contentant d'adresser un signe de tête à ses connaissances, assorti d'un regard navré et néanmoins éloquent vers les enfants, l'air de dire : « C'est pas moi, c'est eux. »

Lorsqu'ils sortirent dans l'air déjà chaud de cette fin de printemps (que rafraîchissait tout de même l'heure tardive) et entreprirent de regagner la voiture garée plus loin, lorsqu'il fallut, comme toujours, éviter les véhicules qui s'arrêtaient sur le trottoir pour venir chercher les personnes âgées, lorsqu'ils se mêlèrent à la petite foule de fidèles gorgés de joie et de prières, rayonnant de sérénité après le service, femmes en talons hauts, hommes en vestes de costume (l'arrivée des beaux jours faisait disparaître les cravates), gamins hilares, ravis de pouvoir de nouveau courir à leur guise, Middlestein faillit oublier que ses petits-enfants avaient fait preuve d'un comportement inadmissible. Il était même sur le point de leur pardonner quand Emily s'écria d'une voix forte :

— Ouf ! Je suis contente que ce soit fini !

— Ce sera fini quand je te le dirai, répliqua Middlestein. Estime-toi heureuse que je ne te ramène pas au temple pour interroger le rabbin sur ce que penserait Dieu d'une gamine qui envoie des textos pendant le service. Je suis sûr qu'il aurait une bonne leçon à te faire sur la question.

— Peut-être, mais nous, on ne voulait pas venir ! Tu devrais le...

— Tais-toi, coupa Josh.

— Non, c'est toi qui vas te taire, répartit Emily.

— Je pense qu'il est déjà au courant, reprit Josh. Alors tais-toi.

Richard laissa retomber ses bras, libérant les jumeaux de son emprise. Il avait les mains moites. Il sortit les clés de la

La Famille Middlestein

poche de sa veste et appuya sur le bouton de déverrouillage des portières, alors qu'ils avaient encore une douzaine de voitures à longer avant d'arriver à la sienne. Puis il accéléra le pas. Il doubla Josh, il doubla Emily, il doubla les Weinman (qui allaient dîner, comme chaque vendredi soir, avec la mère d'Albert installée dans une maison de retraite à Oak Park). Il fendit la foule des fidèles et des passants jusqu'à sa voiture. Il s'assit derrière le volant et attendit que ces petits salopards le rejoignent.

Josh arriva peu après. Il entra sans un mot, tandis qu'Emily se figeait, la main sur la poignée, rivant ses yeux à ceux de Richard. Souhaitait-elle le défier ? Jouer à celui qui baisserait les yeux en premier ? Très bien. Elle ignorait visiblement qu'il avait *inventé* cette compétition. Mais elle comprit vite (il la vit se mordre les lèvres) qu'elle n'avait aucune chance de gagner.

Ma pauvre chérie ! Tu ne pourras jamais l'emporter. J'en sais tellement plus que toi !

Elle ouvrit la portière et s'installa sur le siège passager, aussi loin de Richard que possible.

Des années auparavant (dix-sept ou dix-huit ans, peut-être), Middlestein s'était trouvé dans une situation similaire avec sa fille Robin. Sur le même parking, mais dans une voiture différente (était-ce la Honda Accord ?). Ce soir-là, il était aussi fâché contre sa fille qu'il l'était aujourd'hui contre Emily : Robin n'avait toujours pas mémorisé les versets de la Haftarah alors qu'elle devait célébrer sa bar-mitsvah un mois plus tard. Le chantre les avait convoqués en urgence pour les mettre en garde. Robin s'était rendue sans crainte à l'entretien, soit parce qu'elle n'avait pas compris où était le problème, soit parce qu'elle s'en fichait. Il faut dire qu'elle était encore plus revêche qu'Emily – si tant est que cela soit possible. En grandissant, Robin avait gardé mauvais caractère, mais gagné en assurance. À treize ans, elle était gauche et potelée, affublée d'une énorme masse de cheveux bouclés (on aurait dit un champignon atomique) qui lui ôtait toute envie de sourire. Mais Middlestein l'adorait. Sa petite dernière. Plus complexe que son frère aîné. Elle lui faisait penser à un champion de boxe, avec ses attaques puissantes et ses retraites rapides, toujours bien calculées. Il avait perdu la main dès l'instant où elle avait eu assez d'esprit pour lui répondre. Et ce jour-là, elle avait répondu avec insolence au chantre Rubin, encore jeune alors, barbu, imposant, récemment embauché à la synagogue (Middlestein lui avait offert une carte de réduction permanente à la pharmacie, mais le chantre n'était jamais venu, pas la moindre visite en vingt ans, ce qui était tout de même un peu blessant), le chantre Rubin, donc, qui lui expliquait gentiment comment rattraper son retard.

— Si tu écoutes la cassette tous les soirs pendant une petite heure, je suis sûr que tu auras mémorisé la Haftarah à temps pour ta bar-mitsvah.

— On ne pourrait pas plutôt la passer pendant le service ? avait suggéré Robin d'un ton sec. Je chanterai en play-back. Je suis certaine que personne ne s'en apercevra !

Si elle cherchait à plaisanter, ce n'était pas drôle. Si elle pensait sérieusement ce qu'elle venait de dire, elle ne méritait pas les vingt mille dollars que coûterait la réception. Si elle le pensait sérieusement, pour qui se prenait-elle ? De quel droit osait-elle parler sur ce ton à un adulte – guide spirituel et client potentiel, de surcroît ? Si elle le pensait sérieusement, c'est que Middlestein avait échoué en tant que parent. Or il était à peu près convaincu de n'avoir rien raté dans sa vie, même s'il n'avait pas vraiment réussi non plus.

Lorsqu'ils avaient regagné la voiture garée sur le parking, à l'issue de l'entretien avec le chantre, la dernière voiture qu'il avait eue avant celle-ci (ce n'était donc pas une Honda), Robin s'était tournée vers Richard après avoir claqué la portière. Prête à jouer les je-sais-tout une fois de plus. Il ne lui en avait pas laissé le temps : sa paume ouverte s'était abattue sur sa joue, la réduisant momentanément au silence. Il s'était montré violent, il l'admettait aujourd'hui. Trop violent, peut-être. Ou juste assez ? Robin s'était recroquevillée contre la portière, les mains plaquées sur le visage. Puis elle avait commencé à pleurer bruyamment. Il avait démarré sans un mot. Qu'elle pleure ! Ça lui était égal. Sauf qu'elle avait pleuré pendant tout le trajet. Il espérait se sentir mieux après l'avoir giflée, mais son geste n'avait fait qu'attiser sa colère : ses griffes plantées dans sa poitrine lui coupaient le souffle. « Arrête, Robin », avait-il ordonné. Peine perdue. La gamine continuait de hurler.

Quand il s'était garé dans l'allée, Robin avait jailli de la voiture et s'était ruée à toutes jambes vers la maison. Pourquoi fallait-il qu'elle dramatise tout en permanence ? Il n'avait fait que lui donner une gifle – une seule ! Était-ce si grave que ça ? Peut-être. Car il en était encore bouleversé. Quasiment terrifié, même. Son père lui donnait des coups de ceinturon, et Middlestein avait eu recours au même châtiment sur ses enfants à quelques reprises (quoique nettement moins souvent que son père). Généralement, il se contentait de prendre sa ceinture, de la plier en deux et de frapper les extrémités l'une contre l'autre en guise

d'avertissement. Alertés par le bruit, horrifiés par le spectacle qu'il leur offrait, les enfants fondaient en larmes, et tout rentrait dans l'ordre. Cette fois, c'était différent. Ce qui venait de se passer tenait moins d'un mode d'éducation basé sur la discipline (baisse-toi et endure ce qui va suivre) que d'une explosion de violence spontanée. Il avait ressenti une bouffée d'énergie quand sa main s'était abattue sur le visage de sa fille. Une vraie décharge électrique. Oui, cet incident était différent des autres pour de nombreuses raisons. La plus importante étant sans doute qu'il n'en avait pas discuté au préalable avec son épouse.
— Que s'est-il passé ?
Edie, plus jeune qu'aujourd'hui, moins grosse mais jamais mince, était sortie de son bureau (elle travaillait sans cesse, inlassablement, elle aimait son boulot plus que lui et ne s'en était jamais cachée) pour rejoindre Middlestein au salon, où il s'était figé, le souffle court.
— Notre fille...
Oui, Middlestein, c'est bien. Tu es sur la bonne voie : fais-lui comprendre que vous êtes tous les deux dans le même bateau.
— ... s'est crue autorisée à répondre au chantre.
— Qu'a-t-elle dit, exactement ?
— Tu ne préfères pas savoir ce qu'elle n'a pas dit ?
— Non. Je veux juste savoir ce qu'elle a dit... Ce n'est pas compliqué, quand même ! Pourquoi as-tu tant de mal à répondre aux questions les plus simples ?
À l'étage, les pleurs de Robin s'interrompirent un court instant, avant de reprendre de plus belle. Edie fit quelques pas vers lui, le contraignant à reculer, puis à s'adosser à la porte d'entrée.

La Famille Middlestein

— Que s'est-il passé ? répéta-t-elle. Tu l'entends hurler ? Qu'est-ce qui l'a mise dans cet état ?

— Elle a totalement manqué de respect au chantre Rubin.

Richard se redressa. Il était plus grand qu'Edie. Il était son mari. Il avait le droit de prendre des décisions.

— Et toi, qu'as-tu fait ?

— Je lui ai donné une gifle, dit-il. Une seule.

Edie le fusilla du regard – on aurait cru voir brûler les flammes de l'enfer dans ses prunelles –, puis elle abattit ses mains sur lui, galvanisée par sa propre colère. Elle le frappa à l'épaule, dans le cou, sur la tempe, partout où elle pouvait l'atteindre.

— Tu n'as pas le droit de battre mon enfant, tu m'entends ? Tu n'as pas le droit !

La violence la rendait électrique, elle aussi. Richard se protégeait du mieux possible, mais elle continuait de frapper, encore et encore.

— Je t'interdis de la toucher !

Ses lèvres se tordaient de mépris. Ses mains imprimaient une douleur cuisante dans sa chair. Elle le gifla une dernière fois, en pleine face.

— J'ai un dossier à boucler cette nuit, et toi, tu me ramènes une gamine en larmes ! Tu le fais exprès ? Tu veux nous compliquer la vie, c'est ça ?

Elle plaqua une main de fer sur son torse.

— Tu n'es qu'un petit être ridicule.

Elle secoua la tête, puis elle courut jusqu'à la chambre de sa fille où les pleurs cessèrent brutalement une minute plus tard.

Jami Attenberg

Middlestein lança un regard à Emily : plaquée contre la portière, les yeux voilés d'anxiété. Elle savait qu'elle avait mal agi.

— Si j'étais ton père, je te flanquerais une sacrée raclée, dit-il.

Elle blêmit, retenant ses larmes.

— Je ne le ferai pas, puisque je ne suis pas ton père. Tout ce que je peux faire, en tant que grand-père, c'est te dire que tu t'es très, très mal comportée ce soir. Toi aussi, Josh. Tu étais le moins pire des deux, mais ça ne fait pas de toi un innocent.

— Je suis vraiment désolé, murmura-t-il.

— C'est pas de ta faute si on ne voulait pas venir, expliqua Emily d'un air enfin coupable. On était invités à une fête d'anniversaire ce soir. Organisée par un copain du collège.

— Dans un parc laser, précisa Josh.

— Un parc laser ? Je ne sais même pas ce que c'est, répliqua Middlestein.

— Ah bon ? Pourtant, c'est franchement cool, assura Josh.

— J'en ai super marre d'aller à la synagogue, reprit Emily. On y va tout le temps pour le cours d'hébreu, cette année !

Middlestein laissa échapper un très long soupir.

— Ma pauvre chérie ! La vie est pleine de choses qu'on n'a pas envie de faire. Tu n'as même pas idée de ce qui t'attend... Je t'assure qu'un jour tu regretteras cette période de ta vie où le pire moment de ta journée consistait à méditer la parole de Dieu pendant une heure ou deux.

— Ça m'étonnerait, marmonna-t-elle entre ses dents.

La Famille Middlestein

Il l'entendit. Furieux, il leva la main, prêt à la frapper. Mais elle inclina la tête en arrière, et il ne heurta que du vide – le vide qui s'étendait entre lui et sa petite-fille. Il demeura ainsi, main levée, pendant un court instant, puis il lui tapota l'épaule, comme si c'était son intention initiale.

— Tu verras, dit-il. Un jour, tu comprendras.

Ils effectuèrent le reste du trajet en silence. Les enfants ayant sagement laissé leurs portables au fond de leur poche, Richard n'entendit plus que le son de leur respiration, le ronronnement du moteur et le titre gentiment rock que diffusait la radio réglée à très faible volume. Quand il se gara dans l'allée de leur maison, les jumeaux jaillirent de la voiture avant même qu'il ait coupé le moteur. Comme Robin autrefois. Qu'avaient-ils donc à le fuir ? Ne savaient-ils pas qu'il les aimait de tout son cœur ?

Benny apparut sur le seuil, les bras croisés sur la poitrine. Rachelle se contenta de passer la tête dans l'embrasure de la porte pour le saluer avant de retourner à l'intérieur, manifestement pressée de questionner les jumeaux sur le déroulement de la soirée.

— Tout s'est bien passé ? demanda Benny.

— Le rabbin n'en avait que pour Israël, répondit Middlestein. Je comprends son inquiétude, mais j'ai parfois l'impression d'entendre un disque rayé.

— Les enfants ont été sages ?

— Plus ou moins. Je crois qu'ils n'avaient pas très envie d'être là, mais à leur âge, c'est bien normal. La compagnie des adultes les ennuie.

— Ils ont piqué une crise. Ils étaient invités à...

— Une fête d'anniversaire, acheva-t-il. Je sais : ils m'ont tout raconté. Dans un parc laser. J'ignore de quoi il s'agit, mais ils semblaient y tenir.
— C'est un centre de jeux équipé de lasers, expliqua Benny.
Visiblement soulagé, il laissa retomber ses bras le long de son corps. Richard lui avait fourni juste assez d'informations pour lui prouver qu'il avait renoué avec les jumeaux.
— Il y en a un près de Wheeling, reprit-il. Depuis plusieurs années, je crois.
Middlestein haussa les épaules.
— Du moment que ça leur plaît, c'est tout ce qui compte, non ?
— Exactement. Mais comme ils n'ont pas pu y aller ce soir, ils n'étaient pas très contents.
— Ils sont gentils, malgré tout, assura Richard.
Benny hocha la tête et lança un regard vers la maison, avant de passer un bras autour des épaules de son père.
— Tu as une minute ? On va s'asseoir sur la terrasse.
Ils firent le tour de la pelouse plongée dans l'obscurité pour gagner l'arrière de la bâtisse. Benny s'avança sur la terrasse et sortit un joint de sa poche.
— Tu fumes toujours ces trucs-là ? s'étonna Middlestein.
— Seulement les soirs de pleine lune.
Benny leva les yeux vers le ciel.
— J'ai l'impression que c'est le cas ce soir – pas toi ?
— Je t'en prendrai une taffe, concéda Richard. Mais juste une seule, parce que je dois reprendre le volant.
— Tu verras : il ne t'en faudra pas plus, affirma Benny.
Il alluma le joint, en aspira quelques bouffées, puis quelques autres – *elle a bon dos, la pleine lune !* songea

La Famille Middlestein

Middlestein – avant de le tendre à Richard. Benny avait raison : une seule bouffée suffisait. La tension qui pesait encore sur son cœur et ses épaules s'évanouit instantanément, comme aspirée vers le sol.

— C'est pas mauvais, ton truc ! commenta-t-il.

— C'est du premier choix. Normalement, il n'y a pas d'effets secondaires, mais je reconnais que je fonctionne parfois au ralenti le lendemain matin.

Benny s'installa sur une chaise de jardin et invita Middlestein à faire de même. Ils posèrent tous deux les pieds sur la table. Benny tendit le joint à Richard, qui aspira rapidement la dernière bouffée.

— Je m'arrête là, annonça-t-il.

Son fils acquiesça.

— Entendu. *No más.*

Aucun bruit ne s'échappait de la maison. Ni pleurs ni cris. Richard vit passer Rachelle derrière une fenêtre. Une lumière s'éteignit, suivie d'une autre.

— Bon. Papa... commença Benny.

— Oui ?

— J'ai une nouvelle à t'annoncer concernant la bar-mitsvah.

— Te voilà bien formel ! commenta Middlestein en riant. De quoi s'agit-il ? Je suis toujours invité, non ?

— Bien sûr. Je voulais juste t'avertir d'un truc...

Benny écrasa le mégot sous sa chaussure, puis il releva les yeux et offrit un sourire navré à son père.

— Maman a un petit ami. Elle viendra avec lui.

— Quoi ? Ta mère a un mec ? Putain, c'est pas croyable !

Il était stupéfait. Qui pouvait vouloir d'Edie ?

— Papa ! Ne parle pas d'elle sur ce ton, s'il te plaît.

— Désolé. Je suis... étonné, c'est tout. On vient de se séparer, elle et moi. C'est un peu rapide, non ?
— Peut-être. Peut-être pas. Elle en a parlé avec Rachelle, et Robin l'a rencontré. Elle le trouve super. Emily l'aime beaucoup aussi.
— *Emily* l'a rencontré ?
— Eh ! Je n'ai rien à voir là-dedans, moi ! s'exclama Benny. Je ne peux pas surveiller tout le monde en permanence.
Middlestein secoua la tête. S'il n'avait pas dû rentrer en voiture, il aurait réclamé un autre joint à Benny, et l'aurait fumé entièrement pour tenter de se calmer. Un inconnu partageait le lit d'Edie. Il le croirait quand il le verrait, et même alors, il n'arriverait pas à le croire.
— Je voulais te l'annoncer maintenant pour t'éviter de le découvrir le soir de la réception. Je n'ai pris aucun parti, papa — sauf celui des enfants. Nous voulons qu'ils passent un bon moment, qu'ils se sentent aimés et entourés par leurs proches. Alors, si tu souhaites venir accompagné, toi aussi, n'hésite surtout pas. Ça ne nous posera aucun problème.
Beverly !
— Je dois partir, annonça Middlestein.
Il se leva en chancelant et fit basculer la chaise de jardin.
— Tu ne veux pas rester ? Rachelle a préparé une salade de fruits.
— J'ai un rendez-vous.
— Tu te sens capable de conduire ?
— Absolument.
Lorsqu'il fut assis dans sa voiture, pas l'ancienne voiture, ni la future, seulement sa voiture, celle qu'il avait à cette

LA FAMILLE MIDDLESTEIN

période de sa vie sur la planète Terre – bon sang ! il planait un peu, quand même –, il composa le numéro de Beverly sur son portable.
— C'est moi, dit-il.
— Je sais qui c'est, répondit-elle. Il est un peu tard pour téléphoner, tu ne crois pas ?
Oh, Beverly ! Le son de sa voix s'immisçait lentement dans son oreille. Une voix raffinée, douce et soyeuse, comme sa peau devait l'être au toucher.
— Il n'est pas si tard que ça... Est-ce que je peux passer chez toi ?
Elle éclata de rire.
— Je ne pensais pas recevoir encore ce genre d'appels à mon âge !
— J'aimerais juste parler avec toi.
— Si tu veux seulement parler, retrouvons-nous quelque part.
— J'irai où tu iras !
Elle marqua un silence. Il imagina son souffle dessinant de minuscules fleurs roses dans l'air de sa chambre.
— D'accord. Rejoins-moi au pub, dit-elle enfin.
Il traversa la petite ville où résidait Benny, la suivante, et celle d'après sur les chapeaux de roue – *ralentis, Middlestein, ce ne serait pas malin de te faire arrêter maintenant, ta belle-fille le prendrait mal et tu pourrais dire adieu à tes petits-enfants* – avec le sentiment qu'elles se ressemblaient toutes. Il les connaissait si bien ! Lui-même faisait partie intégrante de ces banlieues. C'est là que se trouvaient ses magasins, ou plutôt *son* magasin, le seul en activité depuis que les deux autres avaient fermé (ils n'avaient pas fait faillite : ils ne rapportaient pas assez d'argent). Désormais, il

Jami Attenberg

ne restait plus qu'elle, sa dernière pharmacie, la survivante, celle qu'il lèguerait à ses enfants après sa mort. L'œuvre de sa vie. Car avec elle, il avait la certitude d'avoir accompli quelque chose de spécial. N'était-ce pas important d'avoir été l'un des premiers juifs à ouvrir un commerce dans cette ville ? N'avait-il pas offert un service appréciable aux riverains et à tous ses amis qui vivaient à proximité ? N'était-ce pas un succès en soi ? N'était-il pas digne d'admiration ? N'était-il pas digne de l'amour de Beverly ?

J'arrive, Beverly !

Le parking du pub était bondé – et pour cause : le panneau au néon dressé à l'entrée annonçait un concert live de musique irlandaise. *Une soirée unique à ne pas rater !* Middlestein se fraya un chemin entre les voitures, empreintes de pas sur le gravier, nuages de poussières dans la lumière des phares. À l'intérieur, les violoneux violonaient. Il lissa sa veste de costume, passa une main dans ses beaux cheveux gris pour les ébouriffer. Richard Middlestein, petit chef d'entreprise de confession juive, père, grand-père, homme parmi les hommes (du moins l'espérait-il), s'apprêtait à entrer dans un pub crasseux, bourré à craquer (le genre d'endroit où il ne mettait jamais les pieds le vendredi soir) pour aller conquérir la femme de ses rêves.

Il dut jouer des coudes pour accéder au bar pris d'assaut par une foule de fêtards dans la force de l'âge, gorgés de Guinness, pataugeant dans une mare de pop-corn renversé et de sachets de chips vides. Ces gens n'écoutaient même pas les joueurs de *fiddle*. Cherchaient-ils l'amour, eux aussi ? Où était-il, l'amour ? À quoi ressemblait-il ? Était-ce cette lumière qui brillait dans le noir ?

La Famille Middlestein

Il aperçut Beverly juchée sur un tabouret au bout du comptoir. Elle avait attaché ses cheveux en queue-de-cheval et appliqué une pointe de mascara noir sur ses jolies mirettes. Elle s'apprêtait sans doute à aller se coucher quand il avait téléphoné.
Voilà à quoi elle ressemble juste avant de dormir.
Sans bien savoir pourquoi, il s'inclina devant elle avec raideur, ce qui la fit rire. Puis il l'embrassa sur la joue, s'assit et prit sa main dans la sienne.
— Passons aux choses sérieuses, Beverly.
— Tu es encore marié, Richard.
— La procédure est en cours. Ces temps-ci, mon avocat ne s'interrompt que pour dormir.
Ce n'était pas tout à fait vrai, mais pas entièrement faux non plus.
— Je ne pensais pas à la procédure. Tu es encore marié parce que tu parles d'elle du matin au soir. Je t'ai consacré des heures entières pendant lesquelles tu n'as fait que discourir sur ton épouse, tes enfants et tes petits-enfants.
— On se raconte tellement de choses, Beverly ! C'est ça qui me plaît dans notre relation. Tout est passionnant !
— Je suis déjà passée par là. Pour moi, tu n'es pas disponible.
— Je suis tout à toi, au contraire.
Beverly secoua la tête, agitant sa jolie queue-de-cheval dont Richard suivit rêveusement le mouvement pendant un bref instant.
— Je sais parfaitement ce que j'attends d'un homme, reprit-elle. Quand je suis venue t'acheter une carte de vœux ce jour-là, c'est parce que mon esthéticienne m'avait raconté que la pharmacie du centre commercial était tenue par un

type bien, un célibataire qui cherchait à refaire sa vie, lui aussi.
— Tu avais entendu parler de moi avant de me rencontrer ?
— J'ai cinquante-huit ans. Je n'ai plus de temps à perdre.
— Je ne sais pas pourquoi, mais je trouve ça flatteur.
— Ne te monte pas la tête. J'ai été mal renseignée, voilà tout. Tu es tellement absorbé par tes histoires de famille que tu ne sais plus comment en sortir.

Il tenait toujours sa main, qu'elle ne semblait pas pressée de reprendre.

— J'ai des sentiments pour toi, avoua-t-elle plus doucement. Ne t'imagine pas que je ne ressens rien.

Les musiciens annoncèrent qu'ils marquaient une pause. Ils firent passer un chapeau dans le public. Les fêtards accoudés au comptoir entreprirent de fouiller leurs poches.

— Nous allons bien ensemble, dit Richard. Ce serait tellement simple de passer à l'étape suivante... Si tu me laissais rester près de toi.

Il se pencha vers elle, prêt à tout pour la convaincre.

— J'essaie de sortir du cadre, Beverly.

Il posa un baiser sur ses lèvres douces, irrésistibles – des lèvres de jeune femme. Oui, s'il avait embrassé une jeune femme, il aurait certainement éprouvé la même sensation. Il se souvint du baume à lèvres qu'il avait aperçu au fond de son sac le jour de leur rencontre. Un baume qui adoucissait ses lèvres, jour après jour.

— Beverly. Beverly. Beverly.

Il ponctua son prénom d'un baiser à trois reprises, jusqu'à ce qu'elle réponde enfin à son étreinte, l'emplissant d'une

La Famille Middlestein

telle flambée de désir qu'il craignit de perdre connaissance dans ses bras.
— Je suis un type bien, assura-t-il.
Ils s'embrassèrent de nouveau. Le souffle de Beverly s'accéléra, d'une manière étrange et familière à la fois.
— Je te le promets.
Il était déterminé. Il était sincère.
Middlestein et Beverly s'embrassèrent encore et encore, jusqu'à ce qu'un type au bar s'exclame « Un peu de décence ! » d'une voix de stentor. Ils regagnèrent alors leurs voitures respectives et dépassèrent la vitesse autorisée pour se rendre au plus vite dans la banlieue voisine, où elle résidait. À peine entrés chez elle, ils se laissèrent tomber sur son canapé trop rembourré, poitrine contre poitrine, hanches contre hanches. Puis ils se décidèrent à monter dans sa chambre, où ils poussèrent et tirèrent, haletèrent et soufflèrent, avant de se lover si complètement l'un dans l'autre pour s'endormir qu'il leur parût insensé d'avoir réussi à dormir avant cette nuit-là.

Middlestein et Beverly, deux solitaires à la croisée des chemins, deux existences mêlées d'échecs et de succès, une veuve, un époux, pris dans les filets d'un sentiment qui s'apparentait à l'amour.

Le plan de table

La bar-mitsvah des Middlestein, vous plaisantez ? On ne l'aurait manquée pour rien au monde. Edie et Richard, les heureux grands-parents, étaient pratiquement nos plus vieux amis. À nous dix, les Middlestein, les Cohn, les Grodstein, les Weinman et les Franken, nous étions les plus anciens membres de la synagogue. On a tout fait ensemble, les Middlestein et nous. Nous avons assisté ensemble aux bar-mitsvah et aux mariages de nos enfants respectifs, nous avons fêté ensemble nos anniversaires et nos anniversaires de mariage, nous avons parfois célébré Pessah ou Thanksgiving ensemble, et chaque année nous nous sommes réunis pour rompre le jeûne. Alors, quand est venue l'heure de célébrer la première bar-mitsvah de la troisième génération, il était évident que nous serions là. Qui aurait cru que nous vivrions si longtemps ? Rien n'est garanti ici-bas.

Les femmes sont allées au centre commercial Old Orchard, dont elles sont revenues avec de nouvelles robes achetées chez Nordstrom ; elles se sont fait vernir les ongles des mains et des pieds à l'institut de beauté qui a remplacé le vidéoclub Blockbuster, et coiffer par Lonnie, chez qui nous allons tous depuis des années et dont le départ à la retraite nous réduirait au désespoir. Les hommes ont fait nettoyer leur costume et ont renoncé à leur partie de golf au profit de nouveaux membres du club qui n'avaient pas pensé à réserver le practice des mois à l'avance. Nous nous sommes tous mis à la diète une semaine avant la réception pour pouvoir manger à notre guise le soir venu. Certains d'entre nous ont même pris des comprimés diurétiques en prévision des excès à venir.

    Nous avons passé la journée et la soirée ensemble, d'abord à la synagogue, où nous nous sommes assis au quatrième rang, le premier étant réservé aux Middlestein : d'un côté, Edie et son cavalier, le monsieur chinois dont nous ignorions le nom ; Benny et Rachelle, les heureux parents ; et les jumeaux ; de l'autre côté de la travée, tante Robin, très fière de ses neveux, flanquée de son petit ami, le charmant Daniel ; puis Richard et sa nouvelle compagne (nous la voyions pour la première fois, elle aussi, puisque personne ne s'était donné la peine de nous la présenter) qui s'exprimait avec une pointe d'accent britannique (nous étions persuadés d'avoir mal entendu, mais nous avons découvert par la suite qu'elle était bien née au Royaume-Uni) ; et tout au bout de la rangée, les parents de Rachelle, le dos très droit, l'air impassible. Il restait une dizaine de chaises vides derrière eux, comme si personne n'avait osé s'approcher de l'œil du cyclone. Les deux rangées suivantes étaient occupées par des gens que nous ne connaissions pas, des gamins principalement, quelques couples venus de loin pour l'occasion, des amis de Benny et Rachelle, et Carly, bien sûr – comment ne pas la remarquer ? Toujours aussi glamour, même à soixante ans ! Nous aurions certainement pu nous asseoir plus près de la *bimah*, en délogeant tous ces inconnus, mais nous avons passé notre vie au premier rang. Dans certains

La Famille Middlestein

cas, il est plus judicieux de s'installer au fond pour observer le devant de la scène. Observe, écoute et apprends, telle est notre devise.

Les petits, Emily et Josh, ont superbement chanté la Haftarah. Josh a peiné sur une note plus haute que les autres, ce qui a provoqué des rires étouffés dans l'assistance. À son côté, Emily, une ravissante brunette à la poitrine déjà généreuse, l'écoutait sans sourire. Nous aurions aimé croire qu'elle était transportée par la magie de l'instant, mais cette gamine a vraisemblablement hérité de l'esprit acéré de sa grand-mère (nous avons tous craint Edie à un moment ou à un autre : elle avait de la repartie et savait en user). Emily a martelé sa partie du texte comme si chaque verset se terminait par un point d'exclamation. Personne ne comprenait le sens exact du passage, mais le message général était clair : Emily avait pris sa vie en main et elle ne ferait pas de cadeaux à ceux qui se trouveraient sur son chemin. *Bonne chance avec cette petite*, avons-nous pensé. *Elle vous en fera voir de toutes les couleurs.*

Nous sommes remontés en voiture pour aller de la synagogue jusqu'à l'hôtel *Hilton*. Nous étions passés devant ce bâtiment des centaines de fois depuis son inauguration, il y a deux ans (il se trouve sur l'avenue qui mène à la salle de sport), mais nous n'étions jamais entrés. À quoi bon visiter un hôtel si près de chez nous ? Quand les invitations sont arrivées, nous étions tous ravis. *Oh, c'est au* Hilton *!* nous sommes-nous exclamés. Il faut dire que tout le monde chantait les louanges du *Hilton* dans le quartier. Un grand nombre de bar-mitsvah et de mariages y avaient été célébrés, mais nous n'y avions pas été conviés : nous

sommes assez âgés pour être oubliés, mais pas assez pour être félicités d'avoir vécu si longtemps.
 Nous étions placés à la même table, tous les huit. C'était si évident que nous avons à peine consulté les petits cartons indiquant notre nom et celui de notre table. Nous les avions trouvés à l'entrée de la salle de réception, sur un grand plateau agrémenté de chaussures de danse : chaussures à claquettes en cuir vernis noir, chaussons de danse en satin rose pâle, escarpins rouge vif pour le flamenco et même une vieille paire de pointes arborant la signature du célèbre Capezio, le fournisseur du ballet de New York. Le plateau était flanqué de photos grandeur nature de Josh et d'Emily en tenue de danse, et surmonté d'un panneau sur lequel on pouvait lire : NOUS SAVONS QUE NOUS POUVONS DANSER. *Comme c'est charmant !* avons-nous déclaré. *N'est-ce pas adorable ?* Certains d'entre nous avaient suivi deux soirs par semaine l'émission de télévision à laquelle ce panneau faisait référence ; d'autres avaient préféré lire que de se ramollir le cerveau avec des âneries de ce genre. À mi-voix et avec toute la courtoisie requise – certains d'entre nous réduisant nos conjoints au silence d'une pression de la main –, nous sommes convenus de notre désaccord.
 La salle de réception était absolument splendide, avec ses immenses baies vitrées ouvrant sur une roseraie bien taillée, adossée à un grand treillis, le tout servant à dissimuler l'autoroute à peine visible dans le lointain. Un atrium paré de guirlandes de lumières clignotantes se dressait au milieu du jardin. À l'intérieur, chaque table portait le nom d'une danse ou d'un lieu réputé pour ses danseurs, et arborait la décoration correspondante. Il y avait la table Hip-hop, la Broadway, la Bollywood, la Salsa, la Krump (nous ne savons

toujours pas vraiment de quoi il s'agit). Nous étions à la table 8 – celle de la Valse. Nos hôtes n'avaient rien trouvé de mieux, pour la décorer, que de poser au milieu deux paires d'escarpins et une boîte de biscuits viennois. L'un d'entre nous s'est assis, à ouvert la boîte de biscuits et nous en a proposé, mais nous avons tous décliné. *Pas avant le dîner*, avons-nous murmuré.

Nous sommes restés silencieux un petit moment. Une pluie d'étoiles dorées brillait sur la nappe. L'ambiance était divinement romantique, mais quelque chose n'allait pas. En fait, nous nous posions tous la même question : pourquoi faut-il que nous ayons ces deux paires de chaussures sous le nez ? Rien de tel pour vous couper l'appétit. Sans elles, tout aurait été parfait. N'était-il pas possible de s'en débarrasser ? Les épouses ont échangé un regard entendu, puis deux d'entre elles sont passées à l'action. Les escarpins ont promptement disparu sous la table. Désolés. Nous n'avons jamais pu nous empêcher de vouloir améliorer les choses.

Autour de nous, les invités avaient pris place, et nous avons remarqué une fois de plus à quel point la famille Middlestein avait changé ces derniers temps. Pas de table d'honneur, mais plusieurs tables distinctes, les enfants siégeant avec leurs amis à la première, Rachelle et Benny occupant la deuxième avec les parents de Rachelle et Edie (dont l'ami s'était évaporé), tandis qu'à la troisième Robin affichait un air maussade près de son père. Assise à son côté, la compagne de Richard semblait hébétée, voire un peu fâchée, mais elle tenait fermement sa main dans la sienne tandis que Daniel lui parlait avec animation. Nous n'aurions changé de place pour rien au monde, mais il ne nous aurait pas déplu de pouvoir discrètement survoler la

Jami Attenberg

table d'Edie, puis celle de Richard – histoire de savoir ce qu'ils pensaient de la soirée.

Nous aurions aimé les saluer, mais comment nous y prendre ? Vers quelle table nous diriger en premier ? Après la séparation, nous avions tous opté pour une neutralité de bon aloi. Nous continuions de voir Richard à la salle de sport, et de bavarder avec Edie, qui se montrait aussi lunatique que d'habitude, nous offrant son affection et réclamant la nôtre à intervalles irréguliers. Nous l'adorions, mais nous savions que nous ne pouvions pas compter sur elle. Nous avions assisté à quantité de divorces, parmi nos enfants, nos frères et sœurs, nos collègues, mais nous pensions qu'à partir d'un certain âge, les couples ne se défont plus. Alors quand Richard a quitté Edie après sa première intervention chirurgicale (c'est-à-dire au pire moment possible), nous sommes restés stupéfaits. Incapables d'interpréter sa décision, voire de la juger. Edie n'était pas facile à aimer, nous l'admettions volontiers, mais elle était digne d'amour. Richard estimait-il qu'il n'avait pas à se soumettre à la morale classique – celle qui régissait tacitement notre vie à tous ? Était-il un individualiste forcené déterminé à saisir sa dernière chance de bonheur ? Ou un lâche incapable d'affronter la maladie de sa femme ? Avait-il perdu son âme ?

Que savions-nous de ces gens ? Les connaissions-nous vraiment ?

Nous sommes heureux de vous informer que nous n'avons pas été déçus par le repas. Le saumon – évidemment, nous avons tous opté pour le saumon au lieu du poulet, parce que (a) nous savions que le poulet serait couvert de béchamel, et (b) à notre âge, on n'a jamais assez d'oméga-3 – était

La Famille Middlestein

délicieux. Le sauvignon blanc était si moelleux qu'il touchait au sublime. Les femmes en ont bu trois verres chacune, en prenant soin de transférer les glaçons de leur verre à eau dans leur verre à vin à l'aide d'une petite cuillère, tandis que leurs maris, à l'exception des deux hommes qui avaient accepté de reprendre le volant à l'issue de la soirée, ont vidé plusieurs pintes de Heineken au cours du dîner.

Côté Middlestein, la fête battait son plein également. Au milieu du repas, Robin a posé sa tête sur l'épaule de son compagnon, les paupières alourdies par l'alcool. Peu après, nous sommes quasiment sûrs d'avoir vu un petit pain jaillir de la table d'Edie vers celle de son ex-mari, qu'il a manqué de peu, heurtant sa chaise au passage. La petite amie de Richard, dont nous avions tous admiré la jolie silhouette en lui attribuant cinq ans de moins que lui (voire davantage) et que l'une d'entre nous avait entendue échanger quelques mots aux toilettes avec une autre invitée (pour lui proposer du chewing-gum), confirmant ainsi son accent anglais (si elle n'était plus Britannique, elle l'avait été à un moment de sa vie), cette femme à laquelle nous n'avions toujours pas été présentés parce que nous n'étions sans doute *pas assez importants*, a fait une sortie un tantinet dramatique après l'incident du petit pain, se contentant d'un baiser sur la joue de Richard en guise d'adieu. Nous avons regardé Edie observer la scène, et nous l'avons vue sourire. Puis elle a surpris notre regard posé sur elle. Un instant plus tard, elle se levait avec l'aide de son fils pour venir vers nous. Elle marchait lentement, mais avec une aisance surprenante, compte tenu de son poids et des deux opérations qu'elle venait de subir.

Jami Attenberg

Il faut reconnaître qu'elle était splendide, notre Edie ! Pourtant, la peau de son visage semblait cireuse, presque bleutée, et elle avait pris une dizaine de kilos supplémentaires depuis notre dernier rendez-vous. Combien pesait-elle, à présent ? Cent trente kilos ? Cent soixante ? Nous avions perdu le compte. Mais ses cheveux, teints en noir de jais, cascadaient sur ses épaules, plus soyeux que jamais. Elle arborait un ravissant caftan de couleur prune tissé de fils dorés, rehaussé de plusieurs bijoux en or, dont la pièce maîtresse, un long collier tressé agrémenté d'une douzaine de breloques, bondissait sur son ample poitrine tandis qu'elle se frayait un chemin vers notre table. Comment s'y prenait-elle ? Ou trouvait-elle la force de se mouvoir ? Nous en étions réduits à supposer qu'elle puisait dans une force spirituelle supérieure à la nôtre – ou qu'elle avait pactisé avec un mystérieux démon.

— Mes chers amis, a-t-elle dit en se penchant vers nous, un grand sourire aux lèvres.

Dolly ! avons-nous crié. Nous lui avons avancé une chaise, mais elle a secoué la tête, préférant s'agripper à celle de Bobby Grodstein.

— Je suis désolée de n'être pas venue plus tôt à votre table. La soirée est tellement réussie que je ne sais plus où donner de la tête !

Tu es superbe. Et la santé ?

— Assez parlé de moi. Comment avez-vous trouvé les enfants ? Ils sont magnifiques, non ?

Oui, tu peux être fière d'eux.

— Il n'y a pas plus fière que moi.

Sincèrement, Edie, comment te sens-tu ?

LA FAMILLE MIDDLESTEIN

— Au faîte de ma forme, a-t-elle affirmé en ouvrant grand les bras.
Elle a vacillé. Albert Weinman, toujours aussi mince, s'est levé d'un bond pour lui offrir son bras.
— Ce n'est rien, a-t-elle dit. Trop d'émotions.
Assieds-toi, Edie ! avons-nous supplié. Nous étions traversés par la même pensée : *quelle honte que son mari ne soit pas là pour l'empêcher de tomber.*
Elle a fini par s'asseoir et nous avons tous décrispé les parties de notre corps que l'anxiété avait raidies.
— Les jumeaux vont nous présenter leur numéro de danse, a-t-elle annoncé, puis elle a agité les mains de chaque côté de son visage. Un peu de poudre aux yeux pour la foule... Au fait, vous avez deviné le thème de la soirée ?
Oui, on nous a attribué la table de la valse. Une très vieille danse pour de très vieilles personnes.
À ces mots, Edie s'est esclaffée si bruyamment que certains invités se sont retournés pour la fixer. Qu'importe ! Nous adorions son rire. Nous l'adorions, tout simplement – malgré la terreur qu'elle nous inspirait parfois. Quand elle allait bien, elle mettait tant d'intensité dans ce qu'elle entreprenait, elle était capable de dispenser tant d'amour, que nous en étions souvent restés béats. Elle nous avait conduits chez le médecin, elle nous avait adressé des lettres adorables après le mariage de nos enfants, elle nous avait apporté des plateaux-repas pendant toute la durée de la Shiv'ah après la mort de nos parents. Elle nous avait initiés aux sushis et convaincus de faire un don au Planning familial (alors que nous n'avions jamais, de toute évidence, eu recours à l'avortement). Quand elle croyait à quelque chose, elle était capable de déplacer des montagnes. Quand

elle était triste, comme elle l'était ces derniers temps, elle mangeait sans discontinuer.
Nous avons caché les escarpins sous la table, avons-nous murmuré. Ils nous coupaient l'appétit.
Edie a ri de plus belle.
— Je suis heureuse que vous soyez là. Mes chers amis.
Quel sourire ! Quel entrain ! Nous avions du mal à croire qu'elle se tuait à petit feu depuis des années.
Les lumières de la salle ont clignoté à plusieurs reprises. Le niveau sonore a brièvement augmenté, puis les conversations se sont apaisées, et le silence s'est fait. Edie s'est hissée sur ses jambes, elle nous a envoyé des baisers d'un geste de la main, puis elle a regagné sa place en courbant les épaules pour ne pas gêner le public, dont les regards se tournaient déjà vers la scène. Nous avons aperçu près du DJ une table roulante surmontée de quatorze bougies prêtes à être allumées. Mais ce n'était pas encore l'heure. Ce n'était pas non plus l'heure du dessert, ni celle d'aller récupérer nos manteaux pour rentrer chez nous. Le vin et les Heineken commençaient à nous embrumer l'esprit, mais nous ne pouvions pas partir. Nous sommes restés et nous avons attendu que Josh et Emily Middlestein nous offrent la danse de leur vie.

Les lumières se sont éteintes pour de bon, et un *boum ! boum !* a commencé à monter des enceintes tandis qu'un projecteur éclairait brusquement la piste de danse – d'où venait-il, bon sang ? ce *Hilton* était vraiment bien équipé ! – pour saluer l'arrivée de Josh et d'Emily, vêtus de sweat-shirts à capuche, de jeans trop larges et de baskets montantes. Nous avons reconnu les paroles de la chanson, celle que nous avions tous entendue ou vue à la télé (du moins, ceux

La Famille Middlestein

d'entre nous qui la regardaient, qui se sentaient encore jeunes et comptaient le rester) : *I gotta feeling that tonight's gonna be a good night.* Et Josh et Emily se sont mis à danser. Ils ont levé et baissé les bras, sauté, tendu puis croisé les jambes, ondulé des hanches, le tout quasiment à l'unisson, avant de se tenir les mains pour exécuter un bond assez périlleux, genoux levés vers le ciel, que le public a salué d'un tonnerre d'applaudissements. Edie les acclamait plus bruyamment encore, ivre de fierté. Puis le chanteur a entonné plusieurs *mazel tov* suivi d'un *lechaïm* au son étrange, sans doute produit par une machine. L'assemblée s'est mise à chanter à son tour, tandis que Josh et Emily couraient et bondissaient entre les tables, bras levés pour inciter leurs invités à faire de même. Alors, nous nous sommes tous levés, les jeunes comme les vieux, pour applaudir les jumeaux au soir de leur bar-mitsvah. Nous ne voudrions pas trop encenser la chanson qu'ils avaient choisie, puisque c'est leur énergie et leur enthousiasme qui ont électrisé le public, mais il faut bien admettre qu'elle était assez irrésistible.

Quand la musique s'est arrêtée, trois écrans vidéo sont tombés du plafond – il n'y avait décidément pas de fin aux merveilles du *Hilton* – et nous avons vu défiler le générique de l'émission *You Can Dance*, à un détail près : au lieu du titre habituel, les mots *You Can Hora* sont apparus sur les écrans. Tout le monde a ri de la plaisanterie, puis nous avons fait des « Oooh ! » et des « Aaah ! » lorsque les premières photos de famille ont remplacé le générique : deux adorables bébés couchés dans une couveuse, suivis d'un cliché montrant Rachelle et Benny, si jeunes et déjà parents (nous avions tous oublié qu'ils s'étaient mariés à vingt et un ans dans une certaine précipitation). La photo suivante montrait tante Robin levant son verre à la santé de la petite Emily qu'elle tenait dans ses bras sans savoir qu'elle deviendrait une adolescente si semblable à elle-même des années plus tard. Puis venaient les deux couples de grands-parents. Un bref silence s'est abattu sur l'assistance quand Edie et Richard sont apparus, penchés au-dessus des nourrissons. Edie était déjà forte, à l'époque, mais elle pesait cinquante kilos de moins qu'aujourd'hui. Son visage, surtout, avait changé : sur la photo, on identifiait quelqu'un, avec une mâchoire, des pommettes, un sourire, un regard franc. Ses joues et son menton ne disparaissaient pas, comme aujourd'hui, sous un amas de chair. Elle nous regardait, et nous la regardions. Nous pouvions voir en elle la femme que nous connaissions – ou celle que nous pensions connaître. Qu'était devenue cette femme ? Et qu'était devenu le couple qu'elle formait avec son mari ? Nous nous sommes interdits de jeter un œil dans sa direction. Nous avons soudain redouté de voir nos conjoints suivre la voie d'Edie, qui avait cessé de prendre soin d'elle-même, ou celle de Richard, qui avait cessé de prendre soin d'Edie. L'ambiance s'est refroidie, chacun pensant à ses peines de cœur. Et à sa propre mortalité.

Nous avons fait signe au serveur. Nous l'avons supplié de remplir nos verres. L'ambiance s'est réchauffée, et nous avons eu droit aux photos d'Emily et Josh dans leur baignoire, Emily et Josh le jour de leur première rentrée scolaire, Emily en tenue de danse, Josh en short de tennis, treize années de déguisements de Halloween, treize années de sourires niais, de dents baguées, de cônes de glace, de vacances scolaires, de varicelle et de club-théâtre ; nous avons vu la période grassouillette et la période maigrichonne, les cheveux courts et les cheveux longs, courts, moins courts, plus courts du tout. Treize années et encore tant d'autres à venir. Oh, ces bouilles d'enfants ! À la fin du montage, nous avons applaudi, les yeux mouillés de larmes que nous avons essuyées avec le coin de notre serviette. Ce n'étaient pas nos petits-enfants, mais ils leur ressemblaient sacrément.

Nous avons mis à profit l'intermède qui a suivi (avant la cérémonie des bougies) pour nous resservir à boire. Sans glaçons, cette fois. Nous avons consulté l'heure et pensé aux courses qu'il faudrait faire le lendemain, à nos projets de promenades au soleil, aux appels que nous passerions à nos enfants, dont certains vivaient dans d'autres États avec nos petits-enfants qui nous manquaient terriblement. Nous n'étions au *Hilton* que depuis deux heures, mais la soirée nous semblait déjà bien plus avancée.

Nous étions dans un état second quand Carly s'est approchée, nous prenant au dépourvu. Carly, la célèbre Carly qui travaillait maintenant à la Maison Blanche et s'était liée d'amitié avec Michelle Obama, ce que nul n'ignorait parmi les personnes présentes, grâce à une photo publiée en une du *Chicago Tribune* plusieurs mois avant l'élection présidentielle : on y voyait Carly et Michelle à un repas officiel, entrechoquant leurs verres avec un sourire de connivence. Nous avions tous scruté ce cliché un dimanche matin en nous demandant ce que Carly avait bien pu faire (et ce que nous n'avions *pas* fait) pour mériter ça. Elle était resplendissante, la peau lisse (trop lisse ? plus lisse que la nôtre en tout cas), le teint radieux. Elle arborait un brushing impeccable (pas un cheveux blond de travers) et des bijoux qui surpassaient indéniablement tous ceux que nous avions admirés ce soir-là. Elle était si parfaite que nous

osions à peine la regarder. Nous ne pouvions pas ignorer sa présence : elle s'était figée près de nous, attendant que l'un des hommes lui cède sa chaise, comme elle en avait manifestement l'habitude.
— Bonsoir mesdames, dit-elle. Et messieurs.
Carly.
— Il faut qu'on parle.
Vraiment ?
— N'êtes vous pas inquiets pour Edie ? Vous la voyez très souvent. Pourriez-vous m'expliquer ce qui se passe ?
Comment ça ?
— Je vous parle de sa santé ! De son poids ! Vous êtes ses plus proches amis. Comment en est-elle arrivée là ? Et surtout, que pouvons-nous faire pour l'aider ?

Comment lui avouer la vérité ? Comment expliquer à Carly que nous avions cessé de dîner avec Edie pour ne plus avoir à la regarder manger ? Comment lui annoncer que ses colères nous terrifiaient, que sa force de caractère nous réduisait au silence ? Que lui dire, sinon que nous avions nos propres combats à mener, contre le cancer et l'insuffisance cardiaque (l'un de nous portait un pacemaker), sans parler des soucis habituels : trop de cholestérol, hypertension, hypotension, carences en fer, manque de calcium, hernies discales, problèmes de genoux, calculs biliaires, traitements hormonaux et ainsi de suite. Nous ne pouvions rien faire de plus pour Edie que ce que nous faisions déjà pour nous-mêmes.

Parles-en à son mari, avons-nous commencé à répondre, avant de nous interrompre brusquement. Parles-en à Rachelle, avons-nous repris. Parles-en à Benny. Nous ne sommes pas responsables de la santé d'Edie.

La Famille Middlestein

Carly n'avait pas bougé. Nous avons vidé nos verres de vin. Pour qui se prenait-elle, à la fin ? Nous avons tourné la tête vers elle une dernière fois. Ses yeux étincelaient de colère.

Tu as raison, avons-nous admis. C'est vraiment terrible.

Ensuite, les jumeaux ont allumé les quatorze bougies en l'honneur des membres de leur famille qui se sont dirigés en chancelant vers le devant de la scène. Vu l'heure tardive, nous avons à peine suivi le déroulement des opérations. Le dessert est arrivé : éclairs et choux à la crème. Une fontaine au chocolat a fait son apparition près du buffet. Nous étions certains de ne rien pouvoir avaler de plus, mais il aurait été grossier de ne pas faire honneur au travail des excellents pâtissiers du *Hilton*. Sans compter que ces fontaines au chocolat ne sont pas données : puisqu'elle était là, autant la rentabiliser, non ? Nous avons mangé et mangé, sans un regard pour notre entourage, jusqu'à ce qu'il ne reste plus rien dans les assiettes.

Rachelle, ravissante dans une robe de soie rouge au décolleté en forme de cœur, parée de tous ses diamants (elle en avait au poignet, autour du cou et aux oreilles – *Bien joué*, avons-nous pensé, *mais as-tu vu ceux de Carly ?*) s'est approchée de notre table en souriant. Nous n'avions que des compliments à faire à son endroit. C'était le genre de femmes que nous aurions tous aimé avoir pour belle-fille : spirituelle, séduisante, divinement mince et bien élevée.

Mazel Tov, avons-nous dit. *Mazel, mazel.*

— Quelle belle journée ! a-t-elle déclaré. Les jumeaux s'en sont bien sortis, n'est-ce pas ?

À la perfection. Et toi, comment te sens-tu ?

Jami Attenberg

Elle s'est un peu affaissée, inclinant la tête vers nous d'un air de conspirateur.

— C'était un peu chaotique, je ne vous le cache pas. Des changements de dernière minute... J'étais encore sur le pont à minuit hier soir pour refaire tous les plans de table. La vie change si vite, n'est-ce pas ? Un battement de paupières, et tout s'est envolé.

— J'ai fait de mon mieux pour contenter tout le monde. Vous étiez satisfaits, j'espère ?

Nous avons passé une excellente soirée en excellente compagnie. C'était un honneur d'être parmi vous.

Elle s'est redressée, puis elle a observé la table d'un air soupçonneux.

— Il devrait y avoir des escarpins ici... Y avait-il des chaussures sur la table quand vous êtes arrivés ?

Nos sourires se sont figés sur nos lèvres. Nous avons vidé nos verres. Nous ne pouvions pas nous résoudre à lui répondre.

— Il n'y avait rien sur la table ? a-t-elle insisté.

Il se fait tard, avons-nous déclaré. Les hommes ont aidé les femmes à se lever.

— Le DJ va lancer la première danse, a dit Rachelle. Restez encore un peu.

Nous sommes restés quelques minutes de plus. Nous avons dansé. Nous avons emmêlé nos pieds fatigués. Nous avons tournoyé. Nous étions saouls, en sueur, et nous voulions aller nous coucher. Nous avons applaudi à la fin du morceau, puis nous avons filé. Effrontément. Grossièrement, peut-être ? Nous n'avons dit au revoir à personne, si bien que personne ne s'est aperçu de notre départ. Personne n'a demandé : *Où sont passés les Cohn, les Grodstein, les*

La Famille Middlestein

Weinman et les Franken ? Et si l'un des invités s'est posé la question, on lui a certainement répondu : *Je crois qu'ils sont rentrés chez eux.*
   Nous avons patienté devant le *Hilton*, le temps que le valet aille chercher nos voitures. Nous tenions la main de nos conjoints respectifs. Nous regardions droit devant nous, sans prêter attention à Edie et Richard, qui avaient quitté la salle et s'invectivaient à quelques mètres de là. Nous n'avons pas écouté ce qu'ils disaient. Nous n'avons pas entendu Edie s'écrier : « Tu n'as pas d'excuses à me faire. Tu n'as même pas le droit de t'excuser. Tu n'auras pas ce plaisir. Tu ne seras déchargé d'aucune responsabilité. » Et si nous l'avons entendue prononcer ces mots, nous nous sommes promis de les oublier aussitôt.
   Dans la voiture, nous avons gardé le silence. Quelques soupirs, des rots étouffés et de brefs sanglots ont émaillé le trajet, rien de plus. Nous pensions à la vie que nous avions menée ensemble, à nos succès et à nos échecs, et quand nous sommes arrivés chez nous, nous avons pris nos conjoints dans nos bras et nous avons fait l'amour. Nous en avons éprouvé du réconfort. Nous n'étions pas encore complètement froids, nous n'étions pas seuls, nous avions quelqu'un à enlacer chaque nuit sous les draps, nos corps étaient encore chauds, nous n'étions pas *eux*, et nous n'étions pas encore morts.

Étale

Kenneth avait des regrets. Il s'en voulait d'avoir abandonné Edie, sa bonne amie, à cette réunion de famille – en particulier avec Richard Middlestein, ce mari maintenant détesté, au sujet duquel il n'avait pas entendu le moindre commentaire positif. Mais Kenneth avait un restaurant à tenir et personne en cuisine pour le remplacer. Le samedi était presque son meilleur soir de la semaine ; seul le dimanche faisait mieux, parce que les gens se sentaient paresseux ce jour-là, ils manquaient d'ambition et n'avaient pas envie de se préparer à dîner. Or Kenneth avait des factures à payer : depuis des mois il était en retard sur ses traites. Voilà pourquoi il n'avait pas eu d'autre choix que de venir travailler.

Il avait tout de même conduit Edie de la synagogue au *Hilton* au volant de sa vieille Lincoln Continental. Puis il l'avait accompagnée jusqu'à la salle de bal décorée des photographies de ses petits-enfants, les jumeaux Emily et Josh qui venaient de célébrer leur bar-mitsvah, et il l'avait installée à sa table ornée de chaussons de danse, clin d'œil à une émission télévisée, un concours de danse qu'il n'avait jamais regardé puisqu'il n'avait plus la télévision depuis 1989. Il avait brièvement eu l'impression d'avoir amené

Jami Attenberg

Edie dans un établissement psychiatrique. Quand il lui avait dit au revoir, en l'embrassant une fois sur la joue, puis une fois sur les lèvres, le fils d'Edie, Benny, assis à la même table, avait été pris d'une bruyante quinte de toux. Kenneth avait étreint la main d'Edie en s'inclinant pour y déposer un baiser. Elle portait une magnifique robe couleur prune au tissu scintillant. Elle sentait merveilleusement bon. Elle était obèse et ses seins étaient fabuleux. La veille au soir, il y avait enfoui les mains, le visage, la langue, pour y renaître de plaisir. *Tousse, fiston. Moi, je peux l'embrasser toute la journée.*

Ce petit incident lui laissait un goût amer, à lui aussi. Car il voulait que Benny l'apprécie. Edie ne le priverait pas de son amour si son fils ne l'aimait pas, bien sûr, mais Kenneth accordait beaucoup d'importance à sa propre famille. Pouvait-il en être autrement pour sa bonne amie ?

Enfin, dernier regret : ne pas s'être avancé vers Richard Middlestein pour lui dire ses quatre vérités, les yeux dans les yeux. Il aurait dû enfoncer deux doigts dans son cou – il se rappelait ce geste de kung-fu vu des années auparavant au cinéma. Mais ce combat n'était pas le sien : c'était celui d'Edie, et il ne voulait pas se mettre en travers de sa route.

À l'instant où il avait lâché sa main, il s'était promis de se racheter auprès d'elle.

Six heures plus tard, après vingt tables servies puis débarrassées, Kenneth préparait calmement des nouilles dans la cuisine du restaurant, étirant la pâte à bout de bras avant de l'entortiller sur elle-même, de la plier en deux et de l'étirer à nouveau. Ses gestes se voulaient machinaux, mais pleins d'amour. Il roula la pâte sur un lit de farine. Les nouilles qu'il en tirait étaient d'abord longues et épaisses, mais plus il tordait, pliait et étirait la pâte, plus elles s'affinaient et raccourcissaient. À côté, sur le plan de travail, il avait disposé les graines de cumin, l'agneau, l'ail, les piments. Ces aliments réchaufferaient Edie. Il n'avait jamais connu personne qui eût tant d'ardeur, une telle flamme dans l'âme et dans le cœur – et l'estomac si froid.

La veille, elle l'avait autorisé à examiner sa langue. Kenneth l'avait trouvée pâle et enflée. Son cœur battait lentement. Il avait glissé la main sous son chemisier, posé la paume sur son ventre.

— Trop froid, avait-il commenté.

— Viens plus près, alors, avait-elle répondu, bras tendus. Viens me réchauffer.

Ses lèvres étincelaient, humectées par la pointe de sa langue.

La porte battante claqua derrière Kenneth. Anna, sa fille, apportait les dernières assiettes sales restées sur les tables. Une mèche de ses cheveux violets barrait sa joue. Elle la déplaça d'un souffle et baissa les yeux sur les ingrédients disposés devant lui.

— Un dîner en amoureux ?

Il rougit. Il pensait encore aux divers moyens qu'il pourrait employer pour réchauffer Edie. Il n'avait pas connu un tel désir depuis sa jeunesse, depuis sa rencontre avec Marie, sa femme, aujourd'hui décédée et partie dans les nuées. Huit ans qu'elle était morte, huit ans qu'il n'avait eu aucune relation sexuelle. Huit ans qu'il éprouvait un sentiment de malédiction. Puis Edie était arrivée, et le mauvais sort s'était envolé.

— Je peux aussi préparer quelque chose pour toi, proposa-t-il à Anna.

Jami Attenberg

Il s'inquiéta, tout à coup, de n'avoir pas accordé assez d'attention à sa fille depuis qu'il s'était investi dans sa relation avec Edie. Il la voyait tous les jours au restaurant, certes. Ils parlaient sans arrêt, même s'ils n'échangeaient pas un mot.

Elle en avait peut-être sa claque, de son vieux père. Elle veillait sur lui depuis que Marie, épouse et mère tant aimée, était décédée. Depuis six ans, surtout, qu'il était revenu s'installer à Chicago après avoir échoué, de restaurant en restaurant, à travers tout le Midwest. Autrefois, Marie et lui avaient la baraka : il leur suffisait de reprendre un restaurant à l'abandon au fond d'une galerie marchande pour en faire un commerce répondant généralement au nom de *Dragon d'Or*, parfois de *Lotus Inn* et plus rarement de *New China Cuisine*, que Kenneth jugeait banal, mais dont Marie appréciait l'efficacité.

De toute façon, ce n'était pas à eux de choisir les noms de leurs restaurants. Le père de Marie s'en chargeait. Il mettait sur la table, avec ses associés, l'argent dont Kenneth et Marie avaient besoin pour lancer l'établissement. Puis, dès qu'ils avaient fidélisé la clientèle, il les remplaçait par des chefs moins expérimentés pour les envoyer à une nouvelle adresse. Ils avaient laissé tout un chapelet de villes derrière eux : Cincinnati, Kansas City, Bloomington, Milwaukee et ainsi de suite, jusqu'à ce qu'Anna, parvenue à l'adolescence, les supplie de choisir un endroit et d'y *rester*. Alors, ils avaient opté pour Madison, dans le Kentucky, où Kenneth était tombé sous le charme des universitaires qui constituaient leur clientèle régulière, où Marie admirait l'engagement des habitants en faveur de l'écologie. Kenneth n'y aimait ni les hivers, ni les imbéciles d'étudiants qui se

saoulaient et importunaient ses livreurs, mais il ne pouvait nier que la ville était jolie, verdoyante, paisible à la belle saison – parfaite pour élever un enfant. Ils avaient vécu cinq ans là-bas, puis Anna était partie étudier aux beaux-arts de Chicago. Kenneth avait voulu partir, lui aussi. Renouer avec leur vie d'avant, toujours sur la route. Mais Marie voulait rester.
— Alors c'est ça ? s'était écrié Kenneth. On va rester ici ? Vivre et mourir à Madison ?
Marie, menue, lucide, jamais belliqueuse, avait répondu tranquillement :
— Il y a pire endroit pour finir sa vie.
— Et retourner à Cincinnati, ça ne te dirait pas ? Six mois à Cincy. Tu te plaisais là-bas.
Cincinnati avait plu à Marie, en effet. Il y avait une bonne librairie, les rues étaient propres et sûres, et ils avaient adoré acheter des glaces chez Graeter's, le dimanche soir, tous les trois, Kenneth, Marie et la petite Anna – le cornet en pâte gaufrée paraissait presque aussi gros que sa tête. Mais ça, c'était quinze ans plus tôt.
— Pourquoi retourner où nous sommes déjà allés ? avait répliqué Marie.
Ils étaient partis pour Louisville où ils avaient persuadé le père de Marie d'ouvrir un restaurant sur Baxter Avenue, au cœur du quartier piéton. L'idée d'attirer cette clientèle très animée les enthousiasmait. Ils avaient augmenté leurs prix, baptisé l'endroit *La cuisine de Song*, abattu une cloison et aménagé la réserve. Le week-end, des musiciens venaient y chanter et jouer de la guitare. Kenneth et Marie avaient quarante-cinq ans, mais ils avaient l'impression d'en avoir de nouveau vingt-deux, sauf qu'ils n'avaient jamais vraiment

Jami Attenberg

eu vingt-deux ans : ils avaient toujours travaillé, puis ils étaient devenus parents et ils avaient vieilli. Jamais ils ne s'étaient autant amusés. Quand Anna leur avait rendu visite pendant les vacances d'hiver, elle avait décrété qu'elle ne les reconnaissait pas. « Qui êtes-vous et qu'avez-vous fait de mes parents ? » s'était-elle exclamée. Un soir, elle avait beaucoup bu, jusque très tard, avec un chanteur de Nashville de passage en ville sur la route de New York où il devait donner un spectacle, et Kenneth s'était surpris à porter un nouveau regard sur sa fille. À la traiter en adulte, pour la première fois. Il avait ri quand il l'avait entendue rentrer au milieu de la nuit, tituber, rouspéter et s'ordonner à voix basse de faire moins de bruit. Le lendemain matin, il l'avait taquinée gentiment. Ils évoluaient vers quelque chose de nouveau, tous les trois. Madison, finalement, ne leur avait pas offert ce cadeau. Louisville – peut-être bien.

Un an plus tard, Marie avait succombé à un cancer si rare qu'il n'existait même pas de traitement expérimental à lui proposer. Kenneth n'en aurait pas voulu pour elle, de toute façon. La chimiothérapie qu'elle avait dû endurer était déjà bien assez pénible. Marie était née et avait grandi en Amérique. Elle acceptait la médecine occidentale parce qu'elle n'avait rien connu d'autre. Kenneth, lui, voyait les choses autrement. Impossible de la faire changer d'avis, hélas. Aussi avait-il tenté de la soigner avec tout son talent de cuisinier. Il préparait chacun de ses repas avec les plantes qu'il avait appris, enfant, à considérer comme des remèdes. Curcuma, trèfle des prés, gingembre. Quand elle n'avait plus d'appétit, il lui servait du thé à la scutellaire barbue. Anna avait interrompu ses études pendant un semestre pour venir au chevet de sa mère. Tous deux avaient entouré

La Famille Middlestein

Marie d'amour. Ils lui avaient tenu la main quand elle avait rendu l'âme. Après un long silence, ils avaient éclaté en sanglots. Il ne restait plus de Marie qu'une coquille de chair blanche et fanée.

Anna était retournée aux beaux-arts. Kenneth avait repris la route, mais chacun des restaurants qu'il ouvrait faisait faillite. Tout avait un goût étrange. Son beau-père lui avait envoyé un chèque en lui conseillant de prendre sa retraite. Il s'était installé à Chicago, où il avait trouvé un entresol dans le quartier de Wicker Park, à dix rues de chez Anna. Il y avait une petite cour, derrière l'immeuble, dont les chats errants du quartier avaient fait leur place publique. Kenneth s'installait là, presque chaque jour, et les observait arriver et s'en aller, nonchalants, par les ouvertures des palissades et à travers les branches de lierre. Même en hiver, il passait son temps dans cette cour, assis sur un tabouret bas qu'il avait trouvé sur un tas d'ordures derrière l'église luthérienne du bout de la rue. Emmitouflé dans un manteau, mais priant secrètement pour mourir de froid. *C'est ici que ma vie va s'achever*, pensait-il. Les chats ne lui prêtaient guère attention. Il fumait souvent des cigarettes étrangères, longues et minces, qui jaunissaient et gerçaient le bout de ses doigts. Il avait pris dix ans en deux ans. Les cheveux gris, subitement. Les joues creuses, tout à coup. Les articulations qui craquent dès le matin et personne à qui se plaindre de tous ces maux.

Le soir, il lisait de la poésie. C'était comme ça qu'il avait appris l'anglais autrefois : il avait si bien mémorisé des poèmes américains qu'en arrivant de Xi'an pour s'installer chez son oncle, à Baltimore, à l'âge de seize ans, il comprenait déjà la langue de cette nation pour laquelle

Jami Attenberg

il éprouvait une affection teintée de méfiance. Il aimait par-dessus tout les auteurs de la Beat Generation, ces révolutionnaires intrépides qui vagabondaient à travers le pays en quête d'aventure. Le poème « America » de Ginsberg l'avait bouleversé.

Il l'avait récité à Marie peu après leur première rencontre. Son oncle travaillait pour le père de Marie, un homme ambitieux qui avait émigré, à l'adolescence, de la même province que leur famille, et avait bâti son entreprise de restauration avec une impitoyable efficacité. Kenneth, qui venait d'une famille de cuisiniers respectés, semblait destiné à devenir son employé. Marie travaillait déjà à la comptabilité après l'école. C'était elle qui payait Kenneth en lui passant l'argent sous la table. Il l'avait invitée à sortir avec lui pour le réveillon du Nouvel An. Ils avaient bu de la National Bohemian, une affreuse bière de Baltimore, à une soirée organisée par sa cousine qui était à l'école d'infirmières. Il lui avait murmuré le poème à l'oreille, pouffant de rire en arrivant au vers *Quand je vais à Chinatown, je bois mais ne baise jamais*. Ils étaient jeunes, mais contrairement à lui, Marie n'était pas naïve. Sa main délicate s'était posée sur son bras et elle l'avait regardé avec des yeux inquiets, un sourire amusé aux lèvres. Ou était-ce l'inverse ? *America, tout ceci est très sérieux !*

Trente ans plus tard, dans son entresol, il n'apprenait des poèmes que pour lui-même. « America » lui avait soudain paru sulfureux. *Ta machinerie me dépasse.* Il était passé à Robert Frost, un auteur rural et sain, quoique ténébreux sous ses charmes simples. Il était tombé sur un poème qui évoquait la mort d'une fourmi. *Personne n'est là pour l'observer. C'est une affaire privée.* Des années de solitude se profilaient pour Kenneth. Il aurait pu aller dans une direction ou dans l'autre. Il aurait pu mourir.

Anna n'était pas de cet avis. Anna le tenait à l'œil, et sa cuisine lui manquait. Anna à qui son grand-père ne pouvait rien refuser, cet homme qui avait une fortune au bout des doigts – qui était en mesure, en tout cas, de donner ce qu'il fallait pour ouvrir un nouveau restaurant dans une galerie marchande d'une banlieue de Chicago. L'opération avait produit beaucoup de paperasse, et toute à son désir d'arracher son père à cet entresol, Anna n'avait peut-être pas très bien lu ce qu'elle avait signé. L'avocat qu'ils avaient engagé n'avait aucune expérience – c'était l'ami d'un ami et il sortait tout juste d'une fac de droit de l'Indiana dont Kenneth n'avait jamais entendu parler. Toujours est-il qu'ils avaient ouvert le restaurant sans trop se soucier des statuts ni de la comptabilité. Puis un soir, à la fin du service, un mardi où les clients ne s'étaient pas bousculés, ils s'étaient retrouvés tous deux à une table d'angle, père et fille, devant une pile de dossiers. Et ils s'étaient demandé dans quoi ils s'étaient embarqués.

Il restait une dernière cliente dans la salle : une grosse femme épanouie et vibrante d'énergie. Elle achevait le repas que Kenneth lui avait préparé avec un plaisir féroce. Elle avait léché sa fourchette, sa cuillère, les baguettes, elle avait dégusté les saveurs, ses saveurs à lui, et n'avait rien laissé dans son assiette. Elle venait chaque soir depuis une quinzaine de jours. Kenneth aimait ses yeux : sombres et débordants de colère. La colère de cette femme ne l'effrayait pas. Il la comprenait. Il était en rogne, lui aussi. Sa femme était morte. Depuis longtemps, oui, mais tout de même : sa femme était morte. Et elle, qu'est-ce qui la mettait en rogne ? Anna le rappela à l'ordre, requérant son attention. Sa voix était rauque, ses yeux rouges ; elle n'avait pas encore pleuré, mais il craignait qu'elle ne craque. Il n'avait aucun reproche à lui faire : elle avait étudié les beaux-arts, pas la gestion. Autrefois, c'était Marie qui tenait les comptes et triait les papiers : son père l'avait formée à ça dès son plus jeune âge. Mais eux deux, qu'en savaient-ils ? Comment Marie pouvait-elle les avoir abandonnés ?

C'est alors que la femme se leva – cette dernière cliente, déesse des fins de soirée. Elle inspira péniblement et lécha ce qui restait de la cuisine de Kenneth sur les extrémités de ses doigts, puis elle s'approcha de leur table.

— Je peux peut-être vous aider, dit-elle.

Elle avait été avocate. Cela remontait à quelque temps, mais elle n'avait rien oublié.

— J'étais très douée, avait assuré Edie Middlestein comme si elle énonçait une promesse.

Elle s'était assise à côté de Kenneth et d'Anna, et avait lissé les documents du plat de la main. Elle avait plissé les yeux. D'abord, elle s'était montrée désolée pour eux, puis elle avait ri de tous les tracas qu'elle décelait dans les documents.

— Tout ça, avait-elle dit, je vais y remédier.

Il y avait du pain sur la planche, mais elle ne s'en effrayait pas. Elle réglerait leurs problèmes, quoi qu'il arrive.

— J'ai du temps à revendre, maintenant, avait-elle affirmé.

La Famille Middlestein

Kenneth se frotta les mains l'une contre l'autre pour en faire tomber la farine, puis il les essuya dans un torchon. Les nouilles étaient prêtes. Il mit les graines de cumin à chauffer dans un wok. Et de la cannelle ? Fallait-il ajouter de la cannelle à la préparation ? Le cumin serait bon pour la santé d'Edie – il savait qu'elle était malade, même si elle refusait de lui dire la vérité ; sa peau était trop pâle, sa respiration trop laborieuse –, mais la cannelle aiguiserait son appétit sexuel.

Quelques secondes suffirent à faire roussir les graines. Les piments étaient émincés, l'ail aussi. Le craquant du cumin contrasterait joliment avec la tendresse de l'agneau. Kenneth savait qu'Edie apprécierait la surprise croustillante sous la dent, la texture, les différents éléments du plat. Il s'interrogea de nouveau sur la cannelle. Que dirait Edie si elle apprenait qu'il ajoutait un aphrodisiaque à ses aliments ? Il décida de n'ajouter qu'une petite flamme au brasier qu'elle avait déjà en elle.

Son portable sonna. Edie, forcément. Il n'y avait qu'elle qui l'appelait le soir – à part sa fille. À vrai dire, Edie était sa seule amie.

— Ma chérie, dit-il, prenant l'appel, et il transvasa le cumin grillé dans un petit bol. Tu as été sage ?

— Non. Je crois que j'ai balancé quelque chose à la tête de mon ex-mari.

Il rit.

— Quoi donc ?

— Je ne sais pas. J'étais dans le brouillard. Un petit pain, me semble-t-il.

— Et tu l'as atteint ?

— Non. Le pain a rebondi sur le dossier de sa chaise avant d'atterrir sous son nez.
Kenneth s'esclaffa.
— Pourquoi je fais ce genre de trucs ? soupira-t-elle. Richard m'est complètement indifférent. C'est toi que j'ai dans la tête.
— Un jour, tu cesseras d'être en colère contre lui.
— Mais qu'est-ce que j'en ai à faire de ce type, puisque je suis dingue de toi ?
— Nous avons le droit d'éprouver plus d'une émotion à la fois. Nous sommes des êtres humains, pas des fourmis.
Marie lui manquait douloureusement, parfois, mais il ne l'avouerait jamais à Edie. Il était heureux que les deux femmes ne se ressemblent pas. Sinon, il aurait été tenté de les comparer. Leur seul point commun était leurs connaissances en gestion. Lui, il ne connaissait que le cumin et la cannelle.
— J'éprouve mille émotions à la fois, dit-elle.
— Ça fait beaucoup. Tu dois être très forte.
— Ou très folle !
— La différence se résume à...
— ... presque rien.
— Je te prépare quelque chose de spécial. Mais je dois d'abord te poser une question...
— Demande-moi tout ce que tu veux, dit Edie – et il savait qu'elle ne mentait pas.
— J'avais l'intention d'ajouter de la cannelle à ton plat. Or la cannelle peut avoir un effet...
Il baissa la voix pour préciser :
— Aphrodisiaque.
— Oh, fit Edie.

La Famille Middlestein

— C'est tricher, tu penses ? Je ne devrais peut-être pas avoir besoin de cannelle. Tout faire moi-même...
— Plus il y aura de cannelle, mieux ce sera, affirma-t-elle, puis avec une certaine urgence dans la voix : Mets-en beaucoup !
— Je serai chez toi dans une heure.
— Viens vite.

Que restait-il à faire ? Il mit une grande casserole d'eau à bouillir pour les nouilles. Il mélangea l'agneau avec le cumin, le piment et l'ail. Et une cuillère à café de cannelle. De la sauce de soja. Du sel, du poivre noir. Il éprouvait une sorte de tiraillement à l'entrejambe. Davantage de cannelle. Il versa de l'huile dans le wok, la fit chauffer, y jeta les morceaux d'agneau. Une autre pincée de sel là-dessus. Les nouilles dans l'eau bouillante. Il y avait tellement longtemps qu'il ne s'était pas amusé. Tellement longtemps qu'il se fichait de tout. Une minute plus tard, l'agneau avait perdu sa couleur cerise et bruni. Les graines de cumin crépitaient au fond du wok. Kenneth se représenta le petit pain fusant à travers la salle de réception du *Hilton* et atterrissant sur la table de l'ex-mari. Tous ses regrets fusionnèrent en un seul : il n'avait pas été sur place pour voir ça.

Sa fille – sa fille magnifique, aux tenues si pleines de vitalité, aux jambes minces comme des roseaux, chaussée de bottes qui donnaient l'impression qu'elle partait au combat – entra de nouveau dans la cuisine, énergiquement, avec les tout derniers plats sales de la soirée. Comment un bonhomme dans son genre pouvait-il avoir produit un être humain à ce point original, unique ? Et elle lui était loyale, en plus.

— Tu as faim ? demanda-t-il.

— Je ne sais pas. Je suis surtout fatiguée, en fait.
Soulagement. Kenneth ne jugeait pas convenable de faire manger à sa fille la nourriture qu'il préparait pour son amante. Pas de cannelle pour sa fille chérie. Son cœur se gonfla soudain d'amour pour Anna, comme s'il avait reçu un coup violent à la poitrine. Il avait une contusion d'amour. Contournant le fourneau, il s'approcha d'Anna et l'étreignit. Ses petits os fragiles entre ses bras. Ce n'était pas Marie. C'était quelqu'un d'autre.
— T'ai-je remerciée ? dit-il. T'ai-je remerciée de m'avoir sauvé la vie ?
Elle se mit à pleurer.
— Pas de vive voix, dit-elle.
— Merci, merci, merci.
Quand ils se séparèrent, un moment après, elle arborait de fines traces violettes sur les joues. Elle les essuya du bout de l'index.
— Tu m'étouffes, papa.
Kenneth lui tapota l'épaule et posa une bise sur son front.
— Voilà, j'arrête.
Il la renvoya chez elle. Il versa la casserole de nouilles dans une passoire, les mélangea avec la viande d'agneau, et mit le tout dans une boîte en plastique fermée par un couvercle. Il remplit le lave-vaisselle. Il retira sa veste de cuisinier. Il se lava les mains, le visage, et souleva sa chemise pour se laver aussi les aisselles. Il était fatigué. Il se donna de petites claques sur les joues. Edie Middlestein l'attendait.
Au volant de la Lincoln, il traversa les banlieues, les unes après les autres, passant devant de nombreux centres commerciaux qui, à première vue, se ressemblaient tous.

La Famille Middlestein

Mais il avait passé assez de temps dans ces endroits, toute sa vie adulte à vrai dire, pour savoir qu'ils étaient uniques, et occupés par des gens très différents. Les laborieuses petites fourmis américaines.

Dans la rue d'Edie, les maisons étaient plongées dans l'obscurité. Seule la sienne était encore allumée. Était-il si tard que ça ? Il regarda sa montre. Vingt-trois heures passées et il venait retrouver son amante. Il vivait une nouvelle jeunesse. Un jour, avant leur mariage, Marie et lui avaient pris la route d'Atlantic City sur un coup de tête. Ils étaient arrivés vers minuit, ils avaient passé la nuit à jouer au casino et à s'embrasser. Ils avaient beaucoup fumé, à en avoir le tournis. Cette nuit-là, il avait eu de l'ardeur une deuxième fois, puis une troisième, puis une quatrième. Ce soir, il se contenterait d'une seconde séance.

La porte de la maison n'était pas verrouillée. Il entra en appelant Edie, qui ne répondit pas. La lumière brillait dans le séjour où ils s'étaient embrassés, somptueusement, voluptueusement, pendant des heures. Ils étaient installés sur le canapé, face à la fenêtre de la rue. Quiconque passait devant la maison avait pu les voir. Rien de sulfureux là-dedans, mais une certaine fierté, en revanche, qui pouvait se révéler dangereuse. *Avant la destruction*, écrivait Robert Frost. Kenneth avait appris par cœur certains passages du recueil, juste pour comprendre pourquoi tant de gens s'y intéressaient.

Il y avait des photos sous cadre de la famille d'Edie un peu partout – mais aucune de son mari. Elle les avait retirées, comme en témoignaient plusieurs espaces vides ici et là sur les murs. Qu'est-ce qui était pire ? Les laisser

Jami Attenberg

à leur place ou contempler ces rectangles vides évocateurs d'un passé révolu ?

Il se dirigea vers la cuisine. Elle devait être là – occupée à manger avant même qu'il lui apporte son dîner, à manger toutes ces saloperies auxquelles elle était accro, les cookies, les chips, les crackers en paquets, en boîtes, en sachets. Voilà ce qui la rendait malade : manger des aliments industriels au lieu de plats préparés à la maison. Il comptait bien changer ça, quitte à devoir cuisiner chacun de ses repas lui-même.

La porte du congélateur était ouverte. Il aperçut à l'intérieur un pot d'un demi-litre de glace, sans son couvercle, dans lequel était plantée une cuillère. Il baissa les yeux. Edie était là, étalée sur le dos dans sa robe prune scintillante, une main tendue contre sa hanche, l'autre figée près du sein comme si elle avait agrippé sa poitrine, un moment, avant de renoncer. Ses lèvres étaient bleues. Ce n'était pas normal. Pas normal du tout. Il s'agenouilla et lui toucha le visage. La peau glacée d'Edie parut onduler sous ses doigts.

Il tenta désespérément de se souvenir d'un autre poème appris par cœur autrefois. Les vers lui échappaient : ils évoquaient une glacière, et des prunes que le narrateur disait regretter d'avoir mangées – mais on sentait qu'il n'avait en réalité aucun regret. Kenneth avait toujours trouvé ça comique. Les poèmes drôles étaient ceux dont il se souvenait le mieux. Aujourd'hui encore, ce poème le faisait sourire. On avait l'impression, à le lire, que son auteur vous avait laissé un mot sur la table, avant de quitter la maison pour ne jamais revenir.

La Famille Middlestein

Sa vision se troubla, noyée de larmes, brouillant le corps d'Edie. Quel idiot il avait été de penser qu'il pourrait aimer deux fois au cours de sa vie. Quelle arrogance. Il saisit la main de sa bonne amie entre les siennes pour la serrer contre sa poitrine. Personne n'avait droit à rien dans cette vie, surtout pas à l'amour.

Middlestein en deuil

Richard Middlestein était mal à l'aise dans son complet. Cinq ans qu'il ne l'avait pas porté, cinq ans qu'il n'avait assisté aux obsèques de personne. Vers 2005, les enterrements s'étaient enchaînés : sa mère, son père, sa tante Ellie, Boris – un cousin éloigné qu'il connaissait mal, mais qui habitait tout près, à Highland Park, Richard avait donc représenté sa branche de la famille à la cérémonie (à ce moment-là, d'ailleurs, il ne restait déjà que lui) –, un collègue d'Edie (un suicide, affreux), le rabbin Schumann (il avait fallu louer des tentes pour accueillir tout le monde), et au moins trois défunts de plus dont il peinait à se rappeler les noms, car il étouffait. Il n'avait pas pris beaucoup de poids, ces dernières années, mais sa chair ne s'organisait plus de la même façon qu'autrefois autour de son corps. La pesanteur agissant, sa peau semblait s'être accumulée autour de sa taille pour créer un petit bourrelet entre son abdomen ramolli et ses jambes encore jeunes. Il n'avait remarqué la chose qu'au moment où, pour remonter la fermeture Éclair du pantalon du costume, il avait été obligé de rentrer le ventre en inspirant profondément. Depuis, il était resté figé dans cette posture.

Jami Attenberg

Pour ne rien arranger, il n'arrêtait pas de manger. C'était plus fort que lui. Il y avait des aliments sur toutes les surfaces planes de la maison de son fils : la table du salon, celle de la cuisine, celle de la salle à manger, les tables de jeu sorties du garage, et les tables basses en verre qui flanquaient le canapé du salon. Les provisions ne cessaient d'affluer, apportées par les nombreux amis d'Edie – leurs amis à tous les deux, supposait-il, du temps où ils étaient ensemble – qui franchissaient le seuil. Chacun avait son offrande à la main : kugels et ragoûts recouverts d'aluminium, gigantesques Tupperware de salades de fruits, pâtisseries emballées dans d'élégantes boîtes en carton enveloppées de rubans. Ses plus vieux amis de la synagogue, les Cohn, les Grodstein, les Weinman et les Franken, avaient joint leurs forces pour apporter de magnifiques plateaux de poisson fumé. Il les avait entendus en parler plus d'une fois au fil de la journée – mais uniquement lorsque, quelqu'un se demandant à voix haute d'où venait ce délicieux poisson, l'un d'eux apportait les précisions voulues :

— Nous y sommes allés ce matin dès l'ouverture. C'était le moins que nous puissions faire.

Middlestein aurait mis quelques billets dans la cagnotte, si seulement ils l'avaient contacté. Mais ils ne l'avaient pas fait. Personne ne l'avait appelé pour quoi que ce soit, pas même pour lui adresser des condoléances, à part son fils qui l'avait informé de la date des obsèques. Pourquoi l'auraient-ils appelé ? Pourquoi s'était-il imaginé que quiconque se soucierait de lui, de ce qu'il éprouvait ? Il avait quitté Edie et la signature du divorce devait intervenir dans quelques semaines. Il posa son assiette par terre, inclina le buste en

La Famille Middlestein

avant et resta dans cette position, tête ballante entre les jambes. Il avait acheté deux boîtes de rugelachs, ces mini-croissants au chocolat dont tout le monde raffolait, mais il s'était rendu compte à l'instant où il était entré dans la maison que c'était insuffisant. Neuf mois plus tôt, il n'aurait pas été autorisé à apporter quoi que ce soit. Neuf mois plus tôt, les funérailles auraient été organisées dans la maison où ils vivaient ensemble. Pourquoi n'avait-il pas apporté davantage de rugelachs ? Combien aurait-il dû en acheter pour se sentir mieux ? Et combien de rugelachs devrait-il manger pour se donner une contenance ?

Il redressa subitement la tête. Il n'était pas certain d'être tout à fait lucide. Il se sentait repu, mais il en voulait davantage. Autour de lui les gens étaient assis, poliment, une assiette sur les genoux. Son fils Benny avait pris place sur une chaise basse. Sa petite-fille, Emily, était appuyée contre son père, les yeux dans le vague, une moue maussade sur les lèvres. Elle avait treize ans, c'était son premier enterrement. Robin, la fille de Middlestein, était assise sur une chaise normale. Et elle mettait beaucoup d'application à ne pas le regarder. Son petit ami, Danny, était à côté d'elle. Il lui tenait la main. La caressait. Il portait des lunettes à monture classieuse, mais sa cravate était desserrée, comme s'il n'avait jamais appris à faire lui-même son nœud de cravate. Il avait l'air d'un type qui se fait marcher sur les pieds, voilà l'impression qu'il donnait. *C'est bien le genre de Robin*, pensa Richard. Elle avait besoin de quelqu'un qui lui mange dans la main.

Robin s'acharnait à faire fi de la plupart des traditions juives, mais elle avait tout de même épinglé un ruban noir au revers de sa veste. Elle en avait un, Benny en avait un,

Jami Attenberg

Rachelle en avait un, Emily aussi, ainsi que son frère jumeau, Josh, qui rôdait près de la table des desserts. Richard n'avait pas de ruban noir. Richard n'était pas assis sur une chaise basse. Il était sur le canapé, avec le tout-venant des invités. À la synagogue, il avait pris un siège au troisième rang sans savoir s'il était trop près ou trop loin. Il s'était demandé s'il n'aurait pas dû rester debout, contre le mur du fond, comme beaucoup d'autres fidèles venus assister à la cérémonie. La synagogue était pleine à craquer. Tant mieux pour Edie, estimait-il. On l'aimait encore. On voulait lui rendre un dernier hommage. Lui, quand il mourrait... Oh, Seigneur, il *devait mourir un jour*. Pas sûr qu'il y aurait autant de monde à ses obsèques. Plus maintenant.

Il fut brusquement saisi d'un désir idiot – avaler quelque chose de salé, le plus salé possible. Il voulait que le sel lui pique la langue. Il s'arracha du canapé et se mit debout. C'était quoi, ce craquement pénible dans son genou ? Et cette autre douleur au creux des reins ? L'éprouvait-il depuis toujours, ou était-ce nouveau ? Il se fraya un chemin parmi les invités, entre tous ces gens qu'il saluait autrefois en leur tapant sur l'épaule et qui s'écartaient maintenant sur son passage, il en était certain, avec un dégoût affirmé. Il s'approcha de la table de la salle à manger, là où se trouvait le plat de harengs. Oui, il allait s'enfiler tout ce qu'il pourrait de ces harengs à la crème. À pleines cuillerées sur l'assiette, tiens. Et avec une bonne poignée de petits crackers croustillants. Il resta debout près de la table et plongea les crackers, l'un après l'autre, dans les harengs fumés et acidulés. Si nécessaire, il passerait sa journée dans la salle à manger. Ici au moins, il avait quelque chose à faire. C'est alors qu'il comprit Edie et la raison pour

La Famille Middlestein

laquelle elle mangeait – constamment, incessamment, sans aucune considération pour la nature ou la saveur de ce qu'elle engloutissait. Planté devant le plat de harengs à la crème, seul, dans cette pièce remplie de gens qui préféraient prendre le parti d'une morte plutôt que d'admettre qu'il était vivant parmi eux, Richard entrevit les motifs de l'addiction d'Edie, de cette boulimie qui l'avait tuée : la nourriture offrait la meilleure cachette qui soit.

Sa fille, dans le salon, le fusillait du regard. Ses yeux débordaient de colère. Il y en avait partout. Un vrai bazar. Danny, qui se tenait derrière elle, lui agrippa les épaules. Elle leva une main pour lui signifier de la lâcher. Danny fit la grimace. *Je ne demanderais pas mieux que de la marier pour me débarrasser d'elle*, pensa Richard. *Je la donne sans hésitation à ce type.* Robin se mit debout. Les invités s'écartèrent sur son passage avec, une fois de plus, des yeux ronds de curiosité. Elle avança droit vers Richard et le croisa – une grimace de mépris aux lèvres – pour gagner la cuisine dont elle ouvrit la porte battante d'un geste théâtral. Il aperçut sa belle-fille, Rachelle, adossée au réfrigérateur, une tasse de café à la main. Rachelle était le capitaine de ce navire. Robin, un marin rebelle. Et la mutinerie, de toute évidence, grondait.

— Il faut qu'on parle, entendit-il juste avant que la porte ne se referme sur sa fille.

Il fixa son attention sur la table ronde où trônaient les desserts. Josh était en train d'ouvrir des boîtes de pâtisseries. Il les faisait glisser sur un immense plat en ouraline que Richard connaissait bien : il avait appartenu à l'une de ses tantes qui l'avait apporté d'Allemagne quand elle avait émigré, et le lui avait légué, à lui, Richard, à sa mort, avec une pleine maisonnée de meubles qu'il avait depuis vendus ou donnés à des organisations caritatives. Mais il avait conservé ce plat fabriqué avec de l'uranium, de couleur vert pâle, qui luisait légèrement comme la kryptonite. C'était bien joué : l'ouraline comportait une substance volatile, mais celle-ci avait été transformée en objet utile. Enfant, jadis, dans le Queens, Richard avait été fasciné par ce plat. Il fantasmait sur l'idée de le voir spontanément exploser. *Pouf !* Les Middlestein auraient disparu à jamais.

Il y avait encore une semaine, ce plat se trouvait dans le vaisselier de son ancienne salle de séjour. Et voilà qu'il apparaissait sur la table de la salle à manger de son fils. Le pillage avait commencé. Rachelle avait sans doute passé en revue tous les placards, tous les tiroirs, et pris ce qui lui plaisait – antiquités, bijoux, le manteau de fourrure. Il faudrait qu'il ait une petite conversation avec son fils à ce sujet. Ce plat en ouraline était à lui, comme tout le contenu de cette maison – intégralement. Aucun papier n'avait été signé, rien n'était adjugé. Si Edie avait vécu un peu plus longtemps, Richard n'aurait peut-être pas eu son mot à dire sur ce plat. Mais ce n'était pas le cas. Edie était morte.

Josh avait ouvert la dernière boîte de pâtisseries. Il disposait un assortiment de cookies au chocolat sur le pourtour du plat. Sa tâche terminée, il poussa le plat au centre de la table et recula d'un pas pour admirer son œuvre, un sourire aux lèvres. Middlestein suivit son regard et fronça les sourcils : Josh avait disposé les cookies de façon à former une bouille souriante.

— Josh !
— Quoi ?

La Famille Middlestein

— Tu ne peux pas faire ça, protesta Richard, désignant le plat du doigt. Ce n'est pas convenable.

Treize ans, zéro jugeote. Et lui ? Avait-il eu de la jugeote, à cet âge-là ? Et était-ce une chose qu'on enseignait à un gamin, la jugeote ?

— J'ai pensé que ça mettrait les gens de bonne humeur, expliqua Josh. Tout le monde est tellement triste !

— Tu n'es pas triste, toi ?

— Je ne sais pas comment je suis.

— Eh bien... tu devrais être triste. C'est affreux, ce qui s'est passé. Ta grand-mère est morte.

— Tu crois que je le sais pas déjà ?

5-4-3-2-1. Josh fondit en larmes. Il traversa la pièce en courant et se rua dans l'escalier. Tous les regards se fixèrent sur Middlestein. S'il n'était pas déjà l'individu le plus abominable de l'assistance, l'affaire était maintenant entendue.

Dans la cuisine, Robin confirmait la sentence avec le sens de la repartie qu'elle tenait de sa mère : bruyant, autoritaire, moralisateur. Il se dirigea vers la porte battante et s'adossa au mur pour l'écouter crier.

— Tu ne comprends rien, disait-elle.

— Ils ont été mariés près de quarante ans, objecta Rachelle. Tu ne sais pas ce que c'est.

— Je vois. Tu te crois supérieure parce que tu es mariée et pas moi.

— Ce n'est pas ça du tout, Robin.

— Elle le *détestait*. Tu ne comprends pas ?

Elles se disputaient les droits des vivants contre ceux des morts. C'était exact : sa femme l'avait détesté, et pas seulement après qu'il l'avait quittée. Auparavant aussi. Mais il avait espéré, modestement, qu'après le divorce, quand tout se serait tassé, lui avec sa nouvelle compagne Beverly, elle avec ce monsieur chinois qu'elle fréquentait depuis peu (lequel monsieur chinois venait justement d'arriver et se tenait dans un angle du salon avec sa fille aux cheveux violets – tous deux silencieux, l'air hébété), il avait espéré que lorsqu'ils se seraient tous engagés dans leurs nouvelles vies, Edie et lui seraient capables d'être amis.

Il n'avait encore parlé à personne de ce souhait, et il n'était même pas sûr de mériter son amitié, mais Edie et lui avaient créé ensemble ces deux êtres, Benny et Robin, qui avaient à leur tour créé d'autres êtres. Edie et lui avaient en commun ces deux merveilleux petits-enfants (même si Josh était hypersensible et Emily un peu acerbe), et Richard avait imaginé qu'ils les verraient un jour finir le lycée, puis la fac, et qu'ils danseraient ensemble au mariage de l'un d'eux, ou même des deux, qu'ils seraient capables d'être assis l'un à côté de l'autre, de respirer le même air, de rire de choses survenues dans un lointain passé et qu'ils étaient seuls à connaître – leurs secrets à eux, impossibles à partager. Il l'avait quittée parce qu'elle se tuait à petit feu, et le tuait, lui aussi. Il avait la vie sauve, à présent : il était tombé amoureux de Beverly, qui était tombée amoureuse de lui. Aujourd'hui, il se sentait plus vivant que jamais et il aurait souhaité qu'Edie connaisse le même bonheur, mais elle n'en avait pas eu le temps. Le monsieur chinois était arrivé trop tard. Aujourd'hui, Richard était le seul à connaître leur passé. Il était le seul à savoir qu'un jour, au bout du compte, Edie l'aurait pardonné. Il était avec elle le jour où elle avait perdu son père. Il lui avait tenu la main, caressé les cheveux, et il l'avait fait entrer dans sa famille, dans sa vie, alors qu'elle n'avait plus personne, alors qu'elle

La Famille Middlestein

se sentait orpheline. Un jour, il lui aurait rappelé tout ça. Un jour, elle aurait de nouveau fait partie de sa vie.
— Il ne l'a pas tuée, affirma Rachelle.
— C'est tout comme, répliqua Robin.

Un air de musique résonna à l'étage, très fort – le titre qui avait été joué à la bar-mitsvah d'Emily et de Josh quelques jours plus tôt. Les convives, dans le salon et la salle à manger, parurent alors encore plus affligés : visages livides, lèvres pincées. Cette musique, ce n'était pas correct. Benny traversa la pièce d'un pas nonchalant jusqu'à l'escalier – et gravit les marches deux à deux.
— Je suis orpheline, maintenant ! hurla Robin, mais ses mots furent couverts par les basses de la sono.

Elle regrettera d'avoir dit ça, pensa Middlestein. *Un jour, elle voudra retrouver son père.*

Mais elle ne regrette rien, en tout cas pas du vivant de Richard. (À son enterrement, pourtant, elle est effondrée. Elle pleure à grosses larmes, soutenue par Daniel qui l'enlace par les épaules. Le reste de la famille, tout à son propre chagrin, garde ses distances avec elle.) Robin lui parle à peine pendant les dix années à venir. Lors des réunions de famille, ils se regardent parfois d'un bout à l'autre de la pièce, et puis elle détourne les yeux, la bouche tordue de chagrin, mais il chérit malgré tout ces instants. Elle l'ignore complètement à la pose de la pierre tombale d'Edie, aux fêtes d'anniversaire d'Emily et de Josh puis à leurs remises de diplômes, et même à la fête organisée pour les vingt ans de mariage de Benny et Rachelle. Elle ne l'invite pas à son mariage. Il n'apprend l'événement que quelques mois plus tard. C'est même par accident qu'il en entend parler. Chez Benny, il tombe sur une photographie de Robin en robe de mariée, flanquée d'Emily en demoiselle d'honneur. Beverly, qui est avec lui ce jour-là – à ce moment-là ils sont eux-mêmes mariés –, paraît si bouleversée pour lui qu'il ne peut s'empêcher de pleurer, avant de s'excuser pour aller s'enfermer dans les toilettes, où il reste trop longtemps, les doigts crispés sur la faïence du lavabo, le dos courbé. Edie lui manque, sa fille lui manque, il se demande si ses erreurs passées ont vraiment été si terribles que ça, la vie n'est-elle pas un empilement de multiples couches et tonalités, n'est-elle pas colorée de toutes sortes de nuances de gris, et les sentiments que l'on éprouve à propos d'une chose ou d'une autre à vingt, à trente, ou à quarante ans ne changent-ils pas quand on arrive à cinquante, à soixante, ou à soixante-dix ans ? – car il a presque soixante-dix ans ! Si seulement il pouvait expliquer à Robin que les regrets peuvent survenir à n'importe quel moment de la vie, quand on s'y attend le moins, et qu'ils vous accompagnent pour toujours. S'il avait pu tout recommencer, s'il avait obtenu cette chance, il se serait battu pour sauver la vie qu'il menait avec Edie. Et pour la vie d'Edie, aussi. Non, ce n'est pas vrai non plus, car on frappe à la porte de la salle de bains : Beverly, venue voir où il en est, lui prend doucement la main, Beverly sa deuxième chance, son ange au soir de la vie – sa peau encore si douce, partout sauf autour des yeux, sa silhouette, son sourire, l'emprise qu'elle a sur lui, sur son cœur, sur sa chair. Elle est là, devant lui. Voilà pourquoi il a troqué sa vie contre une autre.

Mais il n'en était pas encore là. Pour l'heure, il commençait à peine à regretter ; il commençait à peine à comprendre ; il commençait à peine à porter le deuil. Sa fille se disputait avec sa belle-fille, son fils redescendait l'escalier, secouant

La Famille Middlestein

la tête d'un air mécontent, et le nouveau compagnon de sa femme décédée commençait à sangloter sur le canapé du salon de son fils, les mains crispées sur les genoux, enlacé, étreint par sa propre fille aux cheveux violets. La musique, à l'étage, avait cessé.

— Elle n'aurait pas voulu qu'il soit ici aujourd'hui, affirma Robin. Je peux parler pour elle. Je suis totalement dans le vrai quand je parle pour ma mère.

— Il a parfaitement le droit d'être ici, objecta Rachelle.

Richard comprit à son intonation qu'elle voulait clore la discussion. Elle était chez elle, après tout. Personne ne pouvait la contester sur ce point. Cette femme était chez elle. Cette réception était la sienne.

La porte battante claqua, violemment poussée par Robin qui fit irruption dans la salle à manger. Les invités détournèrent les yeux. Ne pas regarder cette pauvre enfant. Elle a perdu sa mère. Robin se dirigea vers la porte d'entrée, côté rue, mais apparut quelques instants plus tard dans le jardin derrière la maison. Tout le monde pouvait la voir par les fenêtres : elle s'assit sur une chaise longue près de la piscine. Benny la rejoignit. Il sortit un joint de sa poche, l'alluma. Ils se mirent debout et tirèrent les chaises de façon à tourner le dos à la maison, puis ils se rassirent pour se passer le joint.

Middlestein était encore debout contre le mur. Incapable de faire un geste. Rachelle poussa la porte battante. Elle soutint son regard.

— Je suis désolée.

— Désolée pourquoi ? Tu n'as rien fait.

— La dispute. Tu as tout entendu, non ?

Jami Attenberg

Elle haussa les épaules. Elle était menue, presque frêle. Elle ne semblait pas assez solide pour affronter Robin, mais il sentait qu'elle était prête à tout pour garder le contrôle de son univers. Un autre jour, ailleurs, elle n'aurait pas tenu compte de Robin, de ses caprices, de son égoïsme. Rachelle était une princesse, mais Robin était la petite sœur de son mari. Aujourd'hui, cependant, Rachelle avait rétabli l'ordre – et pour une petite part au moins, au nom de Richard Middlestein. Il ne l'oublierait jamais.

Elle embrassa les tables d'un regard affligé.

— Que va-t-on faire de toute cette nourriture ? dit-elle.

— Elle sera mangée, assura Middlestein.

Il essaya de retrouver une blague sur les juifs et la nourriture, ou sur les juifs et les enterrements, ou sur les juifs et les juifs, mais rien ne lui paraissait drôle.

Rachelle s'avança dans la pièce, vers la table des desserts. Elle eut un mouvement de surprise devant le plat de cookies que Josh avait disposés en forme de sourire. Elle fit volte-face pour regarder Middlestein d'un air mécontent, lèvres pincées et front plissé.

— Ce n'est pas moi, dit-il.

Elle empila prestement les cookies les uns sur les autres au centre du plat, puis elle en renversa quelques-uns avant de saisir le plat et de se frayer un chemin entre les invités jusqu'à la porte d'entrée ; un instant plus tard elle apparut à son tour près de la piscine, tendant les cookies à son mari et à sa belle-sœur. Elle en prit un pour elle, et en arracha des petits morceaux du bout des doigts, fragment après fragment, pour les manger. Elle s'interrompit pour se lécher les lèvres. Une minute plus tard, Danny, le petit ami de Robin, la rejoignit. Il tira une chaise longue pour

La Famille Middlestein

lui-même et pour Rachelle. Ils tournèrent le dos à la maison avec les deux autres.

Que restait-il pour Middlestein dans cette maison ? Tous ceux qui comptaient pour lui les avaient abandonnés, lui et les invités. Mieux valait s'en aller. Il avait rendu un dernier hommage à Edie. Ce qu'il lui restait à éprouver, il l'éprouverait seul, loin du regard d'autrui. Et il voulait retirer son costume. Il voulait le brûler, même. Il fendit la foule, saluant d'un hochement de tête quiconque voulait bien croiser son regard. Il marqua une pause en arrivant sur le seuil. Devait-il aller rejoindre ses enfants derrière la maison pour leur dire au revoir ? Non. Ici, devant la maison, le soleil brillait : il avait chaud et se sentait à l'étroit dans sa peau. Il étouffait. Il déboutonna son pantalon et se courba en avant. Un léger bruit lui fit redresser la tête. Derrière le chêne, près de la boîte aux lettres, il aperçut sa petite-fille, Emily. Elle pleurait. Il reboutonna son pantalon et marcha dans sa direction. Parfois elle avait cet air paisible qui la faisait ressembler à Benny. Quand elle était apprêtée, elle ressemblait à sa mère. Quand elle était en colère, elle évoquait Robin ou Edie. Même chose quand elle se montrait drôle et futée. *Quand est-ce qu'elle me ressemble ?* Elle était là, seule derrière cet arbre, à pleurer sa grand-mère. Il avait envie de pleurer, lui aussi. Il s'approcha de sa petite-fille, la prit dans ses bras et la serra contre lui – et tout à coup, ils furent proches l'un de l'autre. Jusqu'au jour de sa mort, ils resteraient proches. N'était-ce pas étrange ? Personne n'aurait pu imaginer qu'ils noueraient une telle relation. Personne n'aurait pensé qu'ils avaient quoi que ce soit en commun, hormis leur lien de parenté. Pourtant, ils resteraient proches, jusqu'à la fin.

Remerciements

L'ouvrage fascinant et très documenté d'Irving Cutler, *The Jews Of Chicago : from Shtetl to Suburb*[3] m'a immensément aidée dans mes recherches. Je dois beaucoup au Dr Benjamin Lerner, qui m'a généreusement prodigué ses explications sur la chirurgie vasculaire et les problèmes de santé que rencontrent les Américains en surpoids. Lisa Ng s'est chargée de m'éclairer sur la cuisine chinoise. Sans elle, je n'aurais rien su des pouvoirs magiques du cumin et de la cannelle.

Kate Christensen est la meilleure première lectrice qu'un auteur peut avoir. Les longues discussions que j'ai eues avec Wendy McClure ont énormément contribué au développement du projet. Rosie Schaap, Stefan Block et Maura Johnston m'ont offert leur affection, leur soutien et un canapé où m'effondrer les jours de grande fatigue. Doug Stewart, mon agent, est probablement proche de la sanctification à l'heure actuelle. Comme toujours, mon éditrice Helen Atsma s'est montrée aussi dynamique qu'adorable. Enfin, j'aimerais exprimer toute ma gratitude à la librairie Word à Brooklyn – et dans le monde entier.

---

3. University of Illinois Press, 1996. Cet ouvrage n'est pas traduit en français *(N.d.T.)*

Les Escales

Jeffrey Archer
Seul l'avenir le dira
Les Fautes de nos pères
Des secrets bien gardés

Fatima Bhutto
Les Lunes de Mir Ali

Daria Bignardi
Accords parfaits

Jenna Blum
Les Chasseurs de tornades

Chris Carter
Le Prix de la peur

Justin Gakuto Go
Passent les heures

Olga Grjasnowa
Le Russe aime les bouleaux

Titania Hardie
La Maison du vent

Cécile Harel
En attendant que les beaux jours reviennent

Casey Hill
Tabou

Victoria Hislop
L'Île des oubliés
Le Fil des souvenirs
Une dernière danse

Yves Hughes
Éclats de voix

Peter de Jonge
Meurtre sur l'Avenue B

Gregorio León
L'Ultime Secret de Frida K.

Amanda Lind
Le Testament de Francy

Owen Matthews
Moscou Babylone

Sarah McCoy
Un goût de cannelle et d'espoir

David Messager
Article 122-1

Derek B. Miller
Dans la peau de Sheldon Horowitz

Fernando Monacelli
Naufragés

Juan Jacinto Muñoz Rengel
Le Tueur hypocondriaque

Chibundu Onuzo
La Fille du roi araignée

Ismet Prcić
California Dream

Paola Predicatori
Mon hiver à Zéroland

Paolo Roversi
La Ville rouge

Eugen Ruge
Quand la lumière décline

Amy Sackville
Là est la danse

William Shaw
Du sang sur Abbey Road

Anna Shevchenko
L'Ultime Partie

Liad Shoham
Tel-Aviv Suspects
Terminus Tel-Aviv

Marina Stepnova
Les Femmes de Lazare

A.J. Waines
Les Noyées de la Tamise

Pour suivre l'actualité des Escales,
retrouvez-nous sur www.lesescales.fr ou
sur la page Facebook Éditions Les Escales.

Composition et mise en pages
Nord Compo à Villeneuve-d'Ascq

CET OUVRAGE
A ÉTÉ ACHEVÉ D'IMPRIMER
SUR ROTO-PAGE
PAR L'IMPRIMERIE FLOCH
À MAYENNE EN SEPTEMBRE 2014

N° d'impr. : 87329
D. L. : août 2014
Imprimé en France